DIANA PALMER

CAMINOS

Entrelazados

Editado por Harlequin Ibérica.
Una división de HarperCollins Ibérica, S. A.
Avenida de Burgos, 8B - Planta 18
28036 Madrid
www.harlequiniberica.com

© 2020, Diana Palmer
© 2025 Harlequin Ibérica, una división de HarperCollins Ibérica, S. A.
Caminos entrelazados, n.º 317 - 14.5.25
Título original: Wyoming True
Publicada originalmente por HQN™ Books
© De la traducción: María Romero Valiña

ISBN: 979-13-7000-512-2
Depósito legal: M-4251-2025
Impreso en España por: BLACK PRINT
Fecha impresión Argentina: 10.11.25
Distribuidor exclusivo para España: LOGISTA
Distribuidores para Argentina: Interior, DGP, S.A. Alvarado 2118.
Cap. Fed./Buenos Aires y Gran Buenos Aires, VACCARO HNOS.

MIXTO
Papel
FSC FSC® C159065

Capítulo 1

Jake McGuire se alegraba por Mina. Se había casado con Cort Grier, un texano que resultó ser un adinerado ganadero. Lo cual fue toda una sorpresa para ella, ya que lo había conocido como un simple vaquero que ayudaba en el rancho de su primo Bart Riddle, en las afueras de Catelow, Wyoming.

Había sido una extraña historia de amor. Mina era una famosa autora de novelas románticas que participaba en misiones comando con un grupo de mercenarios que la habían acogido para documentarse. Cort Grier no lo sabía. Pero él también llevaba una máscara, fingiendo ser un pobre vaquero. Solo después de casarse con él, ella supo quién era en realidad. Y él descubrió su profesión de una forma totalmente inesperada, cuando ella se fue a vivir a su rancho y su grupo de mercenarios ayudó a capturar a una banda de narcotraficantes en los límites de su propiedad. Hubo que hacer muchos ajustes, pero los dos parecían destinados a ser felices. Tenían un hijo recién nacido llamado Jeremiah y, aunque Mina conservaba el rancho familiar en Catelow, que en la actualidad administraba su padre, vivía con Cort y su hijo en Latigo, el enorme rancho familiar de su marido, en el oeste de Texas.

Jake se alegraba por ella. Pero estaba abatido. Se había enamorado de verdad y le dolía darse cuenta de que ni siquiera su propia riqueza y posición bastaron para atraerla. Era la primera vez en su vida que se había sentido cautivado por una mujer, y resultó que ella estaba enamorada de otro.

Bueno, podía volver a la explotación ganadera que compartía con Rogan, el primo de Mina, en Australia, pero los incendios en el interior estaban afectando gravemente a sus rebaños. Junto con cientos de incendios forestales, muchos provocados, había sequía y falta de forraje. Rogan ya había mencionado que tendrían que vender gran parte de su ganado de pura raza para no perder dinero. Jake había regresado a Estados Unidos para ayudar a enderezar sus finanzas y enviar ayuda para apagar los incendios en la propiedad y trasladar el ganado superviviente a un lugar más seguro.

Los incendios forestales habían afectado a Rogan aún más que a Jake. El primo de Mina amaba la propiedad australiana. También era dueño de un gran rancho en las afueras de Catelow, pero odiaba la nieve, así que solo volvía a casa en los meses cálidos, dejando a su administrador a cargo. A menos que Jake estuviera allí para llevar las riendas.

Cada vez le gustaba menos estar fuera del país. Echaba de menos Catelow. Mientras cortejaba a Mina Michaels por la ciudad y la llevaba a restaurantes de cinco estrellas en otros estados, se había acostumbrado a estar en Estados Unidos de nuevo y se resistía a abandonar el país.

Aunque era una estupidez, porque había perdido a Mina y no tenía otros intereses femeninos allí. Sentado en la cafetería, tomó un sorbo de café y miró fijamente la taza. Se sentía más solo que cuando perdió a sus padres años atrás. Había tenido una hermana pequeña, pero murió de meningitis a los seis años. No tenía más hermanos. Echaba de menos a su madre, aunque nunca hablaba de su padre. No le quedaba familia.

Le habría encantado tener un hijo. Ese pensamiento había rondado su cabeza mientras cortejaba a Mina, esperando contra toda esperanza poder ganar al ranchero texano. Pero eso no había sucedido. Tenía el corazón roto y trataba de que no se le notara. Mientras tanto, las leonas sociales de Catelow, especialmente Pam Simpson, lo acechaban, intentando emparejarlo con viudas y divorciadas. Ya no tenía interés en ninguna de las mujeres locales. Había tenido alguna breve aventura, pero se sentía hastiado, utilizado. Las mujeres querían lo que él tenía. Podía, y de hecho lo hacía, conceder sus favores generosamente a las mujeres con las que salía. Diamantes, hoteles y restaurantes de cinco estrellas, viajes al extranjero en su propio *jet* privado. Pero sentía que las estaba comprando. O alquilándolas, pensó con sarcasmo.

Emitió un sonido gutural mientras procesaba ese pensamiento, lo que atrajo miradas curiosas de la gente que esperaba sus pedidos para llevar en el mostrador.

Una de ellas lo fulminaba con la mirada. Era Ida Merridan, la divorciada local. Una mujer despampanante. Pelo negro, corto y espeso, ojos azules, pestañas increíblemente largas y una figura espectacular. «El problema es que es promiscua», pensó irritado. Todo el mundo sabía que coleccionaba hombres como si fueran muñecos y los rechazaba cuando se cansaba de ellos. Según los rumores, se había casado dos veces. Su primer marido había muerto, pero nadie sabía nada del segundo, excepto que se había divorciado de él. Cort Grier había salido con ella antes de enredarse con Mina. Los había visto en la pista de baile, pegados el uno al otro en una fiesta, y luego marcharse juntos. Salían a menudo, así que, lo lógico era pensar que habían tenido un breve romance. Por lo que decía la gente, ella no era exigente con los hombres. Cualquiera le servía.

No le gustaban las mujeres así. Aunque pensar de esa manera era ser bastante hipócrita, porque él mismo había actuado de la misma forma años atrás. Apartó los ojos de la abrasadora mirada de la divorciada con magnífica indiferencia y dio otro sorbo a su café.

La gente hablaba sobre el doble rasero, sobre cómo los hombres podían tener aventuras mientras que a las mujeres se las criticaba por hacer lo mismo. Pero hacía ciento cincuenta años hubo una razón legítima para ello, cuando no existían métodos anticonceptivos reales. Un marido se distraía fuera de casa para evitar tener una esposa eternamente embarazada que moriría antes de los cuarenta. Se preguntaba cuántas mujeres modernas conocerían eso o considerarían que las normas sociales a veces tenían fundamentos justificables. Bueno, al menos hasta cierto punto.

Miró a la mujer, que sonreía al dependiente y pagaba su comida para llevar. No le caía bien. Ella lo sabía. Le había dejado muy clara su opinión sobre ella en una fiesta a la que ambos habían asistido hacía una semana. La anfitriona había estado haciendo de casamentera y los había empujado juntos a la pista de baile. Sabía bailar bailes latinos. Ella también. Pero sonaba una canción lenta y él odiaba el contacto.

—No tengo ninguna enfermedad contagiosa mortal —había dicho Ida mordazmente cuando él la sostuvo como si tuviera un cartucho de dinamita entre sus brazos. Ella también odiaba el contacto y lo ocultaba con mal humor.

Él había arqueado una ceja, sus claros ojos grises atravesando los de color azul oscuro de ella.

—¿En serio? ¿Te has hecho análisis para asegurarte? —había respondido él, solo para irritarla.

—No quiero bailar contigo —había dicho ella con tono seco. Estaba rígida, parecía desagradarle. Algo sorprendente dada su reputación.

—Dicen que cualquier hombre te sirve. ¿No te resulto atractivo?

Tras tragar saliva con dificultad, ella había mirado a su alrededor como si esperara que la música se detuviera.

—Y yo que pensaba que me dirías algo trillado, como que solo salías con hombres de tu misma especie —había dicho él para provocarla.

Otra pareja, girando, se había acercado demasiado y Jake había tenido que atraer a Ida bruscamente hacia sí para evitar una colisión.

Su reacción había sido repentina y brusca. Se había apartado de él, casi temblando, mirando al suelo.

—No puedo... —Su voz había sonado ahogada.

Él la había fulminado con la mirada.

—Cualquier hombre menos yo, ¿es eso? —le había preguntado en un susurro profundo y mordaz, muy ofendido y sin saber siquiera por qué se sentía así.

Ella ni siquiera lo había mirado. Se había dado la vuelta sin más y se había alejado de la pista de baile. Minutos después, había agradecido a la anfitriona la invitación y se había marchado en su coche. Jake, de pie junto al ponche, se había quedado desconcertado por su comportamiento. Realmente parecía tenerle miedo. Una idea descabellada, cuando todo el pueblo sabía cómo era ella.

Miró de nuevo hacia el mostrador, donde ella recogía su pedido y sonreía al dependiente.

«Tal vez sea una actuación», reflexionó. «Quizás finge estar nerviosa ante un hombre cuando en realidad lo está acechando». El problema con esa teoría era que no se había acercado a Jake desde la fiesta. De hecho, cuando salió de la cafetería, tomó el camino más largo hacia la puerta principal para no tener que pasar por la mesa donde él estaba sentado.

Él terminó su café y llevó la taza al mostrador.

—Haces un café excelente, Cindy —le dijo a la empleada, que era una abuela casada.

Ella le sonrió.

—Gracias, señor McGuire. Mi marido vive del café negro. Es camionero. Si no lo hiciera a su gusto, ya estaría en el juzgado de divorcios —bromeó la mujer.

—Lo dudo. Mack está loco por ti. —Se rio. Luego miró hacia la puerta—. ¿La feliz divorciada no come con el resto de los mortales?

—Oh, te refieres a Ida —dijo ella con una mueca—. No sale mucho. Vive cerca de nosotros, ¿sabes? Una noche la oí gritar y llamé a la comisaría. Temía que alguien hubiera entrado en su casa. Cody Banks, nuestro *sheriff*, estaba de servicio esa noche y fue a ver qué había pasado.

Él frunció el ceño, esperando que continuara.

Ella suspiró.

—Dijo que estaba pálida como una sábana y que parecía haber visto un fantasma. Le contó que era una vieja pesadilla que tenía de vez en cuando y se disculpó por molestar a los vecinos.

—Pesadillas. —Negó con la cabeza—. ¿Quién lo hubiera pensado?

—Fui a verla al día siguiente para disculparme por llamar a las autoridades. Era domingo, yo iba de camino a la iglesia. Ella se limitó a sonreír y a decirme que no me culpaba. También se disculpó por armar tanto alboroto.

—¿Te dijo por qué tuvo la pesadilla?

La mujer negó con la cabeza.

—Mencionó algo sobre una amenaza de su segundo marido. Está involucrado en asuntos ilegales, o eso tengo entendido, y ella es rica.

—¿Se hizo rica al divorciarse de él? —preguntó Jake con una sonrisa.

—No. El dinero era de su primer marido. El segundo..., aparentemente, se casó con ella por lo que tenía. Nadie sabe mucho al respecto.

—¿Se mudó aquí hace poco? No me relaciono mucho con la gente local, aunque tengo mi rancho y aún soy dueño de la tienda de piensos. Viajo mucho por negocios.

—Sus abuelos eran de aquí. También su madre. De hecho, ella nació aquí. Pero cuando su padre consiguió un buen trabajo en Denver, se mudaron. Estaba en quinto grado. —Tomó aire—. Fue justo después de que Bess Grady se suicidara.

—Mi mejor amigo estaba enamorado de la chica Grady. Lo tomó muy mal —comentó él, sin entrar en detalles. Al igual que Cindy, él también había estudiado allí. No siempre había sido rico—. ¿Y qué hay de los padres de Ida?

La mujer negó con la cabeza.

—Su padre sufrió un infarto cuando tenía solo treinta y cinco años —dijo con un suspiro—. Su madre siguió viviendo, pero no felizmente. Solo vivía para su hija. Cuando Ida tenía dieciocho años, su madre se fue de crucero y cayó por la borda. Nunca encontraron el cuerpo.

—Eso debió de ser duro...

—Así que Ida trabajaba para una empresa de diseño gráfico en Denver, recién salida del instituto, y supongo que su jefe sintió lástima por ella, porque se casaron poco después. Hubo rumores debido a la diferencia de edad. Él era muy rico y nunca se había casado.

—¿Fue un matrimonio feliz? —Odiaba preguntarlo. No sabía por qué le importaba.

—Bueno...

—Vamos, sabes que no soy un cotilla.

—Mi prima segunda, que conocía al dueño de la empresa de diseño, dijo que él era gay.

Las cejas de Jake se arquearon.

—¿Por qué querría casarse con Ida?

—Tuvo un gesto amable con ella.

—He oído que él se suicidó.

La mujer asintió, mirando alrededor para asegurarse de que nadie estaba lo suficientemente cerca para escuchar.

—Su novio de verdad lo había dejado. Ya tenía otros problemas, pero eso lo llevó al límite. Estaba tan angustiado que subió al último piso de su edificio y saltó. El novio intentó demandar a Ida después. Él pensaba que merecía algún tipo de compensación por el tiempo que habían pasado juntos. Ida lo llevó a juicio y lo contrademandó. Él tuvo que pagar las costas judiciales. Ella tenía un abogado realmente implacable. —Sonrió—. Su marido le dejó todo, y era mucho. Hasta le dejó una nota agradeciéndole que hubiera sido tan amable con él.

Jake se conmovió, a pesar de su aversión por Ida.

—Quizás no sea tan mala.

—Nadie es completamente malo, señor McGuire —dijo la mujer—. Solo que algunas personas tienen vidas peores que otras.

—Eso parece —respondió él, encogiéndose de hombros.

Ella sonrió con dulzura.

—¿Todavía echa de menos a Mina?

Jake le devolvió la sonrisa.

—Un poco. Pero ella, Cort y el bebé son felices en Texas. Me alegro por ellos. Mantengo el contacto a través de su padre, que gestiona el rancho familiar a las afueras del pueblo.

—Es usted un buen perdedor.

—No tengo elección —afirmó él. Sus ojos de color gris plateado se veían tristes—. No puedes hacer que la gente te ame.

—Cierto —convino ella.

Salió para subir a su coche y vio a Ida junto a su Jaguar con el teléfono móvil en la oreja. El coche tenía una rueda pinchada.

—Sí —dijo ella con cansancio—. Sí, lo sé, pero tardarán dos horas en venir y tengo que estar en el médico a las dos.

Jake se detuvo junto al coche.

Ella lo miró sorprendida.

—Puedo llevarte al médico. Deja la llave dentro, a Cindy Bates, y dile a quien sea con quien estés hablando dónde la dejas. Que cierre el coche y le devuelva la llave a Cindy cuando termine.

Ella se quedó allí de pie, sorprendida por la facilidad con que organizaba las cosas. Se oyó una voz saliendo del teléfono.

—Oh, perdón —dijo ella al receptor—. Escucha, me han ofrecido llevarme. Dejaré la llave dentro de la cafetería con Cindy. Ella puede dártela y tú se la devuelves cuando termines. ¿Te parece bien?... Estupendo. Muchísimas gracias. Lo siento mucho... Por supuesto. Gracias.

Colgó. Luego miró a Jake con cautela.

—¿Seguro que no te desvías de tu camino?

Él negó con la cabeza.

—Dame la llave.

Se la entregó. Jake señaló un Mercedes rojo y usó su propia llave inteligente para abrirlo.

—Adelante, sube. No tardaré ni un minuto.

No esperó a ver si ella obedecía; dio media vuelta y volvió a la cafetería. Ida lo siguió con la mirada, con una mezcla de incomodidad y aprecio. Era muy atractivo. Alto, en forma, musculoso sin ser demasiado obvio. Tenía modales exquisitos y unos ojos que parecían atravesar el alma. Si hubiera podido sentirse atraída por un hombre, él habría estado en lo más alto de su lista. Pero eso era imposible.

Ella estaba sentada en el asiento del copiloto con el cinturón abrochado cuando él subió a su lado.

—Nunca he conducido un Mercedes. ¿Son buenos? —preguntó ella, por sacar un tema de conversación.

—Son inmortales y casi nunca se estropean. ¿Adónde vamos?

—Perdón. A la calle Aspen, justo después de la panadería.

Él asintió, arrancó el coche y salió del aparcamiento.

Ella sostenía su voluminoso bolso en el regazo y clavó las uñas en él. Jake no podía saber lo difícil que era para ella sentarse junto a un hombre que era prácticamente un desconocido. Le caía mal y él no se molestaba en disimularlo. El hecho de haberse zafado de sus brazos y haber huido en aquella fiesta a la que habían asistido por separado solo había empeorado las cosas.

Miró por la ventana mientras él conducía, sin intentar siquiera entablar conversación.

Lo guio hasta el aparcamiento de una clínica de cirujanos ortopédicos. Él no hizo comentarios, pero ella era joven, o al menos lo parecía. Asociaba la ortopedia con personas mayores.

—Gracias por traerme —dijo ella en voz baja.

—Necesitarás que te lleven de vuelta. Dame tu móvil.

Lo dijo con tanta autoridad que ella se lo entregó sin pensar.

Él lo tomó y abrió su lista de contactos. Estaba vacía. La miró con el ceño ligeramente fruncido.

Ella tragó saliva con dificultad.

—¿Para qué necesitas mi teléfono?

Él abrió una pantalla e introdujo su propia información de contacto. Luego se lo devolvió.

—Este es mi número de móvil. Llámame cuando termines aquí y te llevaré de vuelta a tu coche.

—Puedo tomar un taxi...

Él se limitó a mirarla.

Ella se mordió el labio inferior.

—Será una molestia.

Estaba fascinado. La imagen que se había formado de ella no se parecía en nada a la realidad. Se sentía incómoda con él, tímida, retraída. Se suponía que era una mujer vivaz, el alma de la fiesta. ¿Sería una máscara?

—Tengo que pasar por mi tienda de piensos y revisar algunas cuentas con el gerente. No será ninguna molestia.

—Bueno..., de acuerdo entonces. Gracias.

Jake se encogió de hombros. Apagó el motor, dio la vuelta y le abrió la puerta.

Ella se sonrojó.

—¿No está permitido en nuestra sociedad moderna y demasiado liberal abrir las puertas a las mujeres?

—Me gustan los buenos modales, y no me importa si es aceptable o no —balbuceó ella.

Él ladeó la cabeza y la miró con curiosidad.

—Gracias de nuevo. Llegaré tarde —añadió Ida, mirando el sencillo reloj de su muñeca. Se dio la vuelta y caminó despacio hacia el edificio.

No era muy evidente, pero pudo ver que cojeaba un poco al andar. A Jake le pareció extraño. ¿Sería una antigua lesión?, se preguntó. ¿Una caída o algo así? No era asunto suyo. Pero sentía curiosidad por ella. Mucha más de la que quería sentir.

Ida se sentó en la sala de espera aguardando su turno para ver al doctor Menzer e intentó comprender por qué Jake McGuire, que obviamente la detestaba, había sido tan amable con ella. No esperaba amabilidad de los hombres. Fingía ser una mujer salvaje solo para que la dejaran en paz. Exageraba su reputación, dejaba que corrieran rumores sobre sus elevadas exigencias en el dormitorio y hablaba de hombres ficticios con los que había tenido aventuras para dar la impresión de que cotillearía sobre cualquiera que no estuviera a la altura de sus expectativas. Como había previsto, eso la mantenía libre de complicaciones en su vida privada. No muchos hombres tenían el ego suficiente para acercarse a ella.

Cort Grier lo había hecho, pero se encontró con un amigo inesperado en el adinerado ganadero, que también había tenido sus propios conflictos con mujeres que buscaban su fortuna, no a él. Habían forjado una amistad. Se había abierto a él como no había podido hacerlo con ningún otro hombre.

Se alegraba por él. Amaba a Mina y a su hijo, y eso era maravilloso. Él había sido su único amigo. Cuando se casó, eliminó su información de contacto del teléfono. No quería que pareciera que iba tras él incluso después de casado. Y eso dejó su agenda completamente en blanco. No tenía contactos porque solo usaba el teléfono para emergencias y navegar por Internet. Sus abogados tenían su número fijo, que tenía un contestador. No sabía cómo configurar el buzón de voz en el móvil, así que era mejor que nadie llamara al número. Por eso su lista de contactos estaba vacía, y Jake lo había visto. Apostaría a que su lista de contactos sí estaba repleta.

Bueno, no podía desear a un hombre de esa manera, ya no. Y tenía sus propios problemas. Su exmarido, Bailey Trent, acababa de salir de prisión y estaba endeudado con sus socios del juego. Era un misterio cómo había salido. Lo habían encerrado por agresión violenta. Poco después de su llegada a la cárcel, había perdido los estribos y matado a otro recluso, casi garantizando que nunca saldría. Pero había salido.

La había estado llamando al teléfono fijo, dejando mensajes amenazantes. Había llamado a sus abogados en Denver, pero ni siquiera estaba segura de qué podían hacer al respecto. No dejaba número de contacto. Ni siquiera sabía dónde estaba. Lo intentó con la función de rellamada en su teléfono, pero el número estaba bloqueado. ¿Y si volvía a por ella, como la última vez que se había negado a darle dinero, antes incluso de que fuera a prisión?

Se llevó una mano a la cadera y esbozó una mueca. Había sufrido una fractura de pelvis y daños en el fémur, lesiones que para ella habían sido catastróficas. El cirujano ortopédico, un genio en su campo, le había reconstruido la cadera y el fémur como si fuera un rompecabezas. Dos cirugías, una prótesis parcial de cadera y una placa metálica a lo largo del muslo con tornillos para mantenerla en su lugar habían aliviado la mayor parte de su problema, pero el dolor continuaba y las visitas a su cirujano ortopédico habían aumentado en los últimos meses. La llegada del frío solía traer complicaciones. Se había desarrollado artritis secundaria en la pelvis dañada. Necesitaba otra receta para los potentes antiinflamatorios que tenía que tomar, de ahí la visita.

Intentaba no pensar en la lesión que le había causado su segundo marido. Parecía un hombre tan amable y dulce. No se había dado cuenta de que era una actuación, todo era una artimaña para atraerla y conseguir que se casara con él para tener acceso a su fortuna heredada.

Se estremeció al recordarlo. No había sido una caída muy alta, solo desde el lateral de un aparcamiento de una planta. Gracias a Dios, había aterrizado en una zona de césped y no contra el hormigón. El dolor que había sentido había sido insoportable. Cuando llegó la ambulancia, por supuesto, Bailey fingió estar histérico, lamentándose de que su pobre esposa se hubiera caído a pesar de sus esfuerzos por salvarla. Ella no dijo nada. Habría sido su palabra contra la de él. Incluso en el hospital, había continuado a la perfección con su papel de marido atormentado. Nadie se dio cuenta de que él había sido quien le había causado las lesiones, y ella estaba tan conmocionada y dolorida que la mayor parte de su estancia en el hospital había sido confusa. La rehabilitación la mantuvo alejada de sus manos por un tiempo. Pero, inevitablemente, tuvo que volver a casa. Solo un mes después, él la agredió delante de un testigo, una paliza brutal que lo llevó a prisión.

Esperaba que nunca más saliera de la cárcel. Pero ese pensamiento era poco realista. Él siempre lograba convencer a la gente. Tenía contactos en el tráfico de drogas y, de algún modo, había conseguido la libertad anticipada, probablemente ayudando a alguien a acceder a cierto tipo de sustancias. Y la pesadilla había comenzado de nuevo el mismo día que salió de prisión.

Él estaba furioso por su encierro y por el papel que ella había jugado. Le enfurecía que después del divorcio hubiera renunciado a su apellido para volver al de su primer marido, Merridan. Estaba enfurecido porque no podía obligarla a que le enviara dinero en compensación por el dolor y el sufrimiento que ella le había causado. Ida estaba en deuda con él y no pensaba quedarse sin cobrar. Ella tenía un montón de dinero y él era un indigente. Si no pagaba, podrían suceder cosas desagradables. Eso le había insinuado él antes de que ella le colgara y bloqueara su número. Recordó algunas de las cosas desagradables que ya habían ocurrido y sintió náuseas.

Cody Banks, el *sheriff* local, había sido un oyente comprensivo. Era una de las pocas personas en Catelow que conocía a la mujer detrás de la máscara. Había sido amable con ella. Le prometió que Bailey Trent no se le acercaría. La animó a solicitar una orden de alejamiento. Lo hizo, aunque la secretaria le dijo que rara vez valían el papel en el que estaban impresas. Llamó a sus abogados en Denver e hizo que enviaran un investigador para vigilar a Bailey. Podía permitirse el gasto, que podría salvarle la vida. Bailey consumía drogas. Era peligroso incluso cuando no lo hacía.

No podía creer lo ingenua que había sido con él. Tras un matrimonio con un hombre que ocultaba su homosexualidad, no tenía ninguna confianza en su capacidad para atraer a un hombre. Hasta que su marido se suicidó dejándole una nota, no tuvo ni idea de su verdadera orientación sexual. Había pensado que no era lo suficientemente mujer para atraerlo.

Él había sido un hombre dulce y amable. Siempre

la había cuidado, haciendo cualquier cosa para que su vida fuera feliz y fácil. Su pérdida fue dolorosa.

Luego apareció Bailey Trent. Era rudo, autoritario, un verdadero macho, al menos a los ojos ingenuos de Ida. Habían salido y él había sido apasionado con ella, pero no insistió en la intimidad hasta que se casaron. Eso también, pensó con tristeza, había sido calculado. Estaba desesperada por tenerlo, cautivada por sus sentidos por primera vez en su vida. Él se había aprovechado de sentimientos que ella no podía controlar para llevarla rápidamente al altar.

Y entonces llegó su noche de bodas. Nada en su joven vida la había preparado para la depravación en la que algunos hombres se deleitaban. Tenía pesadillas sobre lo que le había hecho, esa noche y otras, cuando estaba demasiado magullada y asustada para seguir luchando. En esa primera semana de matrimonio fue cuando él perdió los estribos y la arrojó por el lateral del aparcamiento. Teniendo en cuenta su noche de bodas, no había sido una gran sorpresa, aunque el dolor que había experimentado fue más de lo que había soportado jamás.

Había intentado huir una vez, después de salir del hospital. Pero él la había encontrado y había convencido a la gente de que ella había exagerado lo que básicamente había sido solo un triste accidente. Que la amaba desesperadamente. No podía vivir sin ella. Se lo decía a todo el mundo.

Ida sabía la verdad. No podía vivir sin su dinero. Pero la animaron a perdonarlo y hacer que su matrimonio funcionara. Los amigos que la habían acogido llevaban veinticinco años felizmente casados. No tenían ni idea de cómo era su vida. Y ella estaba demasiado avergonzada para contárselo.

—¿Señora Merridan?

Ida levantó la cabeza y salió rápidamente de sus

pensamientos. Sonrió a la enfermera mientras se ponía de pie con cierta dificultad y la seguía hasta la sala de tratamiento.

El doctor Menzer la examinó e hizo una mueca.

—¿Qué has hecho? —le preguntó.

Ella se sonrojó.

—Es otoño.

—Puedes contratar a hombres fuertes y robustos para que trasladen esas macetas pesadas desde el patio hasta tu invernadero —dijo él con brusquedad mientras la veía sonrojarse. Ella hacía lo mismo cada año justo antes de las alertas de heladas. Metía dentro sus preciadas hierbas aromáticas y plantas con flores—. No deberías hacerlo tú sola.

Ella hizo una mueca.

—No puedo dejar que mis flores mueran. Y me encantan las hierbas frescas.

—Cómpralas en la tienda.

—No es lo mismo.

Él tomó aire.

—Ida, hay cosas que ya no puedes hacer. El trabajo pesado encabeza la lista. Tienes que ser sensata.

—Sensata... —Suspiró ella—. Está fuera de prisión, ¿sabes? Quiere dinero. Dice que, si no se lo doy, puedo esperar algo peor que lo que pasó antes de que lo condenaran.

—Habla con Cody Banks —aconsejó el médico.

—Ya lo he hecho. También solicité una orden de alejamiento. Pero si alguien quiere matarte, puede hacerlo.

—Si quiere dinero, matarte no le beneficia, ¿no crees?

—Supongo que no. Redacté un nuevo testamento cuando entró en prisión, para garantizar que no herede nada si yo muero. —Tomó aire profundamente—. Las pesadillas volvieron cuando me llamó.

—Deberías tener ayuda de un psicólogo.

Ella se encogió de hombros.

—Lo intenté, pero no funcionó. —Lo miró a los ojos—. Mi primer marido era gay, pero fue mejor y más cariñoso conmigo de lo que Bailey Trent podría ser jamás.

—Todos cometemos errores —dijo él con una leve sonrisa.

—Sí, pero la mayoría no acaba en cuidados intensivos cuando los comete.

—Al menos sobreviviste —respondió él—. Eso es algo.

—Supongo...

—Voy a pedirle a Melanie que te recete antiinflamatorios más fuertes —informó el hombre, tecleando en su ordenador—. Los tomarás solo durante cinco días, luego diez días de descanso. Así podrás mantener tu hígado y salvar tus riñones.

—¿Tan potentes son?

—Mucho. Y no los tomes si vas a conducir —le advirtió él.

—No lo haré. Gracias. Por los medicamentos. Y por escuchar.

—¿A quién más tienes?

—Triste pero cierto.

—Deberías venir a cenar una noche —le sugirió mientras se ponía en pie—. A Sandy le encantaría prepararte ese magnífico pastel de carne que hace, junto con pan casero.

—Tu esposa es una cocinera maravillosa. Y agradezco la invitación. Pero...

Él arqueó una ceja.

—¿Pero?

—Carl —dijo ella—, cualquiera que se relacione conmigo podría estar en el punto de mira cuando Bailey venga a por mí. No voy a poneros a Sandy y a ti en esa situación.

—Escucha...

—No —lo interrumpió ella—. Pero gracias. Y dile a Sandy que algún día quiero que intente enseñarme a hacer pan.

—Se lo diré —respondió él—. Mantente en contacto con Cody. Él te vigilará.

Ella asintió.

Él dudó antes de decir:

—Para que conste, Sandy y yo lamentamos mucho haberte animado a volver con Bailey. No sabíamos cómo era entonces.

—Tranquilo, no lo sabíais. Y yo estaba demasiado avergonzada para contároslo. Todo eso quedó en el pasado. No os preocupéis.

—Cuídate.

Ella sonrió.

—Haré lo que pueda.

—Algo de ejercicio suave ayudaría a fortalecer esos músculos —añadió Carl.

—Eso ya me lo has dicho. Compré un DVD de taichí. Está hecho para personas con artritis. Hasta ahora, he logrado hacer una forma completa sin caerme sobre la mesa de centro

Él rio.

—Sigue así.

—Lo haré —prometió ella con una sonrisa.

Se dirigió al mostrador y concertó su próxima cita, luego salió. Sacó su teléfono y dudó. No debería empezar nada con McGuire, se dijo. Él no la apreciaba, aunque ese día había sido amable. Y tampoco quería ponerlo en la línea de fuego. Debería simplemente llamar a un taxi.

Buscó en Internet en su teléfono inteligente el número de la única compañía local de taxis. Antes de que pudiera copiar el número, un Mercedes rojo se detuvo en el aparcamiento junto a ella.

Capítulo 2

Ida se quedó inmóvil con el teléfono en la mano y la boca entreabierta mientras miraba al hombre sentado en el automóvil junto a ella.

Él bajó la ventanilla.

—¿Vas a llamar a alguien? ¿A un taxi, quizás?

Un escalofrío la recorrió. ¿Cómo lo había sabido?

—Sube.

Estaba demasiado inquieta para discutir. Se sentó a su lado y se abrochó el cinturón.

—¿Cómo has podido saberlo?

Él se encogió de hombros.

—A veces tengo estas corazonadas. No sé de dónde vienen. Bueno, eso no es del todo cierto. Un antepasado mío tuvo problemas con las autoridades en Salem, Massachusetts, en el siglo XVII.

Ida hizo una mueca y silbó suavemente.

—Así que lo llevo en la sangre. Supe que mis padres iban a morir. Lo soñé.

—Debe de haber sido un don difícil de sobrellevar.

—Todavía lo es. ¿Tienes que recoger algún medicamento?

Ella asintió.

—Voy a ver si está listo. ¿Seguro que no te importa? —añadió preocupada.

Los ojos grises de Jake se encontraron con los de ella y luego se desviaron.

—Si me importara, no estaría aquí.

—De acuerdo. Gracias.

Llamó a la farmacia y habló con Carol, una dependienta que conocía bien. Preguntó por la receta, sonrió y le dio las gracias.

Guardó el teléfono.

—Dice que ya están preparándola. Tienen el medicamento en existencia.

—¿Qué tipo de medicamento?

—Ibuprofeno —respondió, y le indicó los miligramos.

—Por Dios, te vas a destrozar el hígado —murmuró él.

—Cinco días tomándolo, diez de descanso. Y hay que tomarlo con las comidas tres veces al día. —Respiró hondo—. No es la primera vez que tomo este medicamento, aunque hace un par de años que no necesitaba una dosis así. Probamos otros medicamentos, pero no funcionaron.

Él frunció el ceño. Sabía que una dosis tan alta indicaba un problema igual de grave.

—¿Un hueso roto? —preguntó Jake.

Ella asintió. Había tenido varias fracturas, pero él no necesitaba saberlo.

La miró con curiosidad. Lejos de la gente, era una mujer diferente. Le intrigaba ese cambio en ella.

—No hablas mucho.

Ella miraba por la ventana.

—No estoy acostumbrada a la gente —confesó ella—. Prefiero estar sola.

—Cuando no organizas orgías.

Ida se tensó por completo y fue incapaz de mirarlo. No era cierto, pero no lo conocía y no confiaba en él. Se limitó a dar vueltas al bolso en su regazo y mirar por la ventana.

Él notó su falta de respuesta y lo atribuyó a una aceptación tácita. Después de todo, difícilmente podía negar lo que era. Todo el mundo lo sabía. No entendía por qué la llevaba en su coche, por qué cuidaba de ella. No era propio de él mezclarse con una mujer promiscua. Dios sabía que había conocido suficientes cuando era más joven. Pero al hacerse mayor, se había vuelto más cínico, más asqueado. ¿Qué clase de mujer se vendía por baratijas?

Jake frunció el ceño mientras esos pensamientos cruzaban su mente. Ella era una mujer rica e independiente. ¿Por qué necesitaría venderse?

Miró de reojo sus facciones tensas con excesiva curiosidad. Había otra posibilidad. Tal vez simplemente le gustaban los hombres.

Se encogió de hombros. El mundo se había modernizado. Si los hombres podían hacerlo, también las mujeres; suponía que eso era lo que se consideraba igualdad. Habían quedado atrás los días en que una mujer era santificada por su reputación impecable. Pero se preguntaba sobre el efecto que eso tendría en los niños. Su madre había sido dulce, amable y fiel a su marido. No hubo engaños. Al menos por su parte. No le gustaba pensar en su padre.

Su madre había sido muy crítica con las mujeres modernas y su falta de moralidad. Su vida había estado libre de escándalos. La de Jake también.

Recordó la conversación que había tenido con Cindy en la cafetería. Estaba en el instituto cuando la comunidad se volvió contra una mujer cuya hija pequeña cursaba quinto grado. La madre de Bess Grady se acostaba con cualquier hombre que se le pusiera a tiro. Bess, una niña tímida, iba a clase con algunos de los hijos de los hombres que su madre había seducido. El mejor amigo de Jake tenía un hermano en la clase de Bess. Le contó que los otros niños la castigaban día tras día. Jake se preguntó si a su madre le importaba siquiera haberla involucrado en aquel sórdido lío que ella había provocado.

Cuando estalló el escándalo, porque uno de los amantes de la madre de Bess era un conocido político local y el romance le costó un escaño en el senado estatal, los comentarios fueron terribles. Bess era tímida, callada e introvertida. Convertirse en chivo expiatorio de su madre había roto algo en su interior, y lo había hecho muy deprisa.

Unos días después de que los rumores se volvieran candentes, Bess tomó varias pastillas para dormir de su madre y, cuando empezaron a hacer efecto, se cortó la arteria del cuello con un cuchillo de carnicero. Su madre regresó a casa a la mañana siguiente, muy temprano, después de pasar la noche de fiesta en Denver con uno de sus ricos amantes de Catelow, y encontró a su hija en el suelo del baño en un charco de sangre.

Por primera vez, la madre no solo fue fuente de escándalo, sino también de odio por parte de la comunidad. Se hizo público que los hijos de los amantes de su madre habían atormentado a la pobre niña por la ruptura de sus familias. El funeral había contado con una gran asistencia, pero ni una sola persona del pueblo, salvo el pastor, que fue el único que se atrevió a dirigir algunas palabras a la madre. Su dolor era visible, junto con su culpa, pero las pequeñas comunidades tenían su propia manera de tratar a quienes desafiaban las normas y herían a los inocentes.

Una familia poderosa había perseguido a la problemática madre con todas sus armas. La mujer descarriada, abandonada por sus amantes locales ante tanta mala publicidad, perdió su casa y su trabajo, y la gente la rechazó en todos los negocios que frecuentaba. Al final, se rindió y se mudó a Denver. Al parecer, para vivir con uno de sus amantes.

Jake había oído que había muerto por una sobredosis. No sintió lástima por ella. El hermano de su mejor amigo estaba enamorado de Bess, quien había sufrido tanto por culpa de aquella mujer despreciable. Había sido un duro golpe para el chico.

También recordaba a la madre de Mina Michaels. Mina había soportado a los amantes promiscuos de su madre, algunos de los cuales la habían maltratado. Sin embargo, eso había sido años después de que Bess se suicidara y no tenía ninguna conexión con la familia de Mina. Qué vida debió de tener Mina. Pobrecita. Todavía la echaba de menos. Se alegraba porque ella era feliz, viviendo con Cort Grier y su hijo Jeremiah en Texas. Pero su pérdida aún le dolía. Había tenido grandes esperanzas cuando empezó a salir con ella. Tristemente, su corazón había pertenecido a Cort casi desde el día que se conocieron.

Él había estado saliendo con la alegre divorciada que en ese momento estaba sentada a su lado, lo que decía mucho de ella. Cort Grier había sido un conocido mujeriego antes de su matrimonio, y había pasado bastante tiempo con Ida Merridan mientras visitaba a su primo en Catelow.

Jake se preguntó de nuevo por qué se tomaba tantas molestias con aquella mujer cuando ni siquiera le caía bien. Sus ojos grises se entrecerraron mirando la carretera.

Ida, sin idea de lo que pasaba por la mente de su acompañante, notó el ceño fruncido en su apuesto rostro.

—Escucha, puedo volver más tarde e ir a la farmacia... —propuso, sintiéndose incómoda.

Él tomó aire bruscamente y la miró.

—No me importa. Lo siento. Estaba recordando a la chica Grady.

Ella hizo una mueca.

—Oh, pobrecita —murmuró ella en voz baja—. También la recuerdo. Iba en mi curso, aquí, en Catelow.

Él la miró.

—Pensé que te habías criado en Denver —mintió él, porque no quería admitir que había estado hablando de ella con Cindy en la cafetería.

—Así fue, pero vivimos aquí hasta que estuve en quinto grado. Bess era una de mis amigas. —Dirigió la mirada hacia la ventana—. Todas odiábamos a su madre. Bess era tímida y dulce, y nunca hizo daño a nadie. Hicimos lo que pudimos para protegerla, para separarla de los chicos que estaban tan enfadados. Pero los chicos pueden ser tan crueles. Fue un *shock* lo que hizo. Quiero decir, ¿cuántos alumnos de quinto grado conoces que se suiciden con pastillas y un cuchillo?

—Hubo un artículo en el periódico local que mencionaba la muerte de un hombre pudiente del Este —comentó él—. Era muy detallado sobre cómo se suicidó. El hermano pequeño de mi mejor amigo estaba enamorado de la chica Grady. Durante años cargó con la culpa porque le contó la historia. Siempre pensó que ella lo recordó cuando decidió quitarse la vida.

—No debería haberse sentido culpable —respondió ella con suavidad—. Todos tenemos un tiempo determinado en la tierra, cosas que debemos hacer, propósitos que cumplir. Dios decide cuándo y cómo terminan las vidas. Las personas pueden facilitar eso, pero al final, no elegimos realmente cómo morimos.

Él se sorprendió. Nunca la había considerado una persona creyente.

—No me pareces una fanática religiosa.

Ella sonrió con tristeza.

—Mi primer marido era muy religioso. Íbamos a

la iglesia todos los domingos cuando estábamos recién casados. Llevaba listas de los miembros de la congregación que eran pobres, que tenían facturas que no podían pagar. Hacía regalos anónimos a muchas personas que nunca supieron quién era su benefactor. Fue el hombre más bondadoso que he conocido.

—Era gay —soltó Jake de repente.

—Sí. Eso no es una elección, ¿sabes? —Lo miró—. La gente no se despierta una mañana y decide ser gay. Es algo relacionado con la forma en que está conectado su cerebro. Cort Grier está casado con Willow Shane, la escritora —añadió, sorprendiéndolo. Debía de haber oído que él había salido con Willow, cuyo nombre real era Mina Michaels.

—La conozco.

—Le contó a una amiga en común que los escritores no piensan como la gente normal. Sus cerebros están conectados de manera diferente. Ven el mundo de formas que la mayoría no ve, y eso afecta a su manera de escribir. —Hizo una pequeña pausa y continuó—: Tal vez nuestros cerebros están construidos de tal manera que nos predisponen a ciertas profesiones, ciertos estilos de vida personales. —Soltó una risotada—. Solía pensar que todo el mundo tenía patrones de pensamiento como los míos. Cuando pienso, imagino las cosas en colores vívidos. Veo personas y cosas en mi mente. Pero aprendí que no todo el mundo lo hace.

Él la miró. Nunca lo había pensado así.

—Los ingenieros piensan en términos de diagramas. Los matemáticos piensan en términos de ecuaciones matemáticas. Algunas personas ven imágenes abstractas. Lo que quiero decir es que, cuando pensamos, lo hacemos de una forma individual de interpretar datos. —Sonrió tímidamente—. Es algo que me fascina.

Él ladeó la cabeza.

—¿Fuiste a la universidad?

Ella asintió.

—¿Qué estudiaste?

Ella se sonrojó y desvió la mirada. Ahora sí sentía verdadera curiosidad.

—¿Qué? —insistió él.

Ida tragó saliva antes de contestar:

—Física.

Jake casi se sale de la carretera.

—¿Perdón?

—Admiraba profundamente a Albert Einstein —afirmó ella—. Me encantaban las matemáticas. Era muy buena en eso. No estaba segura de qué quería estudiar, pero no me interesaban las artes. Hablé con un asesor de la facultad, y me puso en un programa que incluía Matemáticas Avanzadas, Química y Física. Saqué sobresalientes. Mi marido me animó. Mi primer marido, quiero decir —aclaró—. Era muy culto. Heredó su riqueza, pero se graduó en Yale con honores en Empresariales. Me animó a ir al MIT[1]. Volvía a casa en verano y durante las vacaciones. —Suspiró—. Ahora que lo pienso, probablemente fue más para mantenerme alejada de su vida privada real que por mi educación. Pero me sentía obligada a sacar buenas notas, para justificar el gasto.

—Y estás viviendo en Catelow, Wyoming, en lugar de dar clases en el MIT.

Ida rio suavemente.

—Bueno, tengo un título increíble, pero nunca he querido dedicarme realmente a la física teórica o la mecánica cuántica, así que está guardado en un cajón

---

[1] Instituto de Tecnología de Massachusetts (MIT, por sus siglas en inglés).

de mi dormitorio. —Se encogió de hombros—. Me encantan el arte y la ópera y puedo escribir con ambas manos, así que supongo que soy un enigma.

Ella daría para escribir un libro. Jake estaba intrigado.

«Arte y ópera», reflexionó él.

—Entre tanto, pienso en una teoría del campo unificado —murmuró ella con sequedad.

Él rio.

—Tú tienes un título en Empresariales, ¿verdad? —preguntó Ida.

Él asintió. Era bastante conocido en la zona.

—Sí, y me especialicé en Finanzas. Quería saber cómo gestionar lo que tenía. Demasiados empresarios se hunden por confiar en la gente equivocada para administrar sus propiedades.

—Yo tengo a Edward Jones para las inversiones de mi primer marido —informó ella—. Y un equipo de abogados en Denver que se ocupan de las propiedades.

—¿Cuánto tiempo estuviste casada la primera vez?

—Cinco años. —Sonrió—. Fueron buenos años. Charles Merridan era un hombre amable y gentil, y le encantaba ayudar a los demás. Me enseñó sobre arte. Y ópera.

Entró en el aparcamiento del centro comercial donde estaba la farmacia Catelow.

—¿Qué te enseñó tu segundo marido? —preguntó él de manera casual.

—A agacharme.

Aparcó el coche y se volvió hacia ella, frunciendo el ceño al ver la repentina palidez de su bonito rostro. Jake entrecerró los ojos.

—¿Y tiene algo que ver con ese hueso roto para el que tomas medicamentos tan fuertes?

Ella se aclaró la garganta.

—Información confidencial, señor McGuire —respondió, aunque logró sonreír—. No tardaré mucho —añadió mientras se desabrochaba el cinturón.

Él salió del coche y lo rodeó antes de que ella tomara su bolso del suelo, manteniéndole la puerta abierta.

—Buenos modales —dijo ella distraídamente.

—Mi madre era muy estricta con ellos. Era una mujer dulce y desinteresada que siempre ponía a su familia primero.

—La mía también —respondió ella en voz baja—. Echo de menos a mis padres.

—Yo echo de menos a mi madre.

—Seré lo más rápida posible —prometió ella, dirigiéndose a la farmacia.

—No hay prisa.

Ida no tuvo que esperar. La dependienta lo tenía listo cuando llegó al mostrador.

—No olvides comer algo antes de tomarlas —le recordó el farmacéutico mientras la dependienta pasaba su tarjeta de crédito.

—No lo haré. Cinco días sí, diez días no —repitió.

Le hizo un gesto de aprobación con el pulgar y una sonrisa, y volvió al trabajo.

—Medicación potente —comentó Carol mientras le devolvía la receta y la tarjeta de crédito.

—Normalmente solo las necesito en invierno —respondió Ida—. Supongo que este no va a ser mi mejor año. Y solo estamos en octubre.

Carol se limitó a sonreír. A diferencia de la mayoría de la gente del lugar, conocía muy bien a Ida. Sabía que la imagen salvaje de la divorciada era solo una máscara que llevaba para protegerse. Tenían un pariente político en común que era familiar del primer marido de Ida.

—Si me necesitas, ya sabes mi número —se ofreció Carol con tono suave.

—Lo sé. Tú también sabes el mío —respondió sonriendo.

—Nos cuidamos mutuamente.

—Harry me cuidó cuando realmente lo necesité —dijo Ida—. Lo echo tanto de menos.

—Yo también —respondió la dependienta—. Era tan diferente de lo que la gente pensaba.

—¿Verdad que sí?

—Ten cuidado al conducir.

—Oh, no conduzco. Jake McGuire me llevó al médico y me trajo aquí. —Se sonrojó y miró alrededor, para asegurarse de que nadie la había oído.

—Hoy casi no hay nadie. Jake, ¿eh? —bromeó Carol.

—No es lo que piensas. No le gusto nada. —Suspiró—. Lo cual es mejor, teniendo en cuenta mi historial.

—Nos hemos enterado de que tu segundo marido ha salido antes de tiempo —dijo Carol, bajando la voz—. Mantén la puerta cerrada y pon a Cody Banks en marcación rápida. Por si acaso.

—Pensé que lo mantendrían encerrado para siempre —confesó Ida con tristeza y negando con la cabeza—. Mató a un hombre y apenas cumplió condena. Ahora se juega todo lo que puede robar. Me ha amenazado...

—Lo digo en serio, pon al *sheriff* en marcación rápida. Vives en medio de la nada.

—Me gusta mi privacidad.

—¿Por qué no inviertes en protección? ¿Qué tal un perro grande y feroz?

—Mis abogados de Denver me sugirieron un guardaespaldas.

—Una sugerencia sensata. Deberías aceptarla.

Ida asintió.

—Supongo que sí. Es solo que no me gusta la idea de tener a alguien vigilándome todo el tiempo.

—Si no lo hace el guardaespaldas, lo hará tu ex —afirmó Carol—. Ten cuidado.

—Lo tendré.

Jake la vio acercarse y ya tenía la puerta abierta cuando llegó al coche.

—Gracias —dijo ella—. Por todo.

—Todos tenemos estos impulsos extraños de vez en cuando —respondió él.

Ida se abrochó el cinturón mientras él se sentaba al volante y arrancaba el coche.

—¿Necesitas ir a algún otro sitio?

Ella negó con la cabeza.

—Ya te he causado bastantes molestias por hoy.

—No me ha importado —afirmó él, y se sorprendió al darse cuenta de que era verdad, no solo una respuesta cortés.

—Puedo conducir —informó ella, reclinando la cabeza—. Pero es mi cadera derecha la más afectada, y es la que más se usa, para el acelerador y el freno. Pero esto —señaló la bolsa de medicinas— me devolverá a la normalidad.

—¿Tomas otros analgésicos?

Ella rio.

—Soy alérgica a la mayoría. Tenía un analgésico con receta muy suave que contenía solo una traza de codeína. Me salió urticaria y casi termino en Urgencias. —El recuerdo le resultaba doloroso. Miró por la ventana—. Mi exmarido pensó que era una exagerada. Tuve que conducir yo misma hasta el alergólogo. Él estaba viendo una película y no quería molestarse... —Se sonrojó—. Lo siento.

—La gente ha muerto por reacciones alérgicas como esa —comentó él, enfadado por lo que había hecho su exmarido.

Ella respiró hondo.

—No le habría importado. Todo mi dinero venía de mi primer marido. El segundo no trabajaba. Decía que yo tenía dinero suficiente para los dos. Mientras le diera lo que quería, todo iba bien.

—¿Y si no conseguía lo que quería?

Su mano fue inconscientemente a su cadera.

—Fue hace mucho tiempo —mintió.

Jake se reservó su opinión. Ella tenía mala reputación, pero era una mujer hermosa. Se preguntó qué clase de hombre podría hacerle daño físicamente.

—¿Cuánto tiempo llevas divorciada?

—Tres años. —No añadió que él había estado en prisión ese tiempo.

La miró. De cerca, era mayor de lo que había pensado al principio.

—¿Cuántos años tienes? —preguntó bruscamente.

Ella miró su bolso.

—Veintiséis.

—Veintiséis. —Hizo cálculos mentalmente—. ¿Te casaste a los dieciocho?

Ella suspiró.

—Acababa de perder a mi madre. Se fue a uno de esos cruceros por el Mediterráneo y me dejó con unos amigos, el doctor Menzer y su esposa. Es mi cirujano ortopédico. Él y su esposa se mudaron aquí poco antes de que yo volviera. —Respiró hondo y miró por la ventana—. Dijeron que mi madre se cayó por la borda. Estaba en cubierta durante una tormenta y se la llevó una ola. —Bajó la mirada hacia su regazo. Era un recuerdo doloroso—. Nunca la encontraron.

—Eso debió de ser duro.

Ella asintió.

—Sufrí y sufrí. Ni siquiera tuve un lugar donde poner flores. Así que compré una de esas urnas decorativas donde ponen las cenizas y guardé algunas de sus cosas favoritas dentro y la sellé. La tengo en la repisa. —Sonrió con tristeza—. Le pongo flores al lado en los días festivos y en su cumpleaños. Es lo más parecido a una tumba.

—No es mala solución.

—Tampoco la mejor. —Su mirada se perdió en la distancia—. No dejaba de pensar que tal vez había llegado a alguna orilla y perdido la memoria. Que quizás seguía viva y no sabía quién era. —Sonrió—. Había una película que me encantaba, sobre una agente de la CIA que recibió un disparo y perdió la memoria. Acabó en un pueblo pequeño con un bebé y años después recuperó la memoria.

Él rio y dijo:

—*Memoria letal.*

—¡Sí! —exclamó ella.

—Está en Prime Video —comentó él—. La mejor actuación de Samuel L. Jackson, hasta *Capitana Marvel*. Es uno de mis actores favoritos.

—El mío también. Y me encantó Geena Davis en el papel de la madre profesora que resultó ser una asesina.

Él la miró.

—Tienes un espíritu aventurero.

—No puedo hacer cosas aventureras, así que soy pirata, superheroína, exploradora y mercenaria de sillón.

—¿Pirata? —Jake se quedó pensando mientras sus ojos grises brillaban.

—Me encantaría tener un barco pirata y navegar por el lago. Tendría velas negras y una bandera con la calavera y las tibias cruzadas, y contrataría hombres para que lo tripularan vestidos como Barbanegra.

—¿Y por qué no lo haces?

—Ya le he dado a Catelow suficientes razones para hablar de mí. No hace falta añadir más. —Se arrepintió de decirlo cuando vio que la diversión abandonaba su atractivo rostro. Se cerró por completo. Hizo una mueca. Tenía un don para alejar a la gente.

—¿Adónde vamos? —preguntó él.

—¡Oh! ¡Perdón! —se disculpó y luego le dio indicaciones.

Su casa era antigua. Había sido un rancho más grande en otros tiempos. Había pertenecido a un tío abuelo que se lo dejó a su padre. La familia había vivido allí, apenas ganándose la vida, antes de que a su padre le ofrecieran trabajo en Denver en la misma empresa de diseño cuyo dueño se casó después con Ida. Se había vendido, pero el primer marido de Ida lo compró de nuevo y puso un administrador. Ida debería conservar el lugar para sus herederos, había dicho él con dulzura, antes de que ella supiera que no tendría ninguno con él. Había sido un gesto amable, de un hombre amable.

En la actualidad era un rancho de caballos. Ida mantenía una pequeña manada de palominos y dos vaqueros a tiempo parcial que solo se ocupaban de cuidarlos.

—Mi padre trabajaba como tipógrafo para el periódico local —comentó ella—. Pero vivíamos aquí. Era una vida dura. Teníamos una vaca para la leche y la mantequilla, y gallinas para los huevos.

—¿No teníais ganado?

Ida negó con la cabeza.

—Ya era bastante difícil mantener una vaca lechera y las gallinas. No podíamos permitirnos cercas para el ganado.

Él frunció el ceño. No había pensado que su

familia hubiera sido pobre. La suya también lo fue. Tenía treinta y tantos años, casi diez más que ella. Probablemente por eso no la recordaba del colegio.

—Yo también crecí siendo pobre —confesó él en voz baja—. Viví principalmente con mi madre y sus padres. Teníamos un rancho solo un poco más próspero que el tuyo. Había suficiente para comer, pero sin lujos. Mi abuelo conducía un coche de diez años con ciento treinta mil kilómetros. Solía decir que cualquier coche con menos de esos kilómetros sería como nuevo para él.

—Nosotros teníamos una camioneta de doce años con frenos que necesitaban un arreglo constante. Mi padre tenía el pie pesado.

—¿Qué edad tenías cuando murió?

—Diez —respondió con tono suave—. Era el mejor padre del mundo. Lo quería muchísimo. A mi madre también. Casi la pierdo cuando él se fue tan repentinamente. Sufrió hasta que murió. Nunca miró a otro hombre.

—Mi madre también era así.

Ella lo miró, curiosa. Quería saber qué clase de hombre era su padre. Pero dudaba en preguntar. Había algo desconcertante en su expresión.

Él era consciente de esa curiosidad. No la satisfizo.

Entró en el largo camino que conducía a la casa victoriana en una arboleda de pinos, con los afilados y nevados Tetons de fondo.

—Bonitas vistas.

—¿Verdad? Hago escultura como pasatiempo. Pero siempre he deseado poder pintar.

—Ya veo por qué. —Jake frunció el ceño—. Es bastante remoto.

—Me gusta así. —Ida respiró hondo—. No... me relaciono bien.

—Yo tengo que hacerlo. Los negocios lo requieren.

—Supongo que sí. Ten cuidado con Butler —advirtió ella.

—¿Butler?

Un enorme gato amarillo bajó del porche y se frotó contra los escalones.

—No teme a los coches —aclaró ella—. Vivo aterrada pensando que alguien lo atropellará algún día.

—La mayoría de los gatos son inteligentes.

—Me tocó el tonto. —Se rio—. Es viejo y artrítico, pero es muy dulce.

Él rodeó el coche y le abrió la puerta. El gato se enroscó en sus pantalones.

—No dejes que haga eso. Te llenará de pelos —dijo ella apresurada, tratando de espantar a Butler.

—Tengo un pastor alemán llamado Wolf —respondió él—. Tengo pelos de perro por todas partes, a pesar de los esfuerzos de mi ama de llaves. Tú tienes pelos de gato. Los pelos son pelos —añadió con una leve sonrisa.

—Supongo que sí. —Lo miró. Era muy alto, y eso que ella tenía una estatura media—. Sé que no te caigo bien. Gracias por llevarme en coche a pesar de ello.

Él frunció el ceño.

—¿Cuántas operaciones te han hecho en esa cadera? —le preguntó de repente.

—Dos... —respondió sin pensar y se ruborizó.

Sus ojos grises se entrecerraron.

—Dos. Debió de ser una fractura terrible.

Ella tragó saliva con fuerza, recordando.

—Lo fue. Me fracturé la cadera y el fémur también. Tengo una varilla metálica, una placa y varios tornillos sujetándolo todo. Y artritis postraumática.

Él se preguntó si habría tenido un accidente de coche. No dijo nada más al respecto y se sonrojó, como si le avergonzara haber dicho incluso eso.

—Me alcanzaron en un fuego cruzado cuando

combatía en Irak, hace más de diez años —confesó él en voz baja—. Tres impactos en el pecho. Uno estuvo a punto de ser mortal, pero los médicos fueron rápidos. Me enviaron a casa. —Se encogió de hombros—. Habría vuelto, pero supongo que tres balas te cualifican para la jubilación directamente. —Tenía otras heridas, pero no iba a compartirlas con ella.

Ida hizo una mueca.

—Debió de ser muy doloroso.

—Lo fue. —Metió las manos en los bolsillos—. Las cicatrices me lo recuerdan cada vez que me miro al espejo. —Rio con sarcasmo—. Nunca me quito la ropa con la luz encendida cuando estoy con mujeres. Cometí ese error solo una vez.

Ella se puso roja como un tomate y apartó la mirada.

Él se quedó atónito. Estaba avergonzada. Era tan obvio que resultaba inconfundible. Era una mujer fácil que se acostaba con cualquiera que llevara pantalones, pero le avergonzaba oír a un hombre hablar de lo que hacía con las mujeres.

—Tengo que entrar y tomarme esto —dijo ella, levantando la bolsa de pastillas de la farmacia—. Gracias de nuevo por traerme...

—Le di mi número a Cindy —la interrumpió—. Cuando terminen con tu Jaguar, iré con uno de mis hombres para traértelo.

—Pero no tienes por qué hacerlo... —protestó.

—No tengo nada que hacer, excepto pagar impuestos.

Ella captó el mensaje.

—Bueno... Gracias.

—Odias deberle favores a la gente —adivinó él, y vio cómo sus ojos azules brillaban. Asintió—. Yo también. Pero no es malo ofrecer ayuda cuando se necesita. Vives sola.

—Sí. —Respiró hondo—. Me gusta... estar sola.

—A mí también. —La estudió un minuto más antes de volver a su coche—. Vigila a tu gato. Intentaré no atropellarlo.

—Ven, Butler —llamó ella al gran gato amarillo, que intentaba seguir a Jake hasta su coche—. ¡Butler!

El gato parecía indeciso, pero volvió trotando hacia Ida y la siguió hasta el porche. Ella observó cómo Jake se alejaba con sentimientos encontrados. No podía entender por qué le había ofrecido ayuda cuando era tan obvio que no le caía bien.

Jake tampoco lo entendía. Se fue a casa, recriminándose todo el camino por involucrarse con aquella mujer de dudosa reputación, aunque fuera de manera indiferente.

Capítulo 3

Ida odiaba tomar las enormes cápsulas de ibuprofeno. Le dañaban el estómago, incluso cuando las tomaba con comida, y necesitaba un antiácido solo para tolerarlas. Pero ayudaban con la inflamación y el dolor.

Su coche necesitaba una pieza que había que encargar, así que no se lo habían devuelto el día que Jake la llevó a casa. Pero estaría listo a lo largo del día. El mecánico se lo había confirmado por teléfono. Aunque en realidad no le importaba. De todos modos, no podía tomar la medicación y conducir.

Preparó unos huevos revueltos y una tostada para acompañarlos. No tenía mucho apetito. Solo podía pensar en lo peligroso que era Bailey y en lo que sería capaz de hacerle. El dolor en la cadera le recordaba de manera explícita lo que podía suceder cuando lo rechazaba.

Durante los pocos meses de su breve matrimonio, la había transformado de una mujer alegre y divertida en una prisionera asustada que no quería saber nada de hombres nunca más. El juicio había sido rápido, según los estándares judiciales, y Bailey había jurado venganza en la sala cuando lo condenaron. Ida había estado presente, quiso conocer el resultado del juicio de primera mano. Nunca podría olvidar la expresión en el rostro de su marido. Bueno, exmarido. Se había divorciado de él mientras estaba en la cárcel esperando el juicio. Sus abogados le habían advertido de lo que podían hacer si se negaba a dar su consentimiento. Así que él terminó aceptado, aunque a regañadientes. Pero no sabía que ella lo estaba excluyendo de su testamento al mismo tiempo. Ida se preguntaba si ya se habría enterado.

Se había negado a asistir a su audiencia de fianza cuando lo arrestaron, temerosa de lo que pudiera hacerle. Los abogados en Denver habían estado de acuerdo. Uno de ellos conocía al fiscal auxiliar que llevó el caso. Le había informado exactamente de lo que el acusado le había hecho a Ida, una historia muy diferente a la que su exmarido había contado. Bailey no tenía dinero ni propiedades para una fianza en efectivo, así que se vio obligado a permanecer en la cárcel hasta el juicio. Después de que se celebrara, fue directamente a prisión. Fue la primera vez en meses que Ida se sintió segura. Posteriormente, cambió su apellido al de Charles Merridan, su primer marido. No quería que el apellido de Bailey fuera un recordatorio diario de que había sido lo bastante estúpida como para casarse con él.

Solo le había contado a un puñado de personas lo de las amenazas. Sus abogados habían contratado un guardaespaldas temporal. Se hacía pasar por un vaquero que ayudaba en su pequeño rancho de caballos. Vivía en el antiguo barracón que ella había renovado como casa de huéspedes. A nadie le extrañaba debido a su reputación.

Hizo una mueca. No se lo había contado a Jake. Cuando descubriera lo del guardaespaldas, cosa que haría, asumiría que el guardaespaldas de Texas era solo otro amante, porque era joven y atractivo. Y le parecería mal. Jake era un hombre bueno y amable. Deseaba que tuviera mejor opinión de ella. Pero... cría fama y échate a dormir. Y la suya era muy mala, aunque fuera para disuadir la atención de los hombres locales.

Odiaba su propia belleza, que la hacía tan atractiva. Trataba de ocultarla evitando el maquillaje y vistiendo ropa holgada que tapaba su exquisita figura. En contadas ocasiones, se arreglaba para asistir a alguna celebración local. Dichas fiestas se habían transformado en una pesadilla, hasta que Cort Grier la ayudó fingiendo estar interesado en ella.

Ida había estado coqueteando deliberadamente con un hombre mayor, porque sabía que estaba casado y era poco probable que quisiera empezar algo con ella. Tristemente, su idea se volvió en su contra. Él se mostró muy interesado, y su pobre esposa acabó en el baño hecha un mar de lágrimas. Se alejó después de eso y se encontró con Cort Grier, quien se marchó con ella cuando terminó la fiesta. Había querido disculparse con la esposa del hombre, pero no había sabido cómo acercarse a ella. Muy pocas personas en Catelow conocían a la verdadera mujer detrás de la coqueta y vivaz de sórdida reputación. No eran hechos concretos los que hablaban, sino lo que la gente creía que ocurría. Ida era una prostituta que intentaba robar los maridos de otras mujeres. Ese era el último chisme que circulaba por todas partes después de aquella fiesta.

Bueno, era lo que ella había querido, ¿no?, ser escandalosa. Pensó que era la mejor manera de mantener alejados a los hombres. De momento había funcionado. No tenía ningún interés en otro matrimonio ni en relacionarse con ningún hombre. Estaba convencida de que no tenía el juicio suficiente ni la capacidad de detectar a un maltratador cuando lo veía.

Terminó su escaso desayuno y fue a la sala, llevando consigo una taza de café con leche de su cafetera automática en una delicada taza de porcelana china azul y blanca con platillo. La dejó en la mesa de café y se quedó mirándola.

Bebía demasiado café. La mantenía despierta por la noche. Eso habría sido un problema si no fuera por el dolor diario que le aseguraba evitar activamente el sueño. Odiaba cuando las luces se apagaban, porque era cuando las pesadillas aparecían. Sueños horribles, llenos de violencia que solo recordaba a medias al despertar.

Así que evitaba dormir. Evitaba a los hombres. Evitaba casi todo contacto con otros seres humanos. Su único compañero era el viejo Butler, acurrucado en su cama para gatos, profundamente dormido.

Había un televisor de pantalla plana, el último modelo, con todos los canales por satélite conocidos. Pero la pieza central de la habitación era un piano de cola. El primer marido de Ida tocaba maravillosamente. Le había enseñado a ella.

También aprendió rápido. Siempre había amado la música. El piano le resultaba tan natural como respirar, para absoluto deleite de él. Memorizaba sus piezas favoritas y las tocaba cuando estaban juntos en casa, lo que no ocurría a menudo.

Olvidándose del café en la mesa, se acercó al piano, colocó el banco, se sentó y puso su pie derecho cerca de los pedales en el suelo.

Su canción favorita era una antigua que su abuela había amado. Tenía varias grabaciones de diferentes cantantes y grupos, pero su favorita era la versión de Steve Alaimo. Ida había crecido escuchándola, amándola. Sus manos fueron a las teclas y empezó a tocar, con los ojos cerrados, la música llenando todos los espacios vacíos y asustados dentro de ella.

Era ajena a todo lo que la rodeaba mientras tocaba, incluso al sonido del timbre. Finalmente lo escuchó. Se detuvo en medio de un compás, saltó y se movió tan rápido como pudo hacia la puerta principal.

Jake McGuire estaba allí, observándola con curiosidad.

—Lo siento, no te oí llegar.

—Uno de mis hombres trajo mi Mercedes. Está esperándome fuera —informó él mientras la miraba con detenimiento—. Tu radio estaba bastante alta. No me extraña que no oyeras los coches. Mi abuelo solía tocar esa canción. ¿Cómo se llama?

—*Cast Your Fate to the Wind* —respondió ella.

—Es una melodía muy pegadiza.

—Lo es. —Ida prefirió no aclarar que había sido ella misma quien la tocaba.

Él le entregó una llave inteligente en un llavero con el símbolo de Jaguar.

—Se conduce de maravilla —comentó Jake—. Incluso me estoy planteando comprarme uno.

Ella sonrió.

—Gracias por todas las molestias.

—No fue ninguna molestia —aseguró él.

Ella lo miró con sentimientos encontrados, experimentando emociones que no quería sentir. Él solo estaba siendo amable. Era una amabilidad indiferente. ¡Por Dios, ni siquiera le caía bien!

Él tenía el mismo tipo de conflicto. Su percepción de Ida había cambiado. No era la mujer salvaje que había pensado. Sentía curiosidad por ella, aunque no quería sentirla.

Justo cuando la tensión alcanzó su punto máximo, se oyó un golpe rápido en la puerta y un hombre alto de cabello oscuro y ojos aún más oscuros entró en la casa.

—Siento interrumpir —dijo secamente—, pero tenemos un problema con uno de los caballos.

—¿Con cuál? —preguntó ella de inmediato—. ¿No será Silver? —añadió preocupada.

—No, señora, no es él. Es la yegua palomina. La que parió la semana pasada.

Ida suspiró.

—Gold. Ha tenido tantos problemas desde que dio a luz al potro —respondió ella con tristeza—. ¿Qué le pasa? ¿Lo sabes?

—Tiene cortes profundos en los costados. Graves.

El hombre tenía una expresión hermética mientras hablaba.

—¡Pero solo ha estado en el pasto! —exclamó Ida—. ¡Y allí no hay nada que pudiera haberla herido!

—Lo sé —respondió Laredo en voz baja—. Lo he comprobado.

Sus ojos oscuros le decían cosas que ella no quería compartir con Jake.

Ella se limitó a suspirar de nuevo.

—Llama al veterinario, a ver si puede venir enseguida.

—Me ocupo ahora mismo.

Laredo salió sin decir una palabra más.

—¿Un empleado? —preguntó Jake, arqueando una ceja.

—Uno de mis nuevos vaqueros —mintió Ida, aunque no lo hizo muy bien.

Jake sonrió. Y no era una sonrisa agradable.

—Que tengas un buen día.

—Gracias por traerme el coche —dijo ella en voz baja.

Él se limitó a encogerse de hombros y siguió caminando.

«Y adiós a los sueños locos», se dijo ella mientras volvía dentro y cerraba la puerta.

* * *

Caminó hacia el establo donde estaba la palomina. La yegua, Gold, estaba de pie, pero se veían largos cortes sangrantes en sus cuartos traseros. Incluso Ida podía ver el dolor que sufría el animal. Laredo Hall estaba arrodillado junto al animal con uno de los vaqueros del rancho a su lado. La yegua se apartaba de él.

—¡Oh, Gold, mi pobre niña! —dijo Ida preocupada. Entró en el establo y deslizó los dedos por la suave crin de la yegua—. ¡Mi pobre chica! —Miró los cortes—. Esto no ha sido un accidente —afirmó con frialdad.

—Parece que alguien lo hizo a propósito —añadió Laredo, entrecerrando los ojos.

El corazón de Ida se aceleró. ¿Habría estado Bailey allí? ¿O habría ido uno de sus turbios amigos directamente a su rancho para dañar a su yegua? Era el tipo de cosa rastrera, furtiva y mezquina que él haría, y ella lo sabía. Laredo, a juzgar por su comportamiento, pensaba lo mismo.

—¿Has llamado al veterinario?

Él asintió.

—Está en camino.

Se rodeó con los brazos y se estremeció ante el dolor del animal. Gold seguía apartándose de Laredo y emitía relinchos nerviosos. Cerca, oyó al potro palomino gimoteando, como si entendiera que su madre estaba enferma. Ida le había tomado cariño a la yegua desde que vivía en Catelow. La montaba ocasionalmente, como montaba a Silver, otro de su pequeña manada de palominos con una hermosa crin blanca y padre del potro, pero los vaqueros eran quienes principalmente se ocupaban de los caballos. Siempre le había gustado montar, pero temía a los animales grandes, temía sufrir más lesiones que requirieran cirugía. Había sido tan doloroso...

El sonido de una camioneta aparcando fuera atrajo la atención de todos. Un joven veterinario entró por la puerta, directo hacia la paciente.

Saludó a Ida, se presentó como el doctor Mulholland y dedicó unos minutos a examinar al animal. El veterinario hizo una mueca de dolor.

—Bueno, no encuentro más heridas, solo estos cortes. ¿Quién podría hacer algo así? —preguntó enfadado, volviéndose hacia Ida.

—Me imagino que alguien enviado por mi exmarido, que acaba de salir de la cárcel —respondió ella con tensión—. Me ha estado amenazando.

Los ojos del veterinario echaban chispas.

—Deberían detenerlo y devolverlo a la cárcel.

—Ojalá fuera tan sencillo. No puedo demostrar que él es responsable. Al menos, todavía no.

—Si puede demostrarlo, estaré encantado de testificar.

—Gracias —respondió ella con sinceridad.

Le aplicó anestesia local y suturó los cortes. Después le puso una inyección de antibióticos, por si acaso, para prevenir la infección.

El veterinario suspiró mientras guardaba sus instrumentos.

—Si no nota mejoría o si ve señales de infección, llámeme a la hora que sea. Siempre estoy disponible, al igual que mi esposa, Ashley.

—Muchísimas gracias —dijo Ida con sinceridad—. Adoro a mis caballos.

Él sonrió.

—Los dos amamos todo lo que tenga pelo. O no.
—Se rio—. Tengo una paciente que mide seis metros
y pesa más de cuarenta kilos.

—¿Seis metros?

—Es una pitón albina. Una criatura preciosa, con
escamas blancas y amarillas y ojos rojos.

Ella se estremeció.

—No me gustan los reptiles. Prefiero las criaturas
de sangre caliente —desveló riendo.

—Hay gustos para todo —dijo él, sonriendo—. Llá-
menos si nos necesita, ¿de acuerdo?

—Trato hecho. Y gracias por venir tan rápido.

—Creo que se pondrá bien —le dijo Laredo más
tarde cuando estaban solos, con su voz profunda y
tranquila—. Haré rondas nocturnas. Pero nuestro
mayor problema será averiguar quién lo hizo. Ya sabe
de quién sospecho.

Ella suspiró con cansancio.

—Sí, lo sé. Tengo la misma sospecha. —Ella hizo
una mueca—. ¿Por qué alguien querría hacerle daño
a un animal indefenso?

—A algunos hombres les encanta. Les da sensación de poder. Se excitan haciendo daño. —Él ni siquiera la miraba. Tenía las manos metidas en los
bolsillos de los vaqueros y contemplaba el pasto con
la mirada perdida, quizás reviviendo algún trauma
del pasado.

—¿Qué hay de Silver y los otros caballos? —preguntó ella con aflicción.

—He instalado una cámara remota y tengo el sueño ligero. Estaré vigilando.

Ella asintió.

—Haz lo que tengas que hacer.

—Así será.

Mientras regresaba a la casa, recordó lo que él había dicho sobre los hombres a los que les gustaba herir a los animales, que amaban el poder y se excitaban con ello. Quizás le había ocurrido algo en su pasado que provocó ese extraño comentario. Pero no quería intimar demasiado, ni siquiera con un guardaespaldas, así que apartó ese pensamiento de su mente.

Una semana después hubo una cena a la que fue invitada. En realidad, no había planeado ir, pero la anfitriona, Pam Simpson, fue casi agresiva en su insistencia.

—Tienes que venir. Los números no cuadran y nadie más está libre. Hazlo por mí, Ida. Por favor...

Ida sintió esas palabras como piedras. Pam no era maliciosa, pero era obvio que necesitaba un cuerpo femenino presente, no una amiga.

—Siento ponerme tan pesada. Podría encontrar a alguien más, pero quiero que vengas tú. ¿Lo harías?

—Me acusarán de intentar atrapar al marido de alguien y habrá una batalla campal... —dijo Ida, luego suspiró profundamente.

—No. Te prometo que eso no sucederá. Por favor...

—Oh, está bien —aceptó Ida con pocas ganas—. Pero no puedo quedarme mucho tiempo. Tengo mucho dolor. Mi cirujano ortopédico me ha recetado antiinflamatorios fuertes y no puedo conducir cuando los tomo.

—¡No hay problema! Enviaré a alguien a recogerte y llevarte a casa. ¿Qué te parece?

—Pam, eres incorregible. Pero sí, iré —se rindió Ida.

—¡Gracias! No te arrepentirás. En serio.

Se despidieron y cortaron la llamada.

* * *

Así que Ida se vistió con un elegante vestido negro de cóctel, con mangas cortas, que le llegaba a los tobillos, con su hermosa espalda descubierta y un escote que llegaba por encima de la clavícula. Se veía elegante y hermosa, su bonito rostro acentuado por el lápiz labial rojo y solo un leve toque de polvos. Se sujetó su pelo corto con una bonita pinza y tomó su bolso.

Había estado revisando a su pobre yegua todos los días. Gold, como la llamaban, se estaba recuperando bien, pero estaba nerviosa, incluso cuando su potro estaba con ella. Las heridas estaban sanando, pero lentamente. Las heridas mentales, consideró Ida, serían peores que los cortes. Al menos viviría, se consoló con ese pensamiento. Eso era suficiente. Seguía con la preocupación de si Bailey había sido responsable de sus lesiones. Pero Laredo tenía la casa y el patio vigilados, y tenía cámaras exteriores por todas partes, junto con sensores que alertarían de la presencia de intrusos. Bailey iba a tener dificultades para lastimar a cualquiera de sus animales otra vez, pensó con rabia. Pero deseaba que lo intentara, así podría hacer que lo arrestaran y lo enviaran de vuelta a prisión.

Ida tenía curiosidad por saber a quién pediría Pam que fuera a recogerla. Los hombres la ponían nerviosa. Pam lo sabía, pero no el motivo.

Sonó el timbre. Se puso su abrigo largo de cuero negro con cinturón y abrió la puerta.

Se quedó sin palabras. Pam había enviado a un Jake McGuire bastante malhumorado a recogerla. Él estaba fulminándola con la mirada cuando abrió la puerta, pero la expresión horrorizada en el rostro de Ida, y la belleza de su cara y su figura esbelta en ese vestido lo dejaron momentáneamente sin palabras.

—No le pedí a Pam que te enviara —balbuceó ella—. Ni siquiera sé a quién más invitó. Dijo que me invitó solo para que cuadraran los números. ¡Yo no quería ir!

Su vergüenza tocó algo profundo dentro de él que había estado congelado desde que Mina Michaels se casó con Cort Grier. Extendió una mano grande y delgada y tocó con sus dedos su suave boca para detener las palabras.

—Está bien.

—Gracias... —respondió Ida con lágrimas visibles en los ojos.

Él estaba fascinado. Su reputación alejaría a cualquier hombre decente, pero cuando estaba a solas con ella, no se parecía en nada a esa reputación. Era un enigma.

—Será mejor que nos vayamos —sugirió él—. Ten cuidado. Hay nieve en el suelo.

—Está bien, no me importa la nieve. Es el hielo lo que me asusta.

—No hay hielo. Todavía.

Ella cerró la puerta de la casa con llave y dudó en los escalones. Llevaba tacones anchos que apenas tenían tres centímetros de alto, los únicos que podía soportar debido a su lesión. La nieve los cubriría.

Jake de repente la levantó en sus brazos y comenzó a bajar los escalones hacia su coche, aparcado justo frente a la casa.

Ida estaba como una tabla en sus brazos, asustada y demasiado tímida para protestar.

Él giró la cabeza y la miró cuando llegó al lado del pasajero del gran Mercedes. La miró a los ojos, evaluándola, mientras la nieve caía sobre su sombrero de ala ancha.

Ella le devolvía la mirada; vulnerable, frágil, insegura.

—Pequeña farsante —dijo en el tono más suave que ella jamás le había oído.

—¿Qué?

Él se limitó a reír. La dejó en el suelo, abrió la puerta y la ayudó a entrar con delicadeza. No le dio explicaciones sobre lo que había dicho, pero estaba obteniendo información interesante sobre la divorciada salvaje sin que se pronunciara una palabra. No actuaba como ninguna mujer promiscua que hubiera conocido, y había conocido algunas en su juventud. Se parecía más a una actriz interpretando un papel en público para evitar que la gente viera a la mujer que realmente había detrás. Estaba herida de alguna manera. Se preguntó quién la había hecho tan temerosa de los hombres. Cindy había dicho algo sobre su segundo marido. Ella había insinuado que él había sido el responsable de sus lesiones. Recordarlo lo enfurecía.

Se sentó a su lado, mirando de reojo para asegurarse de que llevaba el cinturón de seguridad antes de ponerse el suyo.

—¿Hay mucha gente allí? —preguntó ella, por sacar conversación.

—Cinco parejas. Nosotros seremos la sexta.

—Pam no me dijo que te había invitado —comentó ella después de un minuto.

Los labios cincelados de Jake se fruncieron.

—Lo mismo digo.

Ida respiró hondo.

—Ella y Cindy, la del café, son amigas —reflexionó él en alto mientras salía a la carretera.

Lo cual aclaraba las cosas. Cindy le había contado a Pam que Jake había llevado a Ida a casa y había vuelto a buscar su coche. Las dos mujeres intuían un romance y Pam estaba actuando para ayudar.

—Oh, vaya —dijo Ida preocupada, y sus dedos

largos con las uñas pintadas de rojo estrujaron su pequeño bolso.

—Los rumores solo funcionan si lo permites —afirmó él.

—Eso dicen.

La miró cuando se detuvieron en un semáforo. Podía ver el leve rubor en sus mejillas. Le divertía, pero no dejó que ella lo notara.

—¿Cómo está tu yegua? —le preguntó Jake, recordando sin querer al apuesto vaquero que había contratado.

—¿Gold? Tuvimos que llamar al veterinario. Alguien le dejó laceraciones profundas por toda la grupa, en ambos lados —le contó, con la voz teñida de indignación al recordarlo.

—¿Cómo diablos pasó eso? ¿Se cayó?

Ella se mordió el labio inferior.

—No estamos seguros de qué pasó.

Él la miró de reojo antes de girar hacia la casa de Pam.

—No estáis seguros...

—No puedo hablar de ello. Lo siento.

El corazón le dio un vuelco. Ella estaba diciendo algo sin expresarlo, y él lo sabía. Alguien había herido al caballo. ¿Quién? ¿Por qué? Lo devoraban las preguntas y ella permanecía allí como una esfinge, sin decir nada, sin revelar ninguna información.

Se detuvo frente a la casa de Pam. El camino de entrada estaba limpio de nieve, así que Ida caminó por su propio pie, con Jake justo detrás después de aparcar el coche frente a la casa.

—¡Bienvenidos! —exclamó Pam, abrazando a Ida y Jake—. Me alegro tanto de que hayáis podido venir. Tenemos una cena encantadora. La cocinera ha estado en la cocina todo el día.

—Estoy hambriento —afirmó Jake—. Bueno, hambriento de comida casera. Lo único que sé hacer son huevos revueltos y tostadas.

—¿No tienes cocinera? —le preguntó la anfitriona.

—En realidad, no he estado en la ciudad el tiempo suficiente para contratar una —confesó él—. He estado en Australia, ayudando a Rogan a evaluar los daños y a lidiar con los incendios. La lluvia sería muy bienvenida, te lo aseguro.

—Todos hemos oído lo de los incendios —dijo Pam mientras los guiaba al elegante comedor—. Qué tragedia. Tantos animales perdidos.

—Tantos pirómanos atrapados —respondió Jake—. Espero que los encierren para siempre.

—Yo también —dijo Ida en voz baja.

Él la miró disimuladamente, recordando su viejo gato y la yegua herida. Amaba a los animales.

—Venid al comedor. Empezamos un poco temprano, pero tengo una sorpresa para después —informó Pam con una mirada disimulada y divertida que Ida no vio.

—Me encantan las sorpresas —bromeó Jake.

Pam rio suavemente.

—Esta te encantará especialmente. Te lo prometo.

La cena consistió en una carbonara de pollo y gambas delicadamente preparada con *crème brûlée* de postre.

—Estaba todo delicioso —aseguró Ida a su anfitriona con una cálida sonrisa.

Las otras parejas opinaron lo mismo. Dos maridos miraban sin disimulo a Ida mientras sus esposas, algo menos atractivas que la acompañante de Jake, los fulminaban con la mirada.

Ida apretó los dientes. Pam notó hacia dónde miraba y anunció que todos pasarían al salón mientras la cocinera retiraba los platos de la cena. Añadió que habría café para quien quisiera.

* * *

Jake miraba a Ida disimuladamente con poco afecto, observando cómo los maridos casi se atropellaban entre sí intentando sentarse junto a ella.

La tomó del brazo y, para irritación de los demás hombres, la condujo hacia un par de sillones tapizados cerca del sofá. Todo el mobiliario estaba orientado hacia un enorme piano de cola sobre una tarima. El piano era la pieza central de la sala. Todo el mundo sabía que Pam estaba tomando clases.

Jake se sentó junto a Ida.

—Gracias —murmuró ella.

La miró y frunció el ceño. Las manos en su regazo temblaban. Tenía el rostro pálido, su postura rígida y reservada. Su mente recordó al cirujano ortopédico que Ida estaba visitando, la enorme cantidad de antiinflamatorios que tomaba. Algo le había sucedido. Algo traumático.

Sin pretenderlo, su gran mano cubrió una de las de ella, encontrándola fría. Sus dedos se cerraron alrededor de los de ella, sorprendiéndola tanto que lo miró.

Sus ojos grises brillaron al registrar sus delicadas facciones, su boca suave y su exquisita tez.

—Estás a salvo —le dijo en voz baja, sin entender por qué lo decía.

Ella se sobresaltó un poco, como si no hubiera esperado esas palabras. Apartó la cara, avergonzada.

Su anfitriona entró en la sala, seguida por un camarero con una bandeja de plata cargada con una cafetera y tazas de porcelana.

—Café para quien quiera —anunció Pam con una sonrisa mientras dirigía al camarero hacia una bonita mesa auxiliar de caoba.

Luego se volvió.

—Os prometí una sorpresa. Pero será una sorpresa incluso para mi invitada. —Miró a Ida—. ¿Lo harías? —le preguntó, señalando el piano de cola.

—Oh, por favor, preferiría no hacerlo...

Pam tomó suavemente la mano que había estado bajo la de Jake y tiró de ella.

—Vamos, gallina.

Ida se sonrojó. Pero como Pam había sido siempre tan amable con ella y aquel piano era tan maravilloso, se sentó frente a las teclas después de colocar el banco donde quería.

—¿Qué vas a tocar? —le preguntó la anfitriona mientras Jake miraba con asombro apenas disimulado a su acompañante.

Ida sonrió.

—Esta es una de mis favoritas.

Y cuando sus dedos tocaron las teclas, la exquisita melodía de *Send in the Clowns* de Stephen Sondheim, del musical *A Little Night Music* de 1973, llenó la sala.

Ida cerró los ojos mientras tocaba de memoria, su corazón pleno, desbordante, mientras sus pensamientos se desviaban al pasado, cuando su madre escuchaba aquella canción con rostro embelesado, interpretada por Judy Collins. Había sido la favorita de su madre.

Tocó con toda su habilidad, sintiendo la música en cada célula de su cuerpo mientras los demás escuchaban en un silencio atónito.

Abrió los ojos. Parpadeó. Y de repente hubo un furioso aplauso, incluso de Jake.

—¡Tocas maravillosamente! —exclamó Pam sin dejar de aplaudir—. Deberías hacerlo más a menudo.

Ida se levantó, un poco cohibida. Sonrió.

—Gracias.

—Y ahora que he terminado de ponerte en evidencia —bromeó Pam—, ¿te apetece un café?

—Sí, por favor —respondió Ida riendo.

* * *

—Eras tú quien tocaba. Cuando te llevé el Jaguar aquel día —reflexionó Jake en voz alta mientras se alejaban de la mansión de Pam.

—Sí, era yo —confesó ella—. El piano me ha ayudado a superar momentos muy difíciles.

—¿Dónde aprendiste?

—Mi marido, mi primer marido, me hizo dar clases profesionales —respondió con una sonrisa triste—. Era algo que compartíamos, el amor por la buena música. Tocaba como un ángel. Me encantaba sentarme a escucharlo.

—¿Y no te preguntaste, cuando te casaste...?

—¿Te refieres a la falta de contacto físico? —Se rio—. Me preocupé muchísimo. Estaba segura de que olía mal, o que no era lo suficientemente guapa, o que simplemente no se sentía atraído por mí. Fue un alivio, en cierto modo, descubrir la verdad.

—¿No te importó?

Ella estudió el bolso en su regazo.

—La gente es como es —dijo simplemente—. Era un hombre bueno y amable que nunca me golpeó ni se jugó lo que teníamos ni me avergonzó en público, como muchos hombres hacen con sus esposas. Era divertido estar con él. Era muy culto. Nos gustaban las mismas cosas, teníamos gustos similares en música, política e incluso religión. —Suspiró—. Fue el mejor hombre que he conocido nunca, independientemente de su orientación.

Él sonrió.

—No eres lo que esperaba.

—¿Y quién lo es realmente? —respondió ella, encogiéndose de hombros.

* * *

Jake se detuvo frente a su puerta.

—Tu yegua. ¿Cómo se lesionó?

La pregunta la tomó por sorpresa. No se le ocurría ni siquiera una mentira creíble.

—Crees que fue algo deliberado —adivinó él.

Ella dudó, respiró hondo y luego asintió.

—¿Quién lo hizo? —preguntó él.

Ella lo miró con sus ojos grandes y vidriosos de emoción contenida.

—No... —Hizo una mueca—. No puedo hablar de eso.

—Tu segundo marido. ¿Se apellidaba Merridan?

—Oh, no —respondió ella rápidamente—. Era Trent. Cuando me divorcié de Bailey, volví a usar mi primer apellido de casada, Merridan. La mayoría de mis acciones, bonos y propiedades seguían a ese nombre. También cambié mi testamento —añadió sombríamente, sin medir sus palabras—, para que cuando muera, todas mis posesiones vayan a varias organizaciones benéficas. No recibirá ni un centavo.

—Hay rumores de que estuvo en prisión.

Ella volvió hacia él su rostro pálido.

—Estuvo. Sí.

Luego su rostro se tornó inexpresivo.

—Así que ahora está libre, ¿eh?

Ella se mordió el labio inferior.

—Y sediento de sangre, si no me equivoco.

—Sangre. Dinero. Para él es lo mismo... —dijo ella.

—¿Crees que él lastimó a la yegua?

—No lo sé. Laredo, el nuevo empleado, ha instalado cámaras afuera, por si acaso...

—¿Es realmente un vaquero?

El pecho de Ida subía y bajaba por el tormento desatado en su interior.

—Mis abogados pensaron que necesitaba algo de protección en el rancho.

Él no dijo nada. Pero en su mente estaba armando las piezas del rompecabezas. Todo se aclaró rápidamente.

—¿Por qué estuvo en la cárcel, Ida?

—Eso es información confidencial —respondió ella, con voz apenas audible—. Gracias por llevarme a casa de Pam.

—¿Gracias y buenas noches?

Ella suspiró y forzó una sonrisa.

—Algo así...

Intentó abrir la puerta del coche, pero se movía demasiado despacio. Él se le adelantó y la abrió. Ella se esforzó por salir. Le dolía la espalda y la cadera. Apretó los dientes por el dolor.

—¿Estás bien? —preguntó él, preocupado.

—Va a llover, o nevar, o algo así —predijo—. Me duelen mucho los huesos cuando cambia el tiempo.

—Es una queja que escucho de mis vaqueros. Tienen todo tipo de lesiones. Trabajar con ganado conlleva sus propios riesgos.

Ella asintió.

—Mi padre se cayó de un caballo cuando era muy joven. Se rompió una costilla que le perforó un pulmón. Apenas llegaron a tiempo al hospital.

Él la acompañó hasta su puerta.

—¿Estarás bien?

—Una almohadilla térmica y una de esas pastillas para caballos aliviará el dolor. Gracias por preguntar.

Él le levantó el rostro con una mano bajo su barbilla.

—Eres realmente hermosa —murmuró mientras inclinaba la cabeza y posaba sus labios sobre los de ella.

Capítulo 4

Los únicos recuerdos recientes que Ida tenía de los besos venían acompañados de terror y dolor. Se mostraba cautelosa con Jake en ese aspecto, y se notaba.

Se sentía rígida como una tabla bajo las grandes y cálidas manos que se posaron en sus hombros mientras sus labios firmes rozaban los suyos.

Él levantó la cabeza y la miró a los ojos bajo la luz del porche. Sus propios ojos quedaban ocultos bajo el ala ancha de su sombrero Stetson.

—Estás asustada —afirmó él con tono suave—. No hay necesidad. No tengo que golpear a una mujer para sentirme hombre. —Lo dijo con absoluto disgusto.

Los labios de ella se entreabrieron y el aliento que había estado conteniendo se escapó en un suspiro.

—Lo siento. He... he tenido algunos problemas.

—Con un mal marido.

Ella dudó. Después asintió.

—Así que llevas una máscara para mantener alejados a los hombres, para que no sepan que les tienes miedo.

Ida se movió inquieta bajo sus manos.

—Normalmente funciona.

—Pero has dañado tu reputación en el proceso. ¿No te importa?

—Estaba... bastante desesperada en aquel momento, cuando volví aquí. Daba igual lo que hiciera, los hombres se me insinuaban. No en masa, pero incluso uno solo me aterrorizaba. Quería que me dejaran en paz. Intentaba decírselo, pero claro, nadie me creía. Así que desarrollé esta personalidad...

—La promiscua feliz —dijo él con una sonrisa ladeada.

—Algo así... Ya sabes, soy tan buena en la cama que juzgo a los hombres. Casi todos se quedan cortos y luego cotilleo sobre ellos. —Sus ojos azules brillaron—. Funcionó.

—Demasiado bien —murmuró él. Luego ladeó la cabeza y preguntó—: ¿Me tienes miedo?

—Ya no tanto.

Jake le acarició la mejilla. Tenía una piel exquisitamente suave, y cuando se mostraba vulnerable, como en aquel momento, lo hacía estremecerse.

—Me alegra oír eso.

Mientras hablaba, sus dedos jugueteaban con su boca, separando el labio superior del inferior, excitándola.

Ida apenas reconocía esas sensaciones. Solo las había sentido con Bailey antes de casarse. Después, tras la ceremonia, la había maltratado una y otra vez durante su breve matrimonio. No confiaba en el deseo. Ya la había traicionado una vez.

Empezó a retroceder, pero Jake la siguió.

Sus manos de dedos largos empujaron su camisa con miedo contenido.

—No te haré daño. Nunca —prometió Jake, cubriendo con una de sus grandes manos las de ella, que descansaban sobre el suave algodón de su camisa.

Bajo la tela podía sentir músculo duro y curiosas hendiduras. Recordó que le habían disparado y que nunca se quitaba la camisa con las mujeres. Se sonrojó al recordarlo, algo que la había avergonzado cuando él se lo contó. Había algo suave sobre el músculo. ¿Vello?

Inconscientemente, sus largas uñas le acariciaban la piel mientras permanecía allí rodeada por sus brazos, nerviosa pero confiada.

—Me está gustando mucho eso —dijo él con voz profunda y ronca—. Así que podría ser buena idea parar.

—¿Parar? —Lo miró con curiosidad y ojos muy abiertos.

Su mano presionó la de ella más cerca.

—Lo que estás haciendo con tus uñas.

Se dio cuenta tardíamente de que lo había estado explorando.

—¡Ay, Dios mío!

Él detuvo su movimiento de retroceso con una suave risa.

—No te asustes —le dijo con dulzura—. No era una queja. Estoy siendo protector. Por supuesto, eso está mal visto en nuestra ilustrada sociedad moderna.

—No... no me importa —respondió ella.

Él ladeó la cabeza y sonrió.

—¿No te importa?

—No soy una mujer convencional. O al menos solía ser así. Siempre estaba feliz, siempre riendo. Amaba la vida... —Su rostro se ensombreció de repente.

Él puso su pulgar sobre sus labios.

—Los malos recuerdos pueden ser apartados por los buenos.

—¿Buenos... recuerdos? —El corazón de Ida latía frenéticamente. Su respiración salía en pequeños jadeos. ¿Lo sabría él?

Lo sabía. Él tenía experiencia y ella no. No en eso. Un marido al que no le gustaban las mujeres, un segundo que la hizo temer a los hombres. Y aquel era el resultado, una mujer callada e inhibida que temía el contacto físico con un hombre, cualquier hombre. Pero ella estaba reaccionando a él de una manera normal y saludable, y eso le encantaba.

Jake inclinó la cabeza de nuevo.

—¿Sabes? —susurró contra sus labios entreabiertos—, la única certeza en la vida es su incertidumbre.

—¿Ah, sí? —Ella miraba fijamente su boca cincelada mientras se acercaba, sin prestar realmente atención a lo que decía.

—Nunca sabes qué esperar.

Ella asintió, pero seguía mirando su boca.

Él sonrió suavemente.

—No has oído ni una palabra de lo que he dicho.

—No —admitió ella, asintiendo.

—Qué diablos... —maldijo él, y sus labios se abrieron paso suavemente entre los de ella, dudando cuando se puso tensa, acercándose más cuando se relajó. Ida clavó sus dedos en el pecho de él mientras la atraía hacia sí, mientras su boca se volvía lentamente más invasiva en la fría oscuridad, donde él era el único calor.

Sintió que se le cortaba la respiración y supo que no era por miedo. Pero un buen jinete no se precipita en sus saltos, y un hombre inteligente no se muestra demasiado ardiente con una mujer herida. Se apartó de ella muy despacio.

Ida lo miraba fijamente, con el corazón latiendo con fuerza y los ojos azul oscuro muy abiertos, fascinados.

Jake le acarició la mejilla.

—Lo que sabes sobre los hombres, Ida —comenzó él, y observó cómo reaccionaba al pronunciar su nombre por primera vez—, podría escribirse en la cabeza de una cerilla.

Ella seguía mirándolo, cautivada.

La apartó con suavidad.

—Te llamaré en unos días. Podríamos ir a cenar.

Ella se sonrojó.

—¿De verdad?

La miró desde arriba y odió a los hombres que la habían hecho sentirse inadecuada, cuando era un tesoro esperando ser descubierto.

—De verdad.

Ella sonrió. Y su sonrisa fue como si saliera el sol.

—Me... me gustaría mucho —tartamudeó.

Él rio entre dientes.

—Conozco algunos restaurantes estupendos.

—Me encanta la buena comida.

—A mí también. ¿Todavía tienes mi número en el móvil? —preguntó él de repente.

—Sí.

—Si necesitas ayuda, llámame.

Ella tomó aire.

—No quiero involucrarte en mis problemas.

El corazón le dio un vuelco. Era una actitud muy protectora. Y eso le gustó.

—Si me molestara, nunca te lo habría ofrecido.

—De acuerdo entonces. Gracias.

Él entornó los ojos.

—O si te despiertas gritando en mitad de la noche, también puedes llamarme —añadió él—. Yo tampoco duermo mucho.

Ida se puso roja.

—Cindy te lo ha contado.

Él asintió.

—Se preocupa por ti.

Ida bajó la mirada.

—Debe de ser un recuerdo terrible. Pero crearemos otros mejores —le aseguró Jake—. Cena. La semana que viene. Te mandaré un mensaje.

Ella lo miró con un sentimiento parecido al renacer. Suspiró y sonrió.

—La semana que viene —le respondió.

Él sintió la tentación de atraerla hacia sí y besarla hasta dejarla sin aliento, pero necesitaba un trato delicado. Estaba herida. Era extraño lo mucho que deseaba protegerla. Era un sentimiento que no había experimentado desde que Mina formaba parte de su vida.

Sonrió, se inclinó el sombrero con picardía y volvió a su coche.

—¡Echa el cerrojo! —le gritó desde lejos.

Ella rio.

—Tú también echa el tuyo.

Él levantó una mano.

Ida entró y cerró con llave, apoyándose contra la puerta con un largo y dulce suspiro de puro deleite.

El deleite se desvaneció en un instante cuando sonó su teléfono móvil y contestó de forma despreocupada.

—Un hombre nuevo en tu vida, ¿eh? —dijo una voz desagradable y furiosa al otro lado de la línea—. Bueno, me perteneces, y él no te tendrá. Nadie te tendrá.

—Estamos divorciados —respondió ella con frialdad.

—Un divorcio que obtuviste mediante fraude, chantajeándome —replicó él—. Puedo demostrarlo ante el tribunal. ¡Me lo debes!

Ella le colgó, conmocionada y aterrorizada. El teléfono volvió a sonar, pero corrió hacia una mesa auxiliar donde guardaba bolígrafos y papel. Anotó el número y llamó a su abogado, Paul Browning.

—Cálmese, todo está bien. ¿Tiene el número de Laredo?

—Laredo...

—Su guardaespaldas —le recordó.

—Ah. Él... —Ida respiró hondo—. Sí.

—Llámelo ahora mismo y cuéntele lo que ha pasado. Me ocuparé de poner las cosas en marcha. Si Bailey Trent quiere problemas, los tendrá. Hablaré con usted mañana. Intente no preocuparse. Las leyes están para protegerla. Hay una orden de alejamiento. Si cruza la línea, volverá a la cárcel. Él lo sabe.

—Eso no le impide llamarme y aterrorizarme. ¡Debería cambiar de número!

—Lo averiguaría igual. Tiene un amigo que trabaja como investigador para una agencia de detectives. Cambiar el número no servirá de nada.

—Me siento tan indefensa...

—Tómese una pastilla y váyase a la cama. Asegúrese de que las puertas estén cerradas y duerma con el móvil. Tampoco estaría mal hablar con el *sheriff* local y con el agente de libertad condicional del caso de su marido. Me ocuparé de esto último. Su agente está en Denver, donde yo me encuentro.

—Gracias, Paul.

—Nos ocuparemos de usted —le aseguró con tono tranquilizador—. Intente no preocuparse demasiado. Es solo una táctica. Cree que la asustará lo suficiente para que le pague.

No le dijo que estaba funcionando. En su lugar, respondió:

—De acuerdo.

—Me mantendré en contacto.

La llamada se cortó. Ida miró a su alrededor con ojos asustados. Una cosa era negarle dinero a Bailey, pero sabía muy bien de lo que era capaz. ¿Nunca se libraría de él? Se olvidó de mencionar a Paul lo de su yegua herida. Tendría que llamarlo por la mañana para contárselo.

Mientras tanto, llamó a Laredo al barracón y le contó lo sucedido.

—Puede llamarla todo lo que quiera —dijo Laredo—, pero si pone un pie en la propiedad, lo meteré en la cárcel tan rápido que le dará vueltas la cabeza. No se preocupe, señora Merridan. Estoy en ello.

—De acuerdo. Gracias... ¿Crees que Bailey hirió a mi yegua?

Hubo una pausa.

—Bueno, todo es posible. Pero le garantizo que no ha estado en el rancho. Tengo cámaras de vigilancia colocadas en lugares estratégicos y las controlo. Que, por cierto..., se cargaron a su cuenta en la ferretería local. Espero que no le importe.

—No te preocupes, te dije que hicieras lo que fuera necesario.

—Bien. Estaré atento. Buenas noches, señora.

—Buenas noches. Y gracias —añadió ella justo antes de colgar.

Ida se puso el camisón y se metió en la cama, todavía preocupada y alterada.

Su mente volvió a la cena y a Jake McGuire, y a la forma suave y dulce en que la había besado al final de la velada. Podía sentir el deseo en él, y percibía que no era así como solía comportarse con las mujeres. No parecía que fuera violento. Pero ¿cómo podía saberlo? Los hombres eran diferentes tras las puertas cerradas. Lo había aprendido por las malas. Era una lección que nunca olvidaría.

A la semana siguiente, Paul Browning ya tenía investigadores indagando sobre las amenazas de Bailey, y ella se preparaba para una cita con Jake.

La había llamado el jueves por la noche.

—Conozco un encantador restaurante de marisco en Galveston —le dijo él con tono relajado—. Está solo a un par de horas en avión. ¿Qué me dices del viernes por la noche?

Ella rio, encantada.

—Oh, me encanta el marisco.

—A mí también. Pasaré a recogerte sobre las cinco. ¿Te parece bien?

—Perfecto —respondió Ida, luego dudó unos segundos antes de preguntar—: ¿Qué debería ponerme?

—Lo que prefieras, pero yo iré en vaqueros y una chaqueta abrigada. Odio arreglarme cuando no es necesario.

Ella sonrió.

—Yo también. Entonces iré con vaqueros.

—Nos vemos entonces.

Se quedó pensando en una respuesta sofisticada, pero él ya había colgado. Mejor así, pensó. No se le daba bien conversar.

Llevaba vaqueros y una camisa con una chaqueta de piel de oveja por encima, además de su habitual sombrero Stetson Silverbelly. Parecía cómodo, pero los vaqueros y las botas eran de diseñador, y la chaqueta probablemente costaba más que los diamantes del anillo de Ida.

—¿Lista? —preguntó él con una sonrisa amable.

—Lista. Le he dado de comer a Butler y le he dejado bastante comida. Siempre está hambriento.

La ayudó a subir al coche.

—¿Desde cuándo tienes a ese gato?

—Lo encontré hace tiempo en el bosque con una cuerda atada al cuello y lleno de verdugones. Nunca supe exactamente qué le había pasado. Al principio me tenía miedo. Pero lo convencí para que saliera de su escondite y lo llevé al veterinario. Cuando lo recuperaron, lo adopté y me lo llevé a casa. Desde entonces ha sido mi familia.

—Te gustan los animales.

Ella asintió.

—¿Y el ganado?

Ella rio.

—Bueno, no conozco ese mundo de cerca. Me encantan los caballos. Supongo que el ganado es similar. —Lo miró—. Aunque me encanta un buen filete —añadió con pesar.

Él rio entre dientes.

—No tengo ganado vacuno en la propiedad, pero conozco a algunos ganaderos que sí. —Sus ojos se encontraron con los de ella durante unos segundos antes de volver a la carretera—. Sé cocinar un filete.

—Yo también —afirmó ella.

—Quizá te deje demostrármelo algún día.

Ella se quedó vacilante. Aún era pronto.

—Sin prisa —añadió él como si lo entendiera.

Ella exhaló y dijo finalmente:

—De acuerdo...

Condujeron en silencio hasta el pequeño aeropuerto de Catelow. Tenía una pista lo suficientemente larga para albergar un pequeño *jet*, pero era principalmente para avionetas pequeñas. Muchos ganaderos las usaban para mover al ganado. Se preguntó si Jake lo hacía.

Detuvo el coche junto a un hermoso *jet* blanco de líneas suaves y elegantes.

—Dios mío, es precioso.

Él arqueó las cejas.

—¿No volabas en *jets* privados con tu primer marido?

Ella rio suavemente.

—Le aterrorizaba volar. Ni siquiera tomaba un avión convencional si podía conducir. Yo volaba en líneas comerciales cuando estaba en la universidad.

—¿No te da miedo volar?

Ida negó con la cabeza.

—Cuando era más joven, teníamos un amigo que reconstruía aviones para revenderlos. Monté en uno hecho en casa y me sujeté con un arnés de jet. Fue una de las cosas más emocionantes que hice. Bueno, exceptuando el salto en paracaídas.

—¿Paracaídas? —Jake se quedó mirándola fijamente.

—Oh, fue una pasada —dijo ella riendo, y los ojos brillantes de emoción—. ¡Me encantó! —Luego la sonrisa se desvaneció lentamente—. Algo que, me temo, nunca más podré hacer. —La tristeza se reflejó tanto en su rostro como en sus ojos.

—Yo no puedo montar caballos salvajes —le contó él, después de presentarle a su piloto y abrocharse los cinturones para el despegue.

Ella lo miró con curiosidad.

—¿Solías hacerlo?

Jake asintió.

—Gané cinturones por ello en mi adolescencia. Después de Irak, se volvió imposible.

—Tienes más que heridas de bala —adivinó ella en voz baja.

Él vaciló. Suspiró. Luego asintió.

—Tengo una varilla de metal en una de mis piernas.

—Dios mío. —Ida se llevó las manos a la boca—. El dolor debió de ser terrible.

Él la miró, sorprendido. Se lo había contado a una cita, hacía años, y ella había comentado que debía de tener una cicatriz horrible. Ida estaba más preocupada por cuánto le había dolido.

La estudió con curiosidad.

—¿Cómo lo sabes?

Ella hizo una mueca.

—Tengo una varilla de metal y una placa con muchos tornillos sujetándolo todo. —Ella bajó la mirada hacia el bolso en su regazo—. Necesité dos cirugías porque tuve complicaciones. —Levantó la vista y le preguntó—: ¿Cuántas necesitaste tú?

—Solo una. La mía fue causada por la metralla de un explosivo. ¿Cómo te hiciste tanto daño?

Ella logró sonreír.

—Si vuelves a decirme que es información confidencial, no te daré de comer —amenazó él, pero con ojos cálidos y brillantes.

Ella se encogió de hombros.

—Tuve un accidente.

—¿Qué tipo de accidente?

Ida miró por la ventana cuando el avión despegó y se elevó hacia el cielo.

—Tu piloto es muy bueno.

—Sí, lo es. Normalmente piloto yo mismo, pero estoy teniendo algunos problemas con las articulaciones. Y estás cambiando de tema.

Los ojos de color azul oscuro de Ida se encontraron con los de él y sonrió.

—Me alegro de que te hayas dado cuenta.

—Vale —respondió él, admitiendo la derrota—. Lo entiendo. ¿Qué tipo de marisco te gusta más?

—Las ostras fritas —afirmó ella sin dudar.

Él rio.

—Tengo que confesar que también son mis favoritas.

—Mi padre solía cocinarlas —recordó Ida con cariño—. Era una de las pocas cosas que sabía cocinar, pero lo hacía muy bien. Mi madre nos enseñó a cocinar a los dos. —Sus ojos se entristecieron—. Todavía la echo de menos.

—Yo también echo de menos a mi madre. Nadie más se siente tan orgulloso de tus logros.

—Ni te quiere tanto. —Asintió ella con un suspiró—. Si hubiera muerto en su cama, o en un accidente, quizás habría sido más fácil de asimilar. Pero caer por la borda de un barco...

—Me gusta lo que hiciste. Poner sus cosas favoritas en una urna y colocarla en la repisa de la chimenea. Es una solución original.

—Había olvidado que te lo conté.

Él ladeó la cabeza.

—¿Cómo era ella?

—Era una mujer preciosa —dijo ella, con los ojos brillantes por el recuerdo—. Tenía los ojos de un color azul muy claro y el pelo negro azabache, ondulado y largo hasta la cintura. Siempre estaba riendo.

Él frunció el ceño.

—Entonces, ¿de dónde viene el azul oscuro de tus ojos?

—De mi padre. Y él era rubio, aunque no lo creas.

—La genética es fascinante.

—Lo sé. Podría haber tenido hijos rubios, si..., bueno, si me hubiera casado con alguien con un gen recesivo para ojos y pelo claros. —Su voz se apagó.

—Querías tener hijos.

Ella asintió, con la mirada fija en las nubes que pasaban por la ventana.

—Una esperanza vana. Un hombre que no quería hijos y otro que estaba a un paso del homicidio. —Suspiró—. Sé elegirlos bien.

—Todo el mundo comete errores.

Ella lo miró.

—¿Incluso tú?

Él desvió la mirada. Una de sus grandes y hermosas manos se deslizó sobre la tela de sus vaqueros, donde tenía una pierna cruzada sobre la otra.

—Era joven y rico, y nunca se me ocurrió que algunas mujeres harían cualquier cosa por dinero. Me involucré con lo que creí que era una chica pobre pero honesta que estaba siendo atormentada por un novio. —Rio secamente—. Resultó que el novio era en realidad su marido, además de su cómplice. Tomó algunas fotos comprometedoras e intentó chantajearme.

Los ojos de ella se agrandaron.

—¿Qué hiciste?

—Le di la dirección postal de una de las mejores revistas del corazón.

—¿Qué? —Ida no pudo contener la risa.

Él sonrió.

—Se quedó atónito. También le pedí copias para enmarcar en la pared de mi casa. Se quedó muy desconcertado. Ella también.

—Deberías haber dado sus nombres a ese programa que hace especiales sobre criminales especialmente tontos.

—Ambos eran jóvenes y estúpidos. El abogado de mi madre logró convencerlos de que sería más seguro olvidar todo el asunto y entregar los negativos. Lo cual hicieron.

Ella escuchaba fascinada.

—¿Hubo dinero de por medio?

Él negó con la cabeza.

—Estaban demasiado aliviados de no ir a prisión como para pensar en exigir dinero.

—¡Vaya!

—Mi abogado les recomendó terapia, y yo la pagué. El joven es ahora un prometedor abogado en un bufete de Houston. Ella se graduó con honores y ahora enseña Historia en un instituto de San Antonio.

Ida silbó.

—Mi madre siempre buscaba lo bueno en las

personas, no lo malo —afirmó Jake—. Lo del asesoramiento fue idea suya. Se mantuvo en contacto con ambos mientras iban al psicólogo. Aprendí mucho de ella sobre cómo tratar a la gente.

—¿Cómo murió? —preguntó ella con cautela.

Sus ojos reflejaron dolor antes de desviarlos.

—Tenía un caballo al que quería muchísimo. Era una amazona experta. Pero había estado lloviendo el día que salió a montar en su caballo favorito. El animal perdió pie en una colina y rodó sobre ella. —Hizo una pequeña pausa—. Le encantaban los Clydesdales.

—Una de las razas de caballos más grandes.

—Sí. Quise sacrificar al caballo. Estaba de duelo, furioso, borracho como una cuba. Mi capataz escondió al caballo hasta que me calmé lo suficiente. Era pastor laico en su tiempo libre. —Sonrió—. Hizo que me sentara y me explicó cómo era la vida. Las cosas pasan por una razón. Todos morimos. Nadie sale vivo de esta. Tenemos un propósito. Cuando nos llega la hora, nos llega la hora. Cosas así. —Se encogió de hombros—. Finalmente lo escuché. Era un buen hombre.

—¿Sigue siendo tu capataz?

Jake negó con la cabeza.

—Era como yo. Un patriota. Nos alistamos juntos. Yo volví a casa. Él no.

Ella se estremeció.

—Lo siento mucho.

—Yo también.

Ida frunció el ceño, observándolo.

—Te alistaste después de perder a tu madre —adivinó.

Él asintió.

—¿Tu padre no se opuso?

Su rostro se endureció.

—No hablo de mi padre. Nunca.

—Oh. Lo siento...

Jake respiró hondo.

—Todo eso pasó hace mucho tiempo. Excepto por las heridas de guerra que duelen cuando llueve, lo he superado bastante bien.

Ella sonrió con tristeza.

—Ojalá pudiera decir lo mismo. —Su mano se fue involuntariamente a su cadera.

Él lo notó.

—¿Te duele?

Ida asintió.

—¿Tienes algo para tomarte?

—Ibuprofeno. Pero me da somnolencia, y prefiero no comer mientras duermo.

Rio.

—Tonta. ¿Cómo vas a disfrutar de la comida cuando tienes dolor?

—De todas formas, normalmente no tengo mucho apetito.

—¿Tienes el ibuprofeno en el bolso?

Ella hizo una mueca.

Él tomó algo del compartimento a su lado y sacó un refresco. Se lo entregó.

—Tómate la pastilla.

Ida suspiró.

—Lo haría, pero no me atrevo a tomarla si no es con comida.

—Lo olvidé.

—Pero tomaré el refresco —añadió con una sonrisa—. Tengo sed.

Rio de nuevo.

—Yo también. —Jake sacó otra lata para él.

—¿No bebes cerveza? —preguntó ella, notando que lo que había elegido no tenía alcohol.

—Odio el alcohol —respondió él, y sus ojos reflejaban que era cierto.

Ida se preguntó, por la violencia en su tono al

decirlo, si tendría un padre alcohólico. No podía ser su madre; la había querido muchísimo. Tenía que ser el padre del que no quería hablar.

Bueno, después de todo, ella también era reticente a hablar sobre su exmarido y cómo la había tratado. Era demasiado pronto para revelar secretos enterrados.

—A mí tampoco me gusta. No me gusta el sabor y no es buena idea tomarlo cuando estoy con antiinflamatorios potentes. Es como beber ácido de batería —añadió con una sonrisa divertida.

—Entiendo —respondió él, también con una sonrisa.

—¿Tomas antiinflamatorios?

Jake asintió.

—Pocos. Mis lesiones no fueron en las articulaciones.

La bonita boca de Ida se torció hacia abajo.

—Las mías sí. En mi cadera y mi muslo. También me afectó en la rodilla, pero no lo suficiente como para necesitar reconstrucción.

Jake frunció el ceño.

—Debió de ser una lesión terrible.

Ella recordó la caída, la agonía que sintió hasta que la encontraron y la trasladaron al hospital. Luego las interminables horas de pruebas, cirugía y recuperación, y después más cirugía debido a las complicaciones tras la primera operación.

—Lo fue —dijo secamente.

Los ojos grises de Jake se entrecerraron al mirarla. Parecía como si hubiera visitado el infierno y regresado con recuerdos que no morirían. Él sabía cómo se sentía eso. Pero le perturbaba que alguien la hubiera herido deliberadamente. Estaba bastante seguro de que había sido su segundo marido, que en ese momento estaba fuera de la cárcel y tras ella.

—¿Te golpeó con algo? —preguntó Jake abruptamente—. Para causarte esas lesiones.

Ella lo miró a los ojos.

—No.

—Entonces, ¿cómo...?

Ida tragó saliva con dificultad.

—Me levantó y me arrojó por el lateral de un aparcamiento, me golpeé contra el suelo —confesó finalmente.

Capítulo 5

Jake la miró con absoluto horror.

—¿Que él qué? —estalló, furioso.

Ella se encogió de hombros.

—Dijo que me lo merecía. Habíamos estado en una fiesta y el marido de la anfitriona bailó conmigo. Me llevaba veinte años. Era solo un hombre muy amable, nada fuera de lo normal. Bailey estaba enloquecido. Llevábamos casados menos de una semana en ese momento.

—¿Lo denunciaste?

—Nadie lo vio. Estuvo en el hospital todo el tiempo, diciéndole a todo el mundo lo culpable que se sentía porque me había caído accidentalmente y no pudo llegar a tiempo para evitarlo.

—Menuda joya... —murmuró Jake.

Ella suspiró.

—Era muy bueno mintiendo. Podía convencer a la gente de que lo negro era blanco. No tenía forma de defenderme. Había estado tan loca por él que apenas podía creer que lo hubiera hecho. Solo llevábamos casados unas semanas. Pero los sentimientos que tenía por él ya se habían esfumado, completamente. Me torturaba de formas que ni siquiera me gusta recordar. La rehabilitación no fue suficiente para

recuperarme y tuve que someterme a otra operación.
—Cerró los ojos—. Intenté irme una vez, pero me obligó a volver y me amenazó diciéndome lo que me haría si intentaba escaparme de nuevo. Le tenía terror. Sabía que hablaba en serio. Estaba tan débil y con tanto dolor que no tenía fuerzas para intentarlo otra vez. —Bajó la mirada a sus manos—. Unos meses después de casarnos, le sonreí a un hombre en un restaurante que había sido lo bastante amable como para recoger el bolso que se me había caído. Cuando llegamos al aparcamiento, Bailey levantó el puño y me dejó sin aliento. Por suerte, esa vez sí hubo testigos. Tuvieron que quitármelo de encima —añadió, temblando—. Pensé que iba a matarme. Vino la Policía. Lo arrestaron y lo llevaron a la cárcel. Me negué a pagar la fianza. Llamé a los abogados de mi primer marido y ellos se encargaron del divorcio. —Cerró los ojos de nuevo—. Desde entonces he tenido miedo de los hombres.

—No me extraña. —Jake estaba indignado—. ¿Qué clase de comadreja le hace eso a una mujer?

—Un cobarde. Tenía miedo de otros hombres. No decía ni una palabra a alguien que lo enfadaba. Llegaba a casa y lo pagaba conmigo. Al menos al final hubo pruebas de lo que me estaba haciendo. Fue un alivio poder irme a dormir sin preocuparme de si viviría hasta la mañana.

—Nunca deberían haberlo dejado salir de la cárcel.

—Cumplió su condena. Tenían que dejarlo salir. —Ida volvió a mirar por la ventana—. Al menos tengo gente que me cuida en el rancho.

—Sí.

—Lo siento —dijo ella, notando su rostro enfadado y sus ojos brillantes—. He arruinado nuestra cena antes de que empezara.

Sus miradas se encontraron.

—Siento lo que te hizo. Me alegro de que me hayas contado la verdad.

Ella sonrió con tristeza.

—No se me da bien mentir. Me criaron creyendo que las mentiras son malvadas.

Él rio.

—A mí también me criaron así, pero hay veces en las que mentir es necesario. Quiero decir, si una mujer te pregunta si un vestido la hace parecer gorda, y realmente es así...

Ella estalló en carcajadas.

—Supongo que ese sería uno de esos momentos en los que mentir es la elección correcta.

—Absolutamente. —Los ojos de Jake brillaron—. Me gusta oírte reír.

Ella se sonrojó.

—Ya no lo hago mucho.

—Lo harás cuando pruebes estos mariscos. De hecho, estamos llegando al aeropuerto de Galveston —informó, señalando la ventana mientras el piloto giraba hacia la pista de aterrizaje.

—Ostras fritas —dijo ella, casi soñadora.

—Por no hablar de los mejores pastelitos de maíz en tres estados.

—¡No puedo esperar!

Él rio.

—Yo tampoco.

El restaurante era un pequeño local en un centro comercial. Una limusina los esperaba en la pista de aterrizaje. El conductor los dejó en la puerta principal y se fue a aparcar para poder acomodarse con un buen libro hasta que lo llamaran.

—Me encanta esto —comentó Ida, con los ojos fijos en las redes de pesca, las pequeñas anclas y otros elementos náuticos que adornaban las paredes.

—A mí también. Es uno de mis restaurantes favoritos. Además, no lo conoce mucha gente, así que no está abarrotado.

—Eso es lo que más me gusta.

La camarera los condujo a una mesa en un rincón. Tomó nota de las bebidas y les entregó los menús.

—Decisiones, decisiones —dijo ella tras irse la camarera, sacudiendo la cabeza mientras veía las opciones para comer.

—Ostras —le recordó él con una risita.

Ida suspiró.

—Sí. Ostras. ¡Pero hay tantas cosas más!

Él la observaba con placer mientras se entusiasmaba con el menú. Era tan simple hacerla sonreír. Le gustaba la mujer que estaba conociendo. Esperaba no estar dejándose engañar por su encanto. Le resultaba difícil confiar en la gente. Ella sabía muy poco sobre sus antecedentes, aunque todavía quedaban algunas personas en Catelow que habían conocido a su padre. Su rostro se endureció solo con el recuerdo. Nunca había perdonado a su padre por lo sucedido. Estaba seguro de que nunca lo haría.

Ida no entendería cómo se sentía. Sus padres, al parecer, se habían amado mucho y habían sido felices juntos. Sus primeros recuerdos eran de violentas discusiones verbales que acababan siendo físicas. Al final se volvieron trágicamente físicas. Sabía más sobre violencia doméstica de lo que ella imaginaba. Pero no confiaba lo suficiente en Ida para contárselo. Todavía no. Guardaba secretos.

Ella miró por encima del menú y vio la ira y el dolor en su expresión antes de que pudiera ocultarlos.

—¿He dicho algo malo? —preguntó de inmediato,

asumiendo que, si él estaba preocupado, era porque ella lo había causado.

«Qué vida tan dura ha tenido», pensó él.

—No tiene nada que ver contigo —le explicó con tono suave—. Solo malos recuerdos.

—Oh. —Sonrió débilmente—. Yo también los tengo.

—¿Dónde está ahora? Tu exmarido.

El rostro de ella se nubló.

—Está en Denver. Mis abogados lo tienen vigilado. Por si acaso.

—Quieres decir, por si viene a por ti.

Ida suspiró.

—Algo así.

—¿Ha hablado contigo?

—Si se puede llamar hablar a las amenazas... Él piensa que, como tengo tanto dinero, tiene derecho a una parte.

—¿Después de lo que te hizo? —preguntó Jake, sorprendido.

—Oh, en su mente, todo fue culpa mía. Yo le hice perder los estribos por coquetear con otros hombres. —Lo miró fijamente—. Nunca lo hice deliberadamente en aquella época. Le tenía demasiado miedo a Bailey. Solo lo hago ahora para mantener a los hombres alejados. Normalmente funciona.

—Normalmente. —Sonrió él.

—Siempre hay raras excepciones, como ese hombre en la fiesta que Pam Simpson dio para Mina Michaels, antes de que se casara con Cort Grier —añadió Ida. Luego hizo una mueca—. Pensé que era seguro coquetear con él porque estaba casado. ¡Su pobre esposa! Estaba llorando y me sentí tan mal por ello. No sabía qué decirle, cómo explicarle lo que había hecho.

—Te creaste una reputación —le recordó—. Es difícil que la gente no te tome por lo que aparentas.

—Tenía miedo. De encontrar a alguien más, de volver a caer en la tentación. Hubo un periodista, después de divorciarme de Bailey —recordó, sin notar la postura repentinamente rígida del hombre frente a ella—. Era amable y dulce, pero le gustaba el peligro. Se sentía atraído por las zonas de combate, y decía que nunca podría adaptarse a un trabajo de nueve a cinco. —Bajó la mirada—. Hui. Me sentía muy atraída por él, pero había perdido la capacidad de juzgar el carácter de las personas y no podía confiar en mis propios sentimientos. —Levantó la vista de nuevo—. Lo mataron en una de sus incursiones en el extranjero siguiendo una historia para su revista. Así que alejarme a tiempo quizás fue lo mejor.

Él jugueteó con su bebida sin mirarla. Había sentido una punzada de celos. No estaba feliz por ello.

—Saliste con Cort Grier antes de que lo hiciera con Mina.

Ella rio.

—Sí. No era lo que esperaba en absoluto. Era agradable. Ni siquiera intentó nada conmigo. Solo nos sentábamos a hablar de la vida y jugábamos al ajedrez ocasionalmente.

Él arqueó ambas cejas.

Ella lo notó.

—Sí, ya sé, me acuesto con cada hombre que me lo pide, y Cort era un conocido mujeriego...

—No pretendía insultarte. Mina sigue siendo un punto sensible para mí. —Hizo una mueca y dio un sorbo—. Seguía esperando que no fuera en serio con él. Yo le gustaba, pero no de la manera que me gustaría. Era la mujer más peculiar que había conocido.

—Es cierto que ella es muy peculiar —opinó Ida, luchando contra los celos que sentía de repente. Ese hombre no había superado a Mina en absoluto, y más le valía recordarlo—. He leído sobre algunas de sus hazañas. Espero que Cort consiga mantenerla cerca de casa.

Jake rio entre dientes.

—El bebé se está encargando de eso. En realidad, no quiere andar arrastrándose por las junglas con un niño en brazos. Así que sus comandos salen en misiones y vuelven para contárselo todo. —Negó con la cabeza—. Los conocí en el bautizo. Son un gran grupo. La mayoría tienen sus propias familias.

—Curioso, uno no piensa en comandos con familias. Quiero decir, es una profesión de alto riesgo, ¿no?

—De muy alto riesgo. —Su mirada se volvió distante, llena de horror recordado—. Encontramos a uno de ellos en un puesto que ocupábamos. Los insurgentes habían... —Se detuvo abruptamente antes de contarle lo que le habían hecho al hombre. No era una conversación apropiada para alguien que no hubiera estado en combate.

—Fue algo terrible, supongo.

—Mucho —admitió él.

—Gracias por no compartirlo. No tengo mucho estómago para esas cosas.

—Deberías tenerlo, para entender la mecánica cuántica —bromeó Jake.

Ida se rio.

—Es casi todo matemáticas. Tenía buena cabeza para eso.

—Yo también, hace años. Ahora mi cabeza está llena de ratios de ganancia de peso y estrategias de *marketing*.

—Siguen siendo matemáticas —le recordó.

—Es verdad. —La estudió en silencio—. Podrías seguir enseñando.

—¿Qué, mecánica cuántica? —bromeó.

—No. Matemáticas de instituto. O ciencias. O ambas.

Ella hizo una mueca.

—Requeriría más formación, y no quiero ponerme a estudiar de nuevo. Me gusta tener tiempo libre. Quizás sea frívolo, pero he pasado muchos años en lo que parecía un confinamiento.

—¿Te gusta viajar?

—Oh, sí —respondió ella de inmediato—. Cuando estaba casada con Charles, subí a Machu Picchu en Perú, caminé por todo Chichén Itzá en México, seguí los pasos de Zane Grey en Arizona, estuve en las ruinas de Gran Zimbabue en África, y seguí el avance de Rommel en Argelia...

—Vaya —se sorprendió él—. ¿Rommel?

—Segunda Guerra Mundial, campaña del Norte de África, 1942.

—¡Demonios!

Jake maldecía, pero estaba sonriendo.

—¿Es un tema que te interesa? —preguntó Ida.

—Mi abuelo estuvo con la división de Patton en África. Rommel ya había vuelto a Alemania, enfermo, pero sus estrategias seguían aplicándose. Mi abuelo regresó lleno de historias sobre Rommel que había escuchado de otros soldados y de prisioneros alemanes. Me fascinaba cuando era niño.

Ida se rio.

—Mi padre era un apasionado de la historia. Uno de sus parientes, no estoy segura cuál, también luchó en el Norte de África. —Sonrió—. El mundo es un pañuelo.

—¿Verdad? —Jake rio entre dientes.

Terminaron la cena. Luego él hizo que el conductor los llevara a un largo tramo de playa desierta. Bajaron y el conductor se quedó esperándolos leyendo un libro.

Ida se quitó los zapatos y caminó descalza por la arena, con los ojos fijos en las olas brillantes y la media luna resplandeciente en la distancia.

—Los piratas debieron de navegar por aquí en el pasado lejano —reflexionó ella mientras avanzaban.

—Sin duda. Hoy en día es bueno para la pesca en alta mar.

—Nunca he ido a pescar. No puedo imaginarme intentando sacar algo que pese veinticinco o treinta kilos.

Jake la miró. Era de complexión menuda, aunque de altura media, y sus lesiones nunca le permitirían hacer algo tan extenuante como la pesca en alta mar.

—Sería difícil para ti. Esos peces luchan y hace falta mucha fuerza para sacarlos.

Ella se volvió hacia él.

—Tú lo has hecho —adivinó.

Él rio entre dientes.

—Sí. Saqué un marlín que pesaba mucho más de treinta kilos. Cuando lo subí a bordo, estaba sudando y temblando con los músculos tensos y sin más palabrotas que soltar.

—¿Lo mandaste disecar? —preguntó ella.

—Lo devolví al agua.

—¿De verdad lo hiciste?

Él rio ante su expresión.

—No quiero trofeos.

Ella sonrió.

—Sabía que eras un buen hombre.

—Bueno... —Jake puso los ojos en blanco y siguió caminando.

—No es algo malo —señaló ella—. ¿Preferirías que te consideraran un sinvergüenza?

—Por mi experiencia, los sinvergüenzas se divierten más que los hombres buenos.

—No sé. —Ida suspiró—. Ya he tenido suficientes sinvergüenzas en mi vida. —Avanzó con cierta cautela, aunque el ibuprofeno ya estaba haciendo efecto. Así que bailó entrando y saliendo de la espuma del mar, riendo, su rostro casi radiante bajo la luz de la luna, su bonita figura perfilada sin el abrigo que había dejado en el coche, que realmente no era necesario aquella noche. El agua sí estaba fría, porque era octubre.

—Te vas a resfriar —le dijo él—. Hace demasiado frío para meterse en el agua.

—Aguafiestas —bromeó ella—. Me estoy divirtiendo. No lo estropees.

—Cuando estés estornudando sin parar y tosiendo...

—Lo sé, no te echaré la culpa. No te preocupes. No lo haré. —Se rio—. La vida es corta —dijo, volviendo a bailar en el agua—. Voy a vivirla al máximo. Nadie tiene garantizado el mañana, ¿sabes?

Jake sintió una extraña sensación de afinidad con ella. Él había perdido a su madre, a quien había querido muchísimo. Ella había perdido a sus padres. Ambos eran huérfanos. Huérfanos adultos sin nadie con quien compartir sus triunfos y tragedias.

Ella lo miró, curiosa.

—¿Qué ocurre?

—Pensaba que ambos somos huérfanos.

Ella dejó de jugar en la orilla y volvió para pararse frente a él, sosteniendo sus zapatos en una mano.

—Lo somos, ¿verdad?

Él se inclinó, enmarcando su bonito rostro sonrojado entre sus manos esbeltas y hermosas.

—Solos en la oscuridad...

Su boca rozó la de ella con una ternura que le provocó lágrimas ardientes. Se quedó muy quieta para que no se detuviera.

Pero él sintió las lágrimas en su boca y levantó la cabeza, sorprendido.

—¿Por qué? —preguntó, preocupado por ir demasiado rápido.

—No estoy acostumbrada.

—¿Acostumbrada a qué, Ida?

Ella tragó saliva antes de responder:

—A la ternura.

Él sonrió.

—Quizás no lo creas, pero yo tampoco.

—Apuesto a que dejas un rastro de mujeres con el corazón roto.

—Solía hacerlo. Ya no. —Suspiró—. Estoy cansado de comprar el simulacro del afecto con regalos caros.

La pequeña mano de ella subió hasta su mejilla y la acarició. Bajo la luz de la luna, podía ver la angustia en su rostro duro. Estaba segura de que lo ocultaba con humor ante la mayoría de la gente. Pero con ella podía bajar la guardia. Eso la enorgullecía.

—Ambos hemos vivido tragedias —afirmó ella.

Él tomó su mano y la presionó contra sus labios.

—¿Cómo sabes que yo las he vivido? —preguntó Jake con el ceño fruncido.

—Tienes un rostro expresivo, cuando no finges. Supongo que las personas que han conocido la tragedia pueden verla en otros.

—No muchos han visto la mía —respondió él con tono seco. Ni siquiera Mina lo había notado, y eso que era una mujer muy sensible.

—Ni la mía —coincidió ella—. La mayoría de la gente tiene suficientes traumas en sus propias vidas como para añadir mis malos recuerdos.

Él sonrió levemente, fascinado por ella.

—Así es como me siento.

Los dedos de ella trazaron su boca cincelada. La deslumbraba.

—No creo que me haya sentido segura con un hombre desde que murió mi primer marido —confesó con voz suave y ronca.

Él la miró con dureza. Ningún hombre quería que

una mujer se sintiera solo segura. Quería que se sintiera apasionada, hambrienta, todas esas cosas.

Ida rio suavemente.

—Mala elección de palabras —dijo ella cuando vio la irritación que él ni se molestaba en ocultar—. Déjame decirlo de otra manera. Eres el primer hombre al que no temo.

—Oh.

Era solo una palabra, pero su rostro se relajó y perdió su breve enfado.

—Sé que no me harás daño —añadió ella con una sonrisa—. Puede que no te parezca mucho, pero para mí es un mundo de diferencia.

Él ladeó la cabeza.

—No coqueteas conmigo.

—Lo sabrías si lo hiciera —respondió ella—. Eres un hombre práctico la mayor parte del tiempo. Duro cuando tienes que serlo, pero compasivo y amable. —Un leve rubor apareció en sus pómulos—. Ya he metido la pata otra vez... —Suspiró haciendo una mueca.

—Ves demasiado profundo —dijo él sin más.

—Lo entiendo. —Sonrió mirándolo—. No hay que mirar bajo esa máscara que llevas, ¿verdad?

—Exacto —respondió él. Ella lo incomodaba con su sorprendente perspicacia. No quería a nadie cerca. No emocionalmente cerca. Su único desliz había sido Mina, a quien había amado.

Ella estudió sus expresiones cambiantes con fascinación.

—No quieres a nadie cerca emocionalmente, ¿verdad? Es decir, sé que querías profundamente a Mina. Pero tuviste que luchar contra tus instintos incluso con ella. Alguien te hirió profundamente, te dejó cicatrices.

Él retiró su mano y su mirada se volvió furiosa.

Ella se apartó discretamente y se volvió hacia el océano. La luna dejaba un rastro de luz brillante a su paso. Las olas rompían ruidosamente en la orilla, con las crestas blancas agarrándose a la arena solo por un instante antes de que el océano las arrastrara de vuelta al mar.

—Es tan hermoso —dijo, de espaldas a él—. A mi primer marido le gustaban las playas y tenía casas en Jamaica y las Bahamas, donde podía quedarme cuando quisiera. Pasé mucho tiempo chapoteando en el oleaje, como aquí. —Corrió hacia la orilla y bailó entre la espuma hasta que su cadera empezó a protestar.

Hizo una mueca de dolor y se giró, caminando lentamente hacia Jake, que tenía ambas manos en los bolsillos. Seguía ceñudo, pero ahora su atención estaba en Ida, no en el pasado.

—Cojeas —observó él.

—Sé que no debería bailar con las olas. Mi cadera no me permite mucho de eso. Todo me duele cuando me excedo.

Él se acercó.

—¿Te duele? —preguntó con suavidad.

Ella asintió. Se agachó para recoger sus zapatos y contuvo un gemido.

—Apóyate en mí —se ofreció Jake.

Lo hizo mientras se ponía los zapatos.

—Qué tonta, corriendo entre las olas así... —dijo ella, luego respiró hondo.

—¿Solo fue la cadera y el muslo? —preguntó él en voz baja.

—Principalmente.

Él leía entre líneas. Una caída como la suya debió de producir muchas lesiones. Más de las que había admitido.

—Y dejaron salir de la cárcel a tu maldito marido... —gruñó Jake.

—Exmarido —le recordó—. Muy ex.

—Así es.

Ella empezó a caminar hacia el coche, muy despacio y con evidente dolor.

—Ven aquí —dijo él con suavidad. Se inclinó y la levantó, sosteniéndola cerca mientras caminaba.

Ella miró su mentón cuadrado, bien afeitado, y el aroma de una colonia cara llegó a sus fosas nasales. Era cálido y muy fuerte. Nunca se había sentido tan segura en toda su vida. Se acurrucó contra él, con los brazos alrededor de su cuello, y apoyó la mejilla en su amplio pecho.

Esa suave sumisión aceleró el corazón de Jake y endureció su cuerpo. Se estaba dejando llevar por una pasión ardiente que no quería sentir. Todavía adoraba a Mina. No había lugar en su vida para otra mujer.

Pero Ida era suave, mimosa y estaba herida, y le atraía de formas que no acababa de entender. Desconfiaba de ella. Tenía una mala reputación y no se fiaba. ¿Estaría fingiendo? Pero ¿por qué necesitaría hacerlo? Tenía su propio dinero. Era rica. No lo perseguiría por nada que él tuviera.

Jake estaba muy callado. Ella podía sentir su corazón latiendo junto a su oído, percibir su ritmo desbocado. Se sentía atraído por ella. La hacía sentirse de nuevo como una chica, toda hormigueos y fascinación. Pero estaba insegura. Su segundo marido había sido así, tierno, protector y amable. Y una vez casados, tras las puertas cerradas, se convirtió en un monstruo.

Sus brazos aflojaron el agarre y se puso tensa, solo un poco. No podía permitirse ceder al deseo. Era traicionero, incluso con un hombre que parecía seguro.

Jake notó la tensión. Al parecer, ella estaba tan insegura como él. Mejor así. No iba a lanzarse de cabeza otra vez, y menos con una mujer que atraía los cotilleos.

La dejó suavemente delante de la puerta trasera, que el conductor mantenía abierta para ellos. La ayudó a entrar y se sentó a su lado, asintiendo al conductor para que arrancara.

Mientras regresaban al aeropuerto, notó el dolor en su rostro.

—¿Te queda alguno para tomarte?

Ella giró la cabeza, sorprendida.

—Del ibuprofeno —aclaró él.

—Solo tenía una pastilla conmigo. Dejé el resto en casa. No pensé que lo necesitaría. Pero estoy bien —añadió rápidamente—. Es solo una pequeña molestia, nada grave. —Era mentira. Nunca debió correr por la orilla, por muy tentador que fuera.

—No tardaremos mucho en llegar a casa —aseguró él. Le preocupaba. Y eso no le gustaba. La mayoría de las mujeres le dejaban frío. Había sido un mujeriego en su juventud, interesado en ellas solo por sus cuerpos y poco más. La mayoría de las mujeres de su círculo eran sofisticadas y buscaban tan solo una noche de placer, como él.

Pero últimamente pensaba en tener una familia, un lugar al que pertenecer, una mujer a la que amar. Nunca había querido hijos hasta que salió con Mina. Podía imaginarla como madre, sosteniendo un bebé y amándolo. Amándolo a él. Pero eso no había sucedido. Había adorado a Mina. A ella le caía bien, pero solo como amigo.

Le había dejado amargado y triste cuando la perdió por el ganadero de Texas. Toda su riqueza y poder no habían significado nada para ella. Mina no buscaba eso, no como la mayoría de sus aventuras casuales.

La mujer a su lado en la limusina era muy similar, se dio cuenta de ello con sorpresa. Tenía su propio dinero, pero no lucía ropa cara ni joyas caras. Llevaba un anillo de oro con una pequeña piedra en la mano derecha y un reloj de gama media en la muñeca izquierda. También una cruz celta en una cadena de oro. Era desconcertante que una mujer de dudosa reputación llevara algo así. Pero se estaba convenciendo de que, fuera lo que fuera Ida en realidad, no era una mujer de dudosa reputación.

—No haces ostentación de tu riqueza —soltó él de repente.

Ella rio, sorprendida.

—No. No soy como los navajos, que realmente sí llevan su riqueza encima.

—Es cierto. Serví con un hombre que llevaba una fortuna en turquesas y plata, joyas antiguas. —Su rostro se endureció—. Murió a mi lado, en Irak.

Ella contuvo la respiración.

—Era tu amigo.

Él asintió.

—Fue un golpe duro. Hubo muchos otros... —Se detuvo y la miró—. No me gusta hablar de ello.

—No preguntaré —le aseguró con una sonrisa suave—. Tengo mis propios malos recuerdos. Tampoco hablo de ellos.

Él no supo qué decir. Así que no dijo nada más.

No fue un vuelo largo. O al menos no lo pareció. Ida y Jake pasaron el tiempo discutiendo sobre la próxima carrera política local. Ambos se sorprendieron al notar que pensaban lo mismo sobre ciertos temas. Pasaron al gobierno nacional, y aun así estaban de acuerdo.

Él rio.

—Nunca imaginé que fueras conservadora.

—No actúo como tal, ¿verdad? Las apariencias pueden engañar.

—Y que lo digas. —La estudió en silencio en la puerta de entrada, con la cabeza inclinada hacia un lado y los ojos ocultos bajo el ala ancha de su sombrero—. Ha sido divertido.

—Realmente lo ha sido —coincidió ella. Le dolía bastante, pero no lo demostró. No quería la compasión de aquel hombre—. Gracias.

Él se encogió de hombros.

—Quizás lo repitamos algún día.

Eso fue decepcionante, porque sonaba como si la estuviera rechazando. Ella solo sonrió. También tenía dudas.

—Sería agradable.

—Bueno —dijo él, sin acercarse más—. Buenas noches. Te dejaré volver a tu medicación para el dolor. Supongo que te está doliendo.

Ella tragó saliva.

—Bastante, me temo. Pero valió la pena el dolor. Me encantó bailar en la orilla.

—Lo disfruté todo.

—Entonces, buenas noches —se despidió ella, sonriendo y sin dejar de mirarlo.

Dudó por solo un segundo, pero él no se acercó ni un paso. Entonces, abrió la puerta y entró.

Jake permaneció en el porche, con las emociones revueltas y la mente dando vueltas. Había querido besarla para darle las buenas noches. ¿Por qué no lo había hecho?

Porque no confiaba en ella. Podía ser la mujer reticente que lo había acompañado esa noche, o podía estar actuando. ¿Su marido había sido realmente violento con ella o estaba mintiendo? ¿Y si se hubiera caído accidentalmente, como su exmarido había afirmado, y lo había enviado a la cárcel por rencor, disgusto o alguna otra razón?

No la conocía. Parecía tener muchas cosas que le

atraían, pero era cauteloso con las trampas. Ya había tenido sus aventuras con mujeres que parecían una cosa y resultaban ser algo mucho peor.

Se dio la vuelta y regresó a la limusina. Tal vez la invitara a salir de nuevo algún día. O tal vez no. Justo cuando subía al coche, notó que el nuevo capataz se acercaba al porche delantero y llamaba a la puerta.

Vio a Ida sonreír al hombre mientras abría y lo dejaba entrar. La puerta se cerró tras ellos.

Le dijo al conductor que continuara. Se sentía enfadado. Ella estaba recibiendo una visita a esa hora, a puerta cerrada. El hombre, su supuesto guardaespaldas, era atractivo. Y lo había recibido, aunque supuestamente tenía mucho dolor en la cadera.

Jake rio fríamente para sí mismo. Estaba seguro de que nunca más querría tener otra cita con Ida.

Capítulo 6

—¿Qué sucede? —preguntó Ida a Laredo mientras cerraba la puerta principal tras él.

—Ha habido un allanamiento —informó en voz baja—. Alguien burló las cámaras de seguridad y golpeó a uno de los caballos. Tiene cortes profundos en los lados, igual que Gold.

—¿Otra vez? —exclamó ella—. ¿Qué caballo? —añadió horrorizada.

—Al que llama Rory —respondió él—. El caballo de monta.

Lamentaba lo de Rory, pero sentía predilección por Gold y Silver, y se sintió culpable al sentirse aliviada de que no fuera Silver.

—¿Qué has hecho al respecto?

—Llamé al veterinario. Supuse que eso es lo que querría que hiciera.

—Por supuesto. —Ida se mordió el labio inferior—. ¿Llamaste al *sheriff* Banks?

Él pareció ligeramente irritado por su preguntas.

—No.

—Pues hazlo —dijo enfadada—. ¡Bailey no se va a salir con la suya! Si hay evidencias que apunten hacia él, el *sheriff* es quien debe buscarlas. Tiene un investigador. Pídele que lo traiga.

—Lo haré.

—Dos caballos heridos en una semana... —Los ojos de Ida ardían de ira—. Quiero cámaras de seguridad por todas partes. ¡No me importa lo que cueste! Consigue algunas de esas cámaras de rastro que usan los cazadores. Se conectan por wifi y graban todo. Asegúrate de que tengan buena conexión, color y visión nocturna.

—De acuerdo.

—¡Maldita sea! ¡Cualquier hombre que lastime a un animal indefenso debería ser torturado!

—Siglo equivocado, señora —señaló Laredo.

Ella lo fulminó con la mirada.

—La cárcel entonces, y durante muchos años.

Él se encogió de hombros.

—A algunos hombres no les gustan los animales.

—Sí, pero en este rancho nadie va a lastimar a ninguno. Ponte a trabajar.

—Sí, señora. Me pondré a ello ahora mismo.

Salió por la puerta e Ida maldijo hasta que se quedó sin palabras malsonantes. No fue hasta que se acostó que se dio cuenta de que Jake todavía estaba en su limusina cuando dejó entrar a Laredo.

Gimió para sus adentros. Parecería lo que no era. El guardaespaldas era guapo y atractivo, y Jake ya no confiaba del todo en ella. ¿Qué habría pensado? Si creía que Ida tenía algo con Laredo, podría no querer volver a verla.

Ese pensamiento la atormentaba. Ya se había quedado fascinada con Jake, quien parecía ser todo lo que un verdadero hombre debería ser. Pero él no confiaba en ella, y eso era parte de cualquier relación; debía haber confianza. Se preguntó cómo podría ganarse la suya.

* * *

El dolor había sido intenso. Había ido a ver a Rory, su caballo de monta, y se estremeció al ver los profundos cortes en sus flancos. Se quedó junto al veterinario mientras usaba anestesia local y los suturaba, murmurando sobre la inhumanidad de algunas personas. Ella estuvo de acuerdo, enfadada también porque hubiera podido suceder dos veces. Se lo mencionó al veterinario, quien dijo que estaría encantado de testificar si encontraban al canalla responsable. Ella dijo que hablaría con el *sheriff* al día siguiente y daría seguimiento a la llamada de Laredo.

Más tarde, cuando estuvo segura de que Rory sanaría, y después de revisar preocupada a Gold, que se recuperaba en un establo cercano de heridas similares, tomó el ibuprofeno con algunas galletas y queso, y un antiácido. Estaba haciendo efecto. No detenía el dolor por completo, pero funcionaba. Al menos trataría la inflamación.

Había narcóticos que calmaban mejor el dolor, pero Ida no los pediría. No deseaba volverse adicta a algo que probablemente no funcionaría por mucho tiempo de todos modos. Los antiinflamatorios eran bastante efectivos, y el dolor era algo con lo que había aprendido a vivir.

Cerró los ojos y finalmente se durmió.

A la mañana siguiente la despertó un golpe en la puerta. Cuando la abrió, con su larga y gruesa bata que la cubría por completo, se encontró al *sheriff* Banks en el porche.

El hombre se tocó el sombrero. Había una sonrisa tranquila y amistosa en su rostro. El *sheriff* era ultraconservador y solo conocía a Ida de oídas cuando ella regresó a Catelow. Había hablado con Cindy, quien lo puso al día sobre su vecina solitaria. Y la noche que Cody habló con ella, cuando sus gritos llevaron a

Cindy a llamar al *sheriff*, muchas de sus dudas sobre el divorcio se habían disipado.

El *sheriff* Cody Banks era alto, de ojos y cabello oscuros, era un hombre atractivo con el físico de un jinete de rodeo. La autoridad le sentaba como un guante. Parecía no temer nada y había sido *sheriff* del condado de Carne durante más de nueve años, reelegido por unanimidad cada vez que se había presentado. Era incorruptible, y eso lo mantenía en el cargo.

Ida lo invitó a entrar.

—Tu vaquero me dijo que tenías una herida sospechosa en un caballo —dijo él sin preámbulos.

—Sí —respondió ella. Se cruzó de brazos sobre el pecho. Todavía le resultaba incómodo estar a solas con un hombre desconocido. Ya no confiaba en nadie—. Primero fue uno de mis palominos, ahora es mi caballo de monta más viejo. Ambos tienen cortes profundos en los flancos, y es imposible que se hayan herido accidentalmente.

Él se echó el sombrero hacia atrás sobre su espeso cabello oscuro.

—¿Crees que lo hicieron intencionadamente?

—Sí. —Se movió incómoda—. Lo siento, tengo que sentarme —dijo después de un minuto—. Tengo tornillos en la cadera y sujetando una varilla de metal al hueso del muslo. Este tiempo tan frío me causa mucho dolor. —Se sentó, haciendo una mueca cuando aquel simple acto cotidiano envió una punzada de dolor por todo su cuerpo.

Cody frunció el ceño.

—Nunca me contaste qué tipo de lesión causó semejante daño para necesitar tanta cirugía reconstructiva.

Ella suspiró.

—Ser arrojada desde un aparcamiento.

Él pareció conmocionado.

—¿Eso es lo que te hizo tu marido? —preguntó indignado.

—Mi exmarido —confirmó ella simplemente—. Toda la riqueza es mía. Él sentía que tenía derecho a la mitad. Me divorcié mientras estaba en la cárcel esperando juicio por agresión. No hubo testigos la primera vez, cuando me arrojó por el muro, pero cometió el error de golpearme frente a un testigo unas semanas después de que saliera del hospital. —Su rostro estaba marcado por el dolor y los malos recuerdos—. Se suponía que cumpliría cinco años por ello, de una sentencia más larga, pero lo dejaron salir a los tres por buena conducta. —Rio sin humor—. Me llamó el día que salió, exigiendo dinero de nuevo. —Levantó la mirada. El *sheriff* parecía inquieto—. Dijo que unos gánsteres lo persiguen por una deuda de juego, y que yo se lo debo porque fue a la cárcel por mi testimonio. —Le mostró una sonrisa sardónica—. Las fotos y radiografías de mis lesiones fueron bastante convincentes para el jurado que lo condenó.

—Santo cielo... —dijo él con espanto. No sabía nada de eso sobre ella. Los escasos detalles que Ida le había contado la noche que gritaba por una pesadilla eran nebulosos en el mejor de los casos, no explícitos. A pesar de todo, todavía estaba un poco receloso de ella por su reputación.

—Ya veo —reflexionó ella, estudiándolo—. Todavía te crees lo que dicen de mí. Probablemente fue una idea estúpida buscar esa reputación a propósito, pero al menos mantiene alejados a la mayoría de los hombres. —Se abrazó a sí misma—. Nunca quiero terminar en una relación así otra vez, y parece que no tengo ningún criterio con los hombres. Así que es más fácil mantenerlos a distancia.

Él ladeó la cabeza.

—No lo entiendo del todo.

—Soy dinamita para todos los hombres, y juzgo sus actuaciones y cotilleo sobre ellos. Lo cuento todo sobre mis supuestos examantes. La mayoría de los hombres no se arriesgarían a dañar su reputación, así que no se me acercan. Es un arma de doble filo, pero funciona bastante bien como disuasorio. —Se llevó una mano a la espalda e hizo una mueca—. Probablemente no será necesario por mucho más tiempo. Espero que el dolor o los antiinflamatorios me maten algún día de todos modos.

Estaba obteniendo una imagen muy diferente de Ida de la que tenía. Recordaba los gritos cuando su vecina lo llamó diciendo que Ida debía de estar en peligro. Ella lo había recibido en la puerta, muy callada y pálida, y dijo que solo era una pesadilla. Él no la había cuestionado ni le había dicho mucho. Ida le había hablado de su exmarido, pero no demasiado. Empezaba a entender lo de las pesadillas.

—Así que era por eso —murmuró él en voz alta.

—¿Perdón?

—Las pesadillas.

Recordó la noche en que él fue a comprobar cómo estaba. Hizo una mueca y asintió.

—La vida con Bailey Trent fue bastante memorable —respondió ella en voz baja—. Las palizas eran solo la punta del iceberg. —Lo miró con ojos fríos—. Los hombres pueden ser animales. Peores que los animales.

—Pueden serlo —tuvo que admitir—. He visto a unos cuantos maltratadores. He encerrado a bastantes y he enviado a varios a prisión. Odio a los hombres que descargan su ira contra una mujer o un niño.

Ella había oído que era conocido por su persecución de tales delincuentes. Eso la hacía sentirse más segura.

—Bailey me ha amenazado. Mis abogados en Denver tienen un investigador que lo vigila, ya que vive en la ciudad. Pero consideraron que aquí estaba en mayor peligro, así que insistieron en que tuviera un guardaespaldas. El hombre que habló contigo sobre el caballo, Laredo, es a quien contrataron en mi nombre.

—Un guardaespaldas. —Sus ojos oscuros se entrecerraron y asintió—. No es mala idea. Estás bastante aislada aquí, y con mal tiempo podría costarnos llegar hasta ti, aunque tengamos cadenas y mucha experiencia conduciendo en la nieve. Los accidentes se multiplican. Algunas personas vienen de climas más cálidos. No se adaptan rápidamente a las malas condiciones de la carretera.

—Sé a qué te refieres —respondió ella—. Mi primer marido y yo pasamos una semana en los montes Apalaches, en el norte de Georgia. Nevó solo un par de centímetros y la Policía Local se vio desbordada por las colisiones. —Negó con la cabeza—. Me pregunto cómo se las arreglarían aquí, donde la nieve se mide en metros.

—Mal, supongo —respondió él, y sonrió por primera vez—. Tu guardaespaldas, el bufete lo investigó, ¿verdad?

—Estoy segura de que lo hicieron. Me han cuidado muy bien todos estos años. Gestionan mi patrimonio.

—Son abogados civiles, no penalistas, ¿no?

—Exacto. Planificadores patrimoniales, cosas así.

Él no dijo nada, pero tenía una extraña expresión en el rostro.

—Tienen una agencia de detectives —dijo ella rápidamente, anticipándose a su siguiente comentario—. Es muy buena. También investigan a los nuevos empleados del bufete. —Sonrió.

Él rio.

—Me has leído el pensamiento.

—No tanto. —Ella ladeó la cabeza—. No me importaría jugar al póquer contigo, *sheriff*.

Él hizo una mueca.

—Perdería hasta la camisa. No tengo cara de póquer, aunque lo he intentado. —Sus ojos oscuros se entrecerraron—. Si no te importa una pregunta personal, ¿cómo murió tu primer marido?

—Suicidio.

—Debió de ser un *shock*.

—Era un hombre encantador —recordó con una tierna sonrisa—. Era culto, talentoso, amaba las artes. Me enseñó tanto. Habría hecho cualquier cosa por él. —Respiró con rabia—. Cuando murió, su amante puso una demanda por daños y perjuicios. Los abogados de mi marido se encargaron de todo. Acabó pagando las costas judiciales. Lo perdió todo. Terminó mal, en otra relación. Debo decirte que no derramé ni una lágrima. Mi pobre marido. Nunca mereció ser tratado tan mal, siendo un hombre tan amable y generoso.

Cody aún estaba asimilando toda la información. Le sorprendió. La mayoría de las mujeres se habrían enfurecido al descubrir que su marido las engañaba. Esta estaba indignada porque su marido había sido maltratado por su amante.

—Como podrás imaginar —continuó ella—, salí intacta de mi matrimonio. Y entonces conocí a Bailey. —Su rostro se endureció—. Estaba de duelo por mi difunto marido y Bailey era masculino, excitante y travieso. Pensé que era el hombre perfecto. Me casé con él a la segunda semana de salir juntos. Y aprendí el verdadero significado del abuso físico de formas que desearía poder borrar de mi mente. —Miró fijamente sus manos en su regazo—. Nunca imaginé que un hombre me trataría así.

Él leía entre líneas. Llevaba mucho tiempo en la Policía.

—Después de la caída desde el aparcamiento, ¿lo hiciste arrestar?

—Estaba en el hospital todos los días, trayendo flores, diciendo a todos lo culpable que se sentía porque no pudo llegar a tiempo para salvarme. Era muy convincente. Cuando salí de la cirugía y de la anestesia, había convencido a todo el personal, incluido mi cirujano, de que era el marido perfecto. ¿Quién creería que me levantó y me arrojó por encima del muro? —Suspiró—. Tuve suerte, después de todo, de que solo fuera un piso y no más, y de que cayera sobre césped y no sobre hormigón.

Cody maldijo entre dientes.

—Pero cometió el error de atacarme de nuevo, en público. Esa vez hubo un testigo. Fue arrestado, procesado y condenado. Me divorcié de él mientras estaba en prisión, con algo de ayuda de mis abogados. Y también lo excluí de mi testamento. Puede que aún no sea consciente de eso. Las heridas de mis caballos podrían ser una amenaza velada de que podría sufrir un accidente fatal. No me extrañaría de él. De ahí el guardaespaldas.

—Entiendo. ¿Tus vaqueros están al corriente de las heridas de los caballos?

—Lo están. Especialmente Laredo. Ha trabajado en ranchos. Es bueno con el ganado, aunque no creo que esté tan loco por los caballos como yo. No parece encariñarse con ellos. Hace bien su trabajo, pero... no es cariñoso con ellos.

Él rio.

—Muchos hombres tienen problemas para expresar afecto.

—Mi primer marido no —afirmó ella con tono suave—. Siempre me abrazaba, me traía cosas, me mimaba. No podía entender por qué nunca me besaba o quería ser un verdadero marido para mí. Era muy ingenua. Pensaba que debía oler mal o resultarle repulsiva o algo así —recordó con una triste sonrisa—. No supe la verdad hasta que murió. Me dejó la nota más dulce. —Se detuvo, ahogándose. Le llevó un minuto recuperarse, durante el cual apartó los ojos húmedos con expresión afligida—. Me dejó todo, y era mucho. Acciones, bonos, propiedades, el negocio. —Suspiró—. Lo habría preferido a él.

Cody tenía una nueva imagen de ella. Lo estaba cautivando sin siquiera intentarlo.

—¿Cómo manejas el negocio?

—No lo hago. Saqué un título de Física, no de Finanzas, así que contraté un gerente para el negocio y mis abogados manejan todo lo relacionado con la propiedad, las acciones y los certificados de depósito.

—¿Física? —preguntó extrañado.

Ella se sonrojó.

—Bueno, sí.

—¿Dónde estudiaste Física?

El sonrojo se intensificó.

—En el MIT.

—¿Y vives en un pequeño rancho en Wyoming? —Estaba atónito.

—No me gustan las ciudades —confesó ella—, y no soy profesora. Me encantaban las matemáticas. Era buena en trigonometría y cálculo y adoraba a Stephen Hawking y Michio Kaku.

—Física teórica —reflexionó él en voz alta.

Ella asintió.

—Albert Einstein era mi ídolo cuando estaba en la universidad. Es asombroso todo lo que fue capaz de concebir en su mente.

—Un hombre extraordinario —concordó él. Luego sacudió la cabeza—. No eres lo que pareces.

Ella rio.

—¿Quién lo es?

Él se levantó.

—Bueno, iré a hablar con tus vaqueros. Mi investigador renunció y volvió al Este, y acabo de contratar uno nuevo, pero no llegará hasta mañana. Mientras tanto, estoy haciendo mis propias investigaciones y dejando las tareas menores a mi *subsheriff* y mis cinco ayudantes.

—*Sheriff* Banks —dijo ella, preocupada por haberle contado tanto sobre sí misma—. Lo que te conté...

—Es información confidencial —terminó él la frase con una sonrisa—. No soy cotilla.

—Gracias. —Ida tomó aire—. No había hablado de esto en años. Solo pocas personas lo saben. Pero nunca entré en detalles. —Lo miró—. Sé que estando en la Policía se ven cosas terribles. Esto no es algo de lo que me sentiría cómoda hablando con la mayoría de la gente. —Sonrió tímidamente—. Gracias por escuchar.

—No hay de qué.

Ella empezó a levantarse, obviamente con dolor.

—Quédate ahí. No es necesario que me acompañes. Pasaré después de hablar con los hombres y entraré yo mismo, si te parece bien.

Ella tragó saliva con dificultad. Era un hombre amable.

—Gracias.

—No hay problema. —Se tocó el sombrero otra vez y salió por la puerta.

Era una mujer increíble, pensó él, y si su exmarido ponía un pie en el condado de Carne, iba a hacer que lo siguieran, aunque tuviera que contratar a alguien de su propio bolsillo. Nadie iba a lastimar a esa mujer otra vez, no bajo su vigilancia.

* * *

Ida seguía sentada donde el *sheriff* la había dejado cuando él volvió a entrar después de llamar con un suave golpe en la puerta.

—Tus hombres corroboraron lo que me dijiste. Tu guardaespaldas está de acuerdo en que las lesiones no encajan con un accidente. Hablaré también con tu veterinario, si no te importa.

—No me importa —respondió Ida—. Me preocupan mis caballos reproductores, Silver y Gold. Gold fue la primera en ser herida, y todavía se está recuperando. Silver es su pareja. Son especiales. Aprecio a todos mis caballos, pero esos dos... —Apretó los dientes—. Estoy muy preocupada por Silver...

—Déjame llevarlos a ambos al rancho de Ren Colter. Tiene protección de última generación para sus caballos y odia la idea de que alguien lastime a un animal indefenso. Tiene a J. C. Calhoun trabajando para él. Calhoun, como varios de los empleados de Ren, es un exmercenario. Protegieron a la esposa de Ren de un asesino a sueldo hace algunos años.

—Sería una molestia...

Él rio entre dientes.

—Me tomé la libertad de llamar a Ren antes de entrar. Dijo que enviaría a sus hombres con dos remolques para tus palominos. Tiene sitio de sobra para ambos en sus establos. Son increíbles. Nunca he visto tales instalaciones en mi vida. No me importaría vivir en ellas. Y tiene guardia las veinticuatro horas para sus caballos. Tiene varios sementales y yeguas de cría, que valen una fortuna.

—¿Qué tipo de caballos tiene?

—Los habituales caballos de montar, pero se ha aficionado a los frisones y los cría.

—¡Son preciosos! —exclamó ella—. Hay una criadora en YouTube que hace vídeos sobre los suyos. Estoy enganchada.

—Son hermosos —convino él—. ¿No te importa que le haya pedido que envíe los remolques?

—En absoluto. Muchísimas gracias. Y dale las gracias también a él. No lo conozco. Es muy amable por su parte hacer esto por una desconocida.

—Se lo diré. No he mencionado nada de esto a tus vaqueros —dijo con cara seria—. Y no pienso hacerlo.

A Ida se le heló la sangre. Sus manos agarraron los brazos del sillón donde estaba sentada.

—¿No pensarás...?

—No confío en nadie —dijo tajantemente.

Ella respiró hondo.

—Yo solía hacerlo. Ya no. Tampoco se lo diré.

Él asintió.

—Tengo que hacer un par de llamadas, pero volveré cuando Ren me diga a qué hora llegarán. Nunca está de más tener una placa cerca cuando haces cosas encubiertas —afirmó riendo.

Ella le sonrió agradecida.

—Gracias.

El *sheriff* se tocó el sombrero con un gesto de despedida y salió, cerrando la puerta tras de sí.

Laredo llamó y entró unos minutos después.

—El *sheriff* nos ha puesto a todos contra la pared —dijo con una breve risa—. Creo que piensa que somos fugitivos de la justicia.

Ella también rio.

—Solo está siendo precavido. Y ten en cuenta que realmente no os conoce. Eso marca la diferencia. Yo respondí por vosotros.

Él arqueó una ceja.

—Gracias.

—¿Qué tal están los otros caballos?

—Bien. Puedo poner a alguien en el establo por la

noche, si cree que es necesario. Por si acaso alguien viene con malas intenciones. Sé lo mucho que aprecia a Silver, especialmente después de que Gold y Rory resultaran heridos. Odiaría que algo le pasara a Silver.

Había una nota extraña en su voz profunda cuando dijo eso, pero ella lo atribuyó a la tensión por el interrogatorio del *sheriff*.

—Creo que es buena idea —contestó ella, sin mencionar nada de la próxima partida de sus dos caballos favoritos.

—De acuerdo, entonces. Haré que alguien se preste voluntario para dormir con los caballos.

—Genial.

Jake McGuire se había puesto furioso cuando vio al nuevo supuesto guardaespaldas entrar en casa de Ida después de dejarla la noche que regresaron de Galveston. No confiaba en ella y sospechaba del apuesto vaquero.

Pero un par de semanas de silenciosa deliberación le trajeron un pensamiento a la mente. Si Ida tenía tanto dolor que necesitaba tomar altas dosis de antiinflamatorios, si ni siquiera podía usar tacones altos debido a sus lesiones, ¿cómo podía mantener una vida sexual secreta? Sabía por sus propias lesiones lo difícil que sería, aunque era información que no había compartido con nadie. Ni siquiera con Rogan Michaels, su mejor amigo.

Llegó a la conclusión de que lo más probable era que tan solo había hablado con el guardaespaldas sobre sus caballos. Tal vez había ocurrido otro incidente. Se le encogió el corazón. Ella estaba allí sola. ¿Sería suficiente un guardaespaldas si su exmarido enviaba más de uno o dos matones para herir a otro de sus caballos?

Le preocupaba. Había estado fuera de la ciudad por negocios dos veces, aunque había tenido tiempo de comprobar cómo estaba Ida. Pero no lo había hecho por sospechar que tenía un romance con su apuesto guardaespaldas. Llamó al *sheriff*, Cody Banks, porque estaba preocupado.

—No, solo es un guardaespaldas —respondió Cody, un poco sorprendido de recibir una llamada de McGuire, que anteriormente había mostrado su desdén por la bella divorciada.

—Está sola allí, y toma altas dosis de ibuprofeno por sus lesiones.

Cody se sorprendió de que el hombre supiera eso sobre ella.

—Dosis tan altas suelen dormir a la mayoría de la gente —continuó Jake con obstinación—. Y hasta los guardaespaldas tienen que dormir. Ya le han herido un caballo. ¿Y si vuelve a ocurrir?

—Ya ha ocurrido.

—¿Qué? ¿Cuándo?

Cody se lo contó. Jake se dio cuenta de golpe de que fue la noche que regresaron de Galveston. Con razón su guardaespaldas estaba en la puerta principal en cuanto ella llegó. Le enfurecía haberla juzgado precipitadamente y haberla ignorado durante dos semanas, cuando ella tenía tales problemas. Le había fallado. Realmente le perturbaba saberlo. Se sentía culpable.

—¿Alguien hirió a otro de sus palominos?

—No. A su caballo de monta. Cortes profundos en los flancos, igual que el otro, y otra visita del veterinario para coserlo y darle antibióticos.

—Maldición. Debe de estar preocupada por el otro de esos dos palominos que cría, Silver. Lo adora —dijo Jake con tono angustiado—. Gold todavía se está recuperando. Y su establo no es muy seguro.

—Eso ya no es un problema. Ren Colter envió a sus hombres con dos remolques para caballos para recoger a Gold y Silver al día siguiente de que hirieran al caballo de monta. Ahora están en su rancho. Ya sabes qué tipo de hombres tiene y cuánta seguridad despliega en su propiedad. Además —añadió con una risita—, todavía tiene a J. C. Calhoun trabajando para él.

—Ya entiendo. —Jake se relajó un poco—. ¿Crees que es uno de sus vaqueros quien lo hace?

—Si lo creyera, no podría decírtelo —respondió Cody—. No puedo desvelar nada de una investigación en curso.

—¿No podrías fingir que soy uno de tus ayudantes y contármelo?

Cody rio.

—Me temo que no.

—Entonces, ¿no te importa si le pregunto a Ida?

Cody sonrió para sí.

—No tengo ningún control sobre la señora Merridan.

—No es lo que parece —dijo Jake en voz baja.

—Me he dado cuenta.

A Jake no le gustó ese tono en la voz del *sheriff*. Ida era muy atractiva...

—Bueno, gracias por contarme lo que has podido.

—No hay problema.

Jake colgó y salió hacia su limusina, llamando a su conductor por el camino. Fred salió corriendo de la casa tras él, poniéndose una chaqueta y abrochándose la camisa. Era nuevo en el trabajo. Aunque lo estaba haciendo bastante bien hasta el momento, pensó Jake.

Abrió la puerta a su jefe, jadeando por el supremo esfuerzo de despertar y vestirse en un instante.

—Te acostumbrarás —le aseguró mostrándole una sonrisa sardónica—. Soy impetuoso.

—Sí, señor.

—Tómate un minuto para terminar de vestirte —dijo Jake antes de cerrar la puerta—. Tengo que enviar algunos mensajes antes de irnos.

El conductor rio.

—Sí, señor. Gracias.

Jake se sentó en el asiento trasero y se dispuso a enviar mensajes de texto a dos gerentes sobre problemas en las empresas que dirigía. Cuando terminó, su conductor ya estaba dentro, arrancando el coche. Fred todavía se estaba adaptando a su impetuoso jefe. Su anterior conductor había renunciado repentinamente, citando a un familiar enfermo en Montana. El nuevo había sido contratado a través de una agencia, pero parecía de confianza y era un excelente conductor.

—¿Adónde vamos, señor McGuire?

—A casa de Ida Merridan.

—Sí, señor.

Aunque ya estaba de camino, Jake envió un mensaje a Ida preguntándole si le parecía bien que fuera a verla. Tenía algo que discutir con ella.

No le respondió. Él se quedó mirando la pantalla, preguntándose si lo estaba evitando porque la había ignorado durante tanto tiempo, si estaba en problemas, o si había salido a montar. Sabía que sacaba a su caballo cuando no le dolía demasiado. Podría estar en su propiedad. Eso le preocupaba. Su exmarido la había amenazado. Debería haber estado pendiente de ella. Cada vez se sentía más responsable de ella. Era más vulnerable que cualquier mujer que hubiera conocido. No le gustaba, pero no podía evitar preocuparse. No confiaba en las mujeres. Ni siquiera en Ida. Especialmente en Ida.

***

El Jaguar estaba aparcado en la entrada. No parecía haber nadie alrededor. El conductor le abrió la puerta, y Jake subió al porche y llamó.

Nada se movió dentro. Se quedó parado, sin estar seguro de qué hacer a continuación, cuando vio una sombra moverse en el interior.

Se oyó el sonido de un bastón, y vio a Ida avanzando lentamente por el pasillo hacia la puerta principal. La abrió.

—Tienes un aspecto horrible —dijo él bruscamente.

—Gracias —respondió ella cortante—. Tú también estás encantador.

Jake se volvió hacia el conductor.

—Ve a leer algo. Te avisaré cuando esté listo para irme.

El conductor rio.

—Sí, señor.

Jake abrió la puerta, la cerró tras él, apoyó el bastón de Ida junto a la entrada, la tomó en brazos y se dirigió a la sala de estar.

—No he... —comenzó ella indignada.

Él se inclinó y la besó hasta que cerró los ojos.

—Silencio —le pidió suavemente.

Sorprendida por la ternura, algo que nunca había recibido de ningún hombre excepto de Jake, las lágrimas le picaron en los ojos y se desbordaron.

Él se sentó en un gran sillón mullido con Ida en sus brazos y procedió a besar todas las lágrimas. Lo que hizo que cayeran más rápido.

—Vamos, vamos —dijo con dulzura—. ¿Qué ha estado pasando por aquí? —añadió él, fingiendo inocencia.

—Alguien vino y golpeó con algo parecido a una fusta a Rory, mi mejor caballo de monta —le contó entre sollozos—. Sus pobres costados tenían cortes profundos. Llamé al *sheriff*. Está investigando. Pero sé que fue Bailey. Me llamó anoche, otra vez, y dijo que si no le pagaba podría haber más pequeños accidentes.

—Maldito idiota —murmuró él.

—Se lo dije al *sheriff*. Va a conseguir una orden para los registros telefónicos de Bailey. —Lo miró con ojos húmedos—. Estaba tan preocupada por Silver y Gold, aunque Gold parece estar sanando bien...

—Podemos llevarlos a mi casa —le ofreció, y esperó a que ella le dijera lo que ya sabía.

—Eres muy amable. Pero Ren Colter se los llevó a su rancho. Tiene seguridad de última generación. Bailey estaría loco si fuera allí a causar problemas.

—Lo estaría. Ren tiene a J. C. Calhoun en nómina. —Negó con la cabeza—. No es un hombre con el que querrías encontrarte en un callejón oscuro si tienes malas intenciones. Se ha calmado un poco desde que se casó, pero sigue siendo una fuerza a tener en cuenta cuando está trabajando.

—Eso he oído. —Ida apoyó la mejilla en el pecho de Jake y obligó a su dolorido cuerpo a relajarse. Cerró los ojos con un suspiro. Siempre se sentía tan segura con él.

—¿Tu exmarido admitió que había herido a los caballos? —preguntó en su oído, con la barbilla sobre su cabeza.

—No lo dijo directamente —respondió cansada—. Pero mencionó que tenía conexiones con la mafia y que no temía usarlas, a pesar de mi guardaespaldas y del *sheriff* paleto. Esas fueron sus palabras exactas. —Lo miró—. El señor Banks no es ningún *sheriff* paleto. Es un buen hombre. Dudo que me creyera al principio, pero al menos es una persona que escucha. Y tengo la impresión de que lo he convencido.

—Lo hiciste —dijo Jake con amargura.

Las cejas de Ida se arquearon.

—¿Cómo lo sabías? —preguntó con suspicacia—. ¿Cómo diablos lo sabías?

El rostro de Jake se contrajo mientras buscaba una respuesta que no lo hiciera ser expulsado de la casa.

Capítulo 7

—Has llamado al *sheriff* Banks —lo acusó ella.

Él hizo una mueca.

—Bueno, estaba preocupado. Al final me di cuenta de que tu guardaespaldas no habría estado prácticamente esperando en la puerta cuando llegamos a tu casa sin tener una buena razón para ello.

Ida no captó la insinuación de celos.

—Sí. Mi mejor caballo de monta había sido herido, con cortes profundos en los flancos, igual que Gold. Vino a contármelo.

—Tu exmarido necesita unos años más entre rejas, solo para que entienda que no tiene derecho a maltratar animales indefensos.

—No le importa. Ni los animales ni las personas. No creo que sea capaz de sentir. Hablé con una amiga de la universidad que es psicóloga forense. Dice que hay personas que no tienen sentido de la compasión, que no tienen empatía. Son egocéntricos. Los únicos sentimientos que les importan son los suyos. —Negó con la cabeza—. Es algo difícil de asimilar.

—Sí —dijo Jake, acariciando inconscientemente el brazo desnudo de Ida—. Cuando estuve en el extranjero, teníamos un tipo en nuestra unidad que trabajaba como francotirador. Se reía cuando mataba a un insurgente. Se reía... —Suspiró, con el rostro endurecido por la ira—. Yo maté gente. Tuve que hacerlo para salvar a mis hombres. Pero nunca me reí. Es difícil vivir con ello, quitar una vida. Cualquier vida.

—Nos crían para creer que matar es un pecado. Luego visten a la gente con un uniforme, los envían al extranjero, les dan un arma y les dicen que maten personas. Es una contradicción dolorosa. Algunas personas se rompen sin más.

—Sí lo hacen —afirmó Jake. Luego se reclinó en la silla, colocando a Ida en una posición más cómoda contra él—. Teníamos un oficial que vio cómo dos de sus hombres fueron destrozados a disparos en un ataque nocturno. Se lanzó contra el fuego enemigo, gritando, antes de que pudiéramos detenerlo. Murió al instante.

Ida acarició la suave tela de la camisa de Jake mientras miraba hacia la ventana con los ojos muy abiertos.

—Todo el mundo tiene un límite —respondió ella—. Pobre hombre. ¿Tenía familia?

—Una esposa y un bebé recién nacido; un niño. Estaba tan emocionado cuando nació el bebé. Paraba a completos desconocidos para mostrarles las imágenes del pequeño. —Jake tomó aire brevemente—. Qué manera tan horrible de morir.

—Sí.

Él deslizó una mano sobre la de ella, que descansaba en su pecho, y preguntó:

—¿Querías tener hijos?

—Oh, muchísimo —confesó ella en voz baja—. Con mi primer marido. No era particularmente atractivo, ¿sabes?, pero tenía cualidades maravillosas. Un niño con semejante padre habría sido bendecido. Pero no estaba destinado a ser. Con Bailey, usé anticonceptivos desde el principio. Dijo que no quería hijos.

Cuando nos casamos, estuve tentada a dejar las píldoras. ¡Gracias a Dios que no lo hice!

Él podía sentir el tormento en ella. Era tan diferente de la persona que creía conocer meses atrás.

—¿Tú quieres hijos? —preguntó ella distraídamente.

Su corazón dio un vuelco. Los había querido con Mina, los había deseado casi desesperadamente. Respiró hondo.

—Los quería —contestó finalmente.

Ella sonrió con tristeza.

—Con Mina —adivinó.

—Sí —admitió Jake tras vacilar unos segundos.

—Lo siento. No debería haber preguntado...

—Está bien —respondió él, sorprendido por su empatía.

—Yo también soy una persona reservada, Jake —dijo ella, usando su nombre por primera vez.

Le sorprendió el anhelo que despertó en él. Se quedó conmocionado.

Hubo un largo silencio mientras Jake acariciaba suavemente el pelo corto de Ida y permanecían juntos sentados tranquilamente.

Jake había sido algo mujeriego en su juventud. Todavía le gustaba salir con mujeres guapas. Aquella mujer en su regazo era preciosa, pero también era frágil, dulce y amable. La había juzgado superficialmente, como tantas otras personas en su comunidad. Sentía la mano de ella apoyada en su pecho ancho y musculoso con inquietante sensibilidad. La sintió suspirar. No necesitaba mirar su rostro para saber que confiaba en él. Debía de ser muy difícil para una mujer con su pasado dejar siquiera que un hombre la abrazara. Ese pensamiento conmovió a Jake de formas inesperadas.

—¿Has comido? —preguntó él de repente.

—No. Iba a hacerme un sándwich...

Jake levantó la cabeza y le alzó la barbilla a Ida con un dedo.

—¿Te siguen apeteciendo las ostras fritas?

—Oh, sí —respondió ella, con sus grandes ojos azules clavados en los plateados de él.

—Conozco un sitio estupendo en San Agustín.

—¿Florida? ¿San Agustín, Florida? —preguntó ella, alzando las cejas.

Jake se encogió de hombros.

—El *jet* es rápido. Es cómodo. Incluso hay una cama, por si necesitas tumbarte.

Los labios de Ida se entreabrieron con un suave suspiro.

—Sería mucha molestia...

Él sonrió y ella le devolvió la sonrisa, encantada.

Jake se levantó y luego la ayudó a ponerse en pie.

—Entonces, toma tu bolso y un jersey y vámonos.

Ella dudó. Llevaba vaqueros, zuecos y una blusa abotonada azul y blanca.

—Debería cambiarme...

Él rio entre dientes.

—Solo vamos a almorzar. Como ya habrás notado, no voy de traje.

Era cierto. Vestía vaqueros y botas, y una bonita camisa de tacto muy suave.

—De acuerdo —aceptó Ida con una sonrisa.

Él esperó mientras ella le decía a Laredo que estaría fuera toda la tarde. El guardaespaldas le deseó que pasara un buen día, saludó a Jake con un gesto y volvió al trabajo.

Jake la sentó a su lado en la parte trasera de la limusina e indicó al chófer que los llevara al aeropuerto. Tomó su móvil y llamó a su piloto para que lo preparara todo.

Ida estaba impresionada. Ni siquiera su primer marido, que había dirigido un gran negocio, había sido tan eficiente. Jake hacía que las cosas parecieran sencillas y ella se lo comentó.

—Crecí con disciplina. Mi padre era militar de carrera —respondió él con seriedad—. Se retiró como capitán del Ejército y volvió aquí para dirigir el rancho cuando murió su padre. No era gran cosa, estaba muy endeudado, y mi padre solo tenía su pensión militar para mantenerlo. No le gustaba trabajar con el ganado. Requiere ensuciarse las manos, ya sabes. —Sonrió con sarcasmo—. El padre de mi madre era el que tenía dinero. Ella se convirtió en heredera de su petrolera cuando mi abuelo murió. Y yo heredé de ella.

Ida estaba fascinada.

—¿Era amable tu madre?

Él asintió.

—Amable y dulce, el tipo de mujer que te besaba los moratones y te horneaba galletas. —De repente, su rostro se endureció—. En cambio, mi padre era un hombre resentido por la riqueza de la familia de mi madre.

Ida notaba el dolor en su rostro bronceado.

—Y se lo hizo pagar —soltó ella sin pensar.

Él la miró fijamente durante un minuto.

—Física, ¿eh? ¿Estás segura de que no estudiaste adivinación? —dijo él con una sonrisa.

—Lo siento... —se disculpó Ida sonriendo tímidamente.

—Sí, se lo hizo pagar, una y otra vez, hasta que fui lo bastante mayor y malo para hacerlo parar. —Su rostro se endureció de nuevo—. No hay nada en el mundo que odie más que a un maltratador.

—El *sheriff* también, por lo que he oído.

—Su madre fue víctima de un padre alcohólico

—le contó él—. Cody tenía un hermano mayor que era sensible y amable. Adoraba a su madre, pero temía a su padre, que también le pegaba. En una ocasión, trató de interponerse cuando su padre estaba agrediendo a su madre, pero tan solo consiguió recibir una paliza que lo dejó ensangrentado. Poco después, el hermano de Cody se quitó la vida. El padre ni siquiera fue al funeral.

—¡Oh, pobre! —exclamó ella, su compasión era genuina, nada fingida—. Y Cody es tan amable...

—Sí, lo es —respondió Jake, tratando de lidiar con un mal recuerdo propio, de un hermano que tuvo y perdió debido a una tragedia. Entendía cómo se había sentido Cody.

—¿Qué le pasó a su padre? —quiso saber Ida.

—Murió de un ataque al corazón cuando Cody se graduó en el instituto y se unió al Ejército.

—Menos mal. ¿Y su madre?

—Siempre fue frágil. Un invierno contrajo neumonía. Estaba sola en casa porque Cody estaba en el extranjero y la prima lejana que se suponía que debía quedarse con ella no apareció. Así que su madre murió.

Ida negó con la cabeza, consternada.

—Como podrás imaginar, ya no tiene contacto con esa prima. Tengo entendido que ella intentó explicarse, pero él no quiso escuchar. Solo tenía dieciséis años entonces. Siempre pensé que Cody se precipitó al juzgarla. La gente suele tener razones para hacer lo que hace, y la chica no parecía tener malas intenciones.

—Se culpaba a sí mismo, pero era más fácil culpar a la prima —supuso ella en voz alta y luego inspiró profundamente.

—¿Siempre haces eso?

Ida lo miró con ambas cejas levantadas.

—¿Hacer qué? —preguntó, desconcertada.

—Ver cosas que la mayoría pasamos por alto.

Ella apartó la mirada de aquellos penetrantes ojos grises.

—Supongo que me he vuelto introspectiva de pasar tanto tiempo sola.

—Sin novios, en otras palabras.

—Nunca más —dijo ella, negando con la cabeza y un tono casi enfadado.

Él frunció el ceño.

—Ida, hay hombres amables en el mundo.

—Quizá lo parezcan. Incluso pueden actuar así en algún momento. Pero tras una puerta cerrada... —Se detuvo bruscamente y respiró hondo—. ¿Adónde vamos exactamente? —preguntó forzando una sonrisa.

Estaba mucho más dañada de lo que había imaginado. Jake se quedó pensando en qué más le habría hecho su exmarido y al mismo tiempo se sintió sorprendido porque eso le importara.

—A un pequeño local de pescado que conozco —respondió él tras un momento de silencio—. Vas a probar las mejores ostras fritas de ambas costas.

—¿Y sabes eso porque...? —preguntó ella con una pequeña sonrisa.

Jake también sonrió.

—Porque he comido muchas. Y sé elegir restaurantes.

—¿Ah, sí? —dijo Ida riendo.

—Ya lo verás.

El restaurante era un pequeño local en una plaza comercial, justo frente al océano. Había un patio trasero donde la gente podía sentarse en pequeñas mesas y comer mientras observaban la espuma de las olas al romper sobre la arena blanca.

—¡Esto es absolutamente encantador! —exclamó Ida mientras esperaban su pedido—. ¡Podrían ganar dinero solo alquilando las mesas!

Él rio suavemente.

—Estoy de acuerdo. Es un lugar precioso.

—Viví en Massachusetts mientras estudiaba en la universidad. Me encantaba el océano. Mi marido incluso compró un hotel junto al mar cerca de Boston para que tuviera un bonito lugar donde ir los fines de semana y vacaciones.

Jake sintió una punzada de algo que no pudo identificar.

—Muy amable por su parte...

Ella sonrió.

—Él era así. Me envió a París en nuestro primer aniversario de boda y contrató un guía personal para llevarme a donde quisiera. ¡Fue el viaje más grandioso de mi vida! Nunca había salido del país. Vi Versalles, la Torre Eiffel, el Louvre...

—¿Él no fue contigo?

—No. —Ida suspiró—. Nunca supe por qué hasta que murió.

Jake recordó sus días en esa ciudad. Una vez se había enamorado de una modelo que trabajaba allí. La había seguido hasta París, y allí tuvieron unos excitantes meses mientras duró el romance. Tristemente, ella aún no se había recuperado de su última relación fallida y, justo cuando Jake estaba listo para darle un anillo, su antiguo novio regresó y ella se fue con él. Así, sin más. Le había dejado un mal sabor de boca y un prejuicio inmerecido contra la Ciudad de la Luz.

—Estás muy pensativo —dijo ella.

Él volvió en sí.

—Lo siento. Malos recuerdos.

Ella ladeó la cabeza, reflexionando sobre ello.

Las cejas oscuras de Jake se juntaron.

—Nada de leer mentes.

—¡No tengo ni idea de en qué estás pensando! —afirmó Ida levantando las manos.

—Ya, claro —murmuró él entre dientes, porque era la mujer más perspicaz que había conocido.

—No, en serio. —Sus ojos azules brillaron—. Si te leo la mente me arriesgo a que me envíes a casa antes de que lleguen las ostras.

Eso sacó a Jake de su breve mal humor y rio.

—¡Están deliciosas! —exclamó Ida mientras sumergía su segunda ostra frita en una salsa roja y se la metía en la boca—. ¡Incluso mejores que las de Galveston, y aquellas eran extraordinarias!

Él sonrió.

—Te lo dije. —Jake estaba disfrutando de las suyas tanto como ella—. El dueño podría abrir una franquicia si quisiera. Las especias que utiliza son una antigua receta familiar, y tiene una mano experta con el empanado, que hace él mismo. Pero está muy contento trabajando solo aquí.

—Un hombre feliz —respondió ella—. Y muy afortunado.

Él respiró hondo y tomó un sorbo de su bebida.

—La felicidad es algo poco común.

Ella asintió.

—Exactamente.

Él la estudió mientras comía, sus ojos recorriendo desde las profundas ojeras bajo sus ojos azules hasta sus manos de dedos largos.

—¿Tengo el pelo descolocado? —preguntó ella después de un minuto, con ambas cejas arqueadas.

Él rio con ganas.

—No. Solo me fijaba en las ojeras bajo tus ojos

—aclaró siendo honesto—. No duermes mucho, ¿verdad?

—La verdad es que no —admitió ella—. Las amenazas de Bailey fueron bastante graves. —Levantó la mirada—. Él no amenaza sin más. Hace lo que dice que hará. —Se estremeció recordando algunas de ellas.

Jake se encogió, pero no dejó que ella lo viera.

—Has pasado por mucho.

—Oh, sí, pero todo el mundo tiene problemas —respondió ella con una sonrisa—. Los míos no son peores que los de los demás. Tan solo hay que poner un pie delante del otro y seguir adelante.

—Un buen consejo.

Terminaron las ostras y tomaron una taza de café con un trozo de tarta especialidad de la casa.

—¿Qué es esto? —exclamó Ida cuando dio un bocado—. ¡Dios mío, es increíble!

—Tarta de almendras —aclaró Jake—. Está buena, ¿verdad? También las hace Mack. Tiene un cocinero, pero pasa mucho tiempo haciendo el vago. Menos mal que a Mack le encanta cocinar.

—Lo conoces bien —adivinó ella.

Él asintió. Su rostro se endureció.

—Estuvo conmigo en el extranjero, cuando entramos en Irak la segunda vez.

Ella hizo una mueca, porque el rostro duro de Jake se mostró vulnerable por un segundo.

—Lo siento mucho...

Sus miradas se encontraron y él frunció el ceño.

—¿Por qué?

—Los malos recuerdos —dijo ella en voz baja—. Lo he notado. —Antes de que él pudiera responder, añadió—: Yo también los tengo.

Jake respiró hondo y después rio.

—Tienes un don para desarmarme.

—He pasado por guerras también, aunque nunca he estado en combate. Eso te... endurece.

Jake podría haberle contestado que en realidad la había hecho más vulnerable. Pero ella podía ver en lo profundo de su ser. No estaba seguro de que eso le gustara. La mayoría de sus citas, con la excepción de Mina, habían sido mujeres superficiales, con ojos solo para los diamantes y la vida lujosa. Ninguna tenía la capacidad de Ida para sentir las emociones de las personas a su alrededor. Tenía un verdadero don. Y Jake se preguntó si ella se había dado cuenta.

Después del almuerzo, Ida esperaba que se dirigieran al aeropuerto. En lugar de eso, él tomó su mano y la llevó a la playa detrás del centro comercial.

La sensación de su gran mano sosteniendo la suya la hizo sentir incómoda al principio, pero era cálida y fuerte y, después de un minuto, se relajó.

Él lo notó, sonriendo para sus adentros.

—Me encanta el océano —dijo ella suavemente—. Colecciono playas. —Se rio—. Mi favorita está en Marruecos. Pasé un par de semanas en Tánger. Había camellos bailando entre las olas.

—He estado en Tánger —respondió él—. Una ciudad fascinante. ¿Viste la iglesia que los bereberes dieron a los cristianos?

Ella rio.

—Sí. Fue una grata sorpresa. —Suspiró—. Pero lo que más me gustó de la ciudad, incluso más que el bazar y la maravillosa comida, fue la llamada a la oración transmitida por los altavoces. No sé por qué, pero me pareció hermoso.

La mano que sostenía la suya se puso repentinamente rígida. Recordó que él había luchado en el extranjero, probablemente contra algunas de las personas que habrían amado esas llamadas a la oración. Ida se detuvo de repente y lo miró.

—Lo siento.

La mirada helada de Jake estaba fija en el océano.

Ella nunca tocaba a los hombres voluntariamente. No desde Bailey. Pero se acercó más a Jake y deslizó sus brazos alrededor de él, apoyando su mejilla contra la suave tela de su camisa. Lo abrazó, simplemente lo abrazó. Después de un minuto, sintió un estremecimiento recorrer su poderoso cuerpo, y los brazos de él la rodearon con cierta brusquedad.

Y no le importó. Él le resultaba familiar, de una manera que no entendía. Cerró los ojos y tomó aire profundamente.

Jake permaneció así, abrazándola, dejando que ella lo agarrara mientras la angustia del recuerdo se desvanecía lentamente.

—No puedes vivir en el pasado —dijo ella después de un minuto en silencio y sin dejar de acariciarle la espalda—. No importa lo doloroso que sea, tienes que seguir adelante.

—Robaste esa frase de *Descubriendo a los Robinsons* —la reprendió junto a su sien, porque ella apenas le llegaba a la barbilla.

Ella rio inesperadamente.

—¡No me digas que ves películas de dibujos animados!

Él sonrió.

—Uno de mis vicepresidentes tenía un niño pequeño, de unos siete años entonces. Era su película favorita. Iba a cenar a su casa ocasionalmente, y toda la familia se reunía para ver la película con él. —Su mano se detuvo—. Era un niño muy dulce...

Ella se apartó y lo miró.

—¿Qué pasó?

—Su padre llegaba tarde al trabajo. Se subió al coche y no se dio cuenta de que el niño estaba detrás.

—¡Dios mío! —Ida se llevó las manos a la boca.

—Perdió la cabeza. Dejó su trabajo, abandonó a su esposa, acabó en la calle y murió de una infección respiratoria un invierno. Intenté encontrarlo después de que dejara mi empresa minera, pero no quería ser encontrado. Se fue al Este, a Nueva York, y simplemente se perdió entre la multitud. Lo identificaron por sus huellas dactilares; había hecho que todos mis empleados las registraran, así que estaban archivadas. Fue desgarrador. Lo hice traer de vuelta a Billings, donde fue enterrado.

—¿Y qué fue de su esposa?

—Se fue a vivir con una hermana en Phoenix. Vino al funeral. —El rostro de Jake se endureció—. No creo que volviera a casarse. Lo amó hasta el final. Ella lo perdonó. Pero él no pudo perdonarse a sí mismo.

Ida no dijo nada. Volvió a apoyar la mejilla en su camisa y se quedó pegada a él, con la brisa arremolinándose a su alrededor, el sonido del oleaje rompiendo en la playa y el ocasional grito de una gaviota.

—Eres tranquilizadora —comentó él después de un minuto.

Ella sonrió.

—Ese es un adjetivo nuevo.

Él rio suavemente.

—Tienes un don para calmarme. Tiendo a los extremos emocionales.

—Yo solía ser así.

—¿Qué pasó?

—Ibuprofeno —murmuró con sequedad.

Él no rio, como ella pretendía. Se apartó.

—¿Te duele la cadera?

Ella hizo una mueca.

—Solo un poco. Pero no, por favor, ¡no nos vayamos

todavía! —le pidió con ojos suplicantes—. Me encanta estar en la playa.

—De acuerdo. Solo unos minutos más.

Ella respondió con una amplia sonrisa.

Caminaron por la playa tomados de la mano. Era vigorizante, el sonido del océano, el azote del viento, el espumoso movimiento del oleaje bailando dentro y fuera de la playa.

—¡Oh, mira, una concha! —exclamó Ida, y se soltó de él el tiempo suficiente para recogerla.

—Es solo una concha marina, no un tesoro —bromeó Jake.

Ella le dio vuelta. Era una simple concha, pero le pareció preciosa por el color rosado de su interior y el tono gris suave de fuera.

—La guardaré como recuerdo.

—Puedo comprarte algo en alguna tienda.

Ella lo miró, sorprendida.

—No. Eso no es..., bueno, no es realmente un recuerdo, ¿verdad? Quiero decir, las cosas de las tiendas se venden en todas partes. —Dio vueltas a la concha en sus manos—. Esta ha salido de aquí, de esta playa. —Hizo una mueca y levantó la mirada hacia él—. No lo estoy explicando bien.

—Sí lo haces —respondió Jake. Miró sus manos. Estaban desnudas. Sin diamantes, sin joyas de ningún tipo. Por lo que había oído, sabía que ella era millonaria, pero no llevaba su riqueza encima. No alardeaba de ninguna forma—. ¿No te gustan las joyas?

—¿Perdón? —preguntó ella arqueando las cejas.

—No llevas anillos ni pulseras.

—No me gustan los anillos ni las pulseras. Me estorban cuando trabajo con arcilla —aclaró ella.

—¿Arcilla? —dijo Jake, extrañado.

—Me gusta esculpir. Es un *hobby* que empecé en el instituto, antes de que muriera mi madre. Ella solía hacer vasijas, pero a mí me gusta hacer bustos. —Se rio—. Es un gran ejercicio para mis manos.

Él negó con la cabeza. Nunca había conocido a una mujer como ella.

—Física y escultura. —Sus ojos grises brillaron—. Naves espaciales y canoas —murmuró distraídamente.

—Freeman Dyson —replicó ella inmediatamente.

Jake soltó una carcajada.

—Sí. Las esferas de Dyson. Fue muy famoso por su teoría.

—Me pregunto si nuestra civilización avanzará hasta el punto de poder emplearlas.

—Entre tú y yo, lo dudo seriamente. Ha habido algunos acontecimientos que acabaron con civilizaciones. Ni siquiera fueron descubiertas hasta finales del siglo pasado. Cuando notaron una capa de iridio que rodeaba todo el planeta, y dedujeron que era de una colisión entre la Tierra y...

—Un asteroide —terminó ella la frase.

Jake sonrió.

—Luis Álvarez propuso la teoría a principios de los ochenta, señalando que una capa de iridio marcaba el límite Cretácico-Terciario o K-T —siguió ella—. Como el iridio es un elemento muy raro en este planeta, pero bastante común en asteroides, Álvarez propuso la teoría del asteroide.

Jake la miró con admiración.

—No dejas de sorprenderme.

—Soy un poco friki —respondió ella con una risita.

—Solo un poco... —Jake suspiró. Volvió a tomar su mano y siguieron caminando—. ¿Sabes qué es ser verdaderamente friki?

—No. Cuéntame.

—Cuando miras tus aplicaciones del tiempo para ver si llueve en lugar de abrir las cortinas y mirar por la ventana.

Ella soltó una carcajada. Él también.

—¿Tú haces eso? —preguntó Ida.

—De vez en cuando —respondió Jake tras encogerse de hombros.

—Yo también.

—Vivo pendiente de aplicaciones sobre el tiempo, el espacio, volcanes, terremotos, ese tipo de cosas frikis, cuando no estoy hasta el cuello en asuntos de negocios.

—Yo tengo cinco aplicaciones de terremotos, dos de volcanes y unas seis del tiempo —confesó ella.

Él sonrió radiante.

—¡Vaya!

—Supongo que es por pasar tanto tiempo sola.

—¿Utilizas alguna red social?

—Twitter.

Él nombró algunas otras, pero ella negó con la cabeza.

—No se me da bien relacionarme con los demás —confesó ella—. Y no me gusta exponerme demasiado en Internet.

—A mí me pasa lo mismo.

Siguieron caminando. Ella todavía tenía su bonita concha en una mano. La giraba entre sus dedos mientras la miraba. Sabía que la conservaría para siempre. Y cada vez que la mirara recordaría su paseo por aquella playa con Jake.

Casi habían llegado de nuevo al restaurante cuando él vio algo en la marea. Se soltó de la mano para recogerlo.

Era una pequeña concha en espiral con el mismo color rosado en su interior. Se la dio a Ida.

—Gracias, es muy bonita —agradeció ella.

Pero, para su sorpresa, él se la quitó de la mano.

—Un recuerdo —dijo Jake, sonriente, y se la guardó en el bolsillo de la camisa sin más comentarios.

Ella se sentía extraña. Feliz. Segura. Pero sus emociones estaban en conflicto. No estaba segura de lo que le estaba pasando. Tampoco estaba segura de que le gustara.

Volvieron a casa con un tenso silencio entre ellos. Era agradable, pero inquietante. La facilidad para hablar entre ellos parecía haber sido reemplazada por una extraña inquietud. Ida no entendía por qué. Pero sonrió y sacó algún tema de conversación trivial solo para aliviar la tensión.

El chófer de Jake los esperaba en el aeropuerto Catelow. Los llevó de vuelta al pequeño rancho de Ida.

Se sentaron separados en el asiento trasero.

—Muchas gracias por el almuerzo —dijo Ida cuando la casa del rancho apareció a la vista—. Fue muy amable por tu parte invitarme. Nunca había probado una comida tan buena.

—Lo mismo digo. —Ella estaba siendo amable, pero había algo diferente bajo la superficie, como corrientes bajo un mar en calma.

La limusina se detuvo frente a su puerta. Todas las luces estaban apagadas. La casa parecía solitaria, fría y, de alguna manera, también amenazante.

Jake dio la vuelta para ayudarla a salir del coche y la acompañó hasta el porche.

Ella vaciló. No sabía por qué. Sintió algo, como un escalofrío que le recorría la espalda.

Jake la miró desde arriba. Su rostro estaba en sombras, pero ella percibió igualmente la ira en él.

—Gracias de nuevo —repitió ella.

Él se metió las manos en los bolsillos. Eso le impediría hacer lo que quería hacer.

—No hay de qué.

—Buenas noches... —se despidió ella.

Él solo asintió.

Ida se dio la vuelta y empezó a abrir la puerta de su casa, pero se detuvo.

—Sé que la cerré con llave...

Él la apartó y empujó la puerta, buscando el interruptor de la luz al mismo tiempo.

Lo que vieron sus ojos lo enfureció como nunca.

Capítulo 8

Jake no decía nada, así que Ida se acercó por detrás y miró hacia su sala de estar.

—¡Oh, Dios mío! —Avanzó unos pasos, pero él la detuvo—. ¡Butler! ¡No! —gritó desconsolada—. ¡No!

Jake se abrió paso rodeándola, siguiendo el reguero de sangre hasta dar con su enorme gato amarillo. Butler yacía sobre una alfombra, inmóvil.

—¡Ojalá supiera quién lo ha matado! ¡Lo obligaría a ir a por Bailey Trent ahora mismo! ¡Ha matado a mi gato! ¡Ha matado a mi bebé!

Jake tenía una mano sobre el gato.

—Todavía está vivo —anunció tras tomar una profunda bocanada de aire—. ¿Puedes pedirle a Fred que abra la puerta trasera de la limusina? Yo lo llevaré. ¡Lo llevaremos al veterinario ahora mismo!

—¿Todavía... vivo? —Ida se atragantó, con lágrimas rodando por sus mejillas—. ¡Sí!

Lo metieron en el asiento trasero. Ida ni se molestó en cerrar la puerta con llave. Después de todo, quien había herido a su gato no se había detenido ante una cerradura.

Fred, el conductor de Jake, condujo como si lo persiguiera el diablo cuando le dieron luz verde para saltarse los límites de velocidad. Llegaron frente a la clínica en escasos minutos, donde los recibió el propio veterinario, que había salido de su casa tras la llamada de Jake desde la limusina.

Jake tomó al gato, envuelto en la manta sobre el regazo de Ida, y lo llevó dentro. Lo colocó sobre la mesa de exploración y luego rodeó con un brazo a Ida, que estaba angustiada.

—Es lo único que tengo —dijo Ida entre lágrimas—. Por favor, doctor, ¿puede salvarlo? ¡No me importa lo que cueste!

El veterinario, Donald Mulholland, seguía examinando al gato.

—Hay algunas laceraciones profundas, no fatales, pero preocupantes, y lo que parece una costilla rota. Probablemente la cola también esté rota, aquí, en la punta. —Se volvió hacia ella y le mostró una sonrisa amable—. No son heridas mortales. Necesitaré una radiografía... Ahí está Ashley —anunció al ver a la joven que entraba por la puerta—. Mi esposa —los presentó—, y mi socia en la consulta. Es más lista que yo.

Ashley rio.

—Mentiroso. ¿Qué tenemos? —preguntó la mujer, colocándose junto a su marido, mientras él la ponía al día.

—Lo llevaremos ahora mismo a rayos X. ¿Van a quedarse...?

—Oh, por supuesto —respondió Ida inmediatamente, conteniendo otro ataque de llanto.

El doctor tomó a Butler y, seguido por su esposa, se dirigió a la sala de rayos X.

—No tienes que quedarte —se dirigió Ida a Jake.

Él se inclinó y le besó los párpados.

—Calla, anda —le susurró con tono dulce. Lejos de detener sus lágrimas, eso solo las avivó aún más. La ternura era todavía algo nuevo para Ida.

La abrazó suavemente mientras lloraba, y luego le secó la cara con un pañuelo blanco inmaculado.

—No pensaba que los hombres todavía llevaran pañuelos —dijo ella, con la voz ronca de tanto llorar.

—Mi madre pensaba que cualquier hombre decente debía tener un amplio suministro —bromeó él.

Ella sonrió.

—Gracias. Por todo.

—Alguien entró en tu casa, y no parece que forzaran la entrada.

Ella tomó aire profundamente.

—Sí, me di cuenta. —Lo miró—. Laredo tiene una llave.

Jake sacó su teléfono móvil y llamó a Cody Banks.

—Pero no estoy segura de...

—No puedes permitirte dudar —la interrumpió él bruscamente—. Un hombre que le haría eso a un gato se lo haría a un humano. O a un caballo —añadió enfadado. Recordó que sus caballos tenían heridas similares a las del gato, lo que podría indicar que la persona responsable del daño a sus tres animales era la misma.

Ella suspiró. Luego asintió.

—Banks —respondió una voz seca al otro lado de la línea.

—Jake McGuire. Alguien entró en casa de Ida Merridan y casi mata a su gato. La puerta no fue forzada. Su supuesto guardaespaldas tiene una llave.

Se oyó una palabrota del *sheriff*.

—¿Dónde estáis, en la casa?

—En el veterinario, con el gato —respondió Jake.

—Llámame cuando la lleves a casa. Puedo estar allí en menos de cinco minutos.

—Lo haré. Gracias.

Colgó el teléfono.

Ella suspiró aliviada.

—Debería haberlo sabido. Debería haber sospechado que cualquier cosa que me importara estaría en la línea de fuego. Cualquier cosa o cualquier persona... —Se interrumpió con una mirada de horror mientras miraba a Jake.

Él soltó una pequeña risa.

—Sobreviví a una misión en uno de los peores infiernos que existen, ¿y crees que un hombre lo bastante cobarde como para torturar animales es una amenaza para mí?

—Cualquiera puede ser tomado por sorpresa —afirmó ella.

La mirada de Jake en ese momento era tan tierna como su sonrisa.

—¿Te preocupas por mí? —preguntó él.

Ella se sonrojó.

El veterinario salió justo a tiempo para ahorrarle más vergüenza.

—Dos costillas rotas —anunció—, y algunos cortes desagradables. Su cola tiene una fractura justo en la punta. —Sacudió la cabeza—. ¡Cualquiera que lastime así a un gato...! —añadió, enfadado.

—Creo que también hirió a dos caballos —respondió Ida—. Tienen cortes profundos en los flancos...

—¡Dios mío, lo había olvidado! —exclamó el veterinario—. Ahora lo recuerdo. Traté a sus caballos. —Sacudió la cabeza—. Parece que tiene unos enemigos muy malos, señora Merridan.

—Su exmarido —intervino Jake secamente—. Ha salido de prisión recientemente por agredirla.

Era un resumen, pero causó una reacción visible en el veterinario, que conocía la mala reputación de Ida.

—¿Es una amenaza? —preguntó el veterinario.

—Me temo que sí —respondió Ida, suspirando—. Ojalá hubiera sido yo, en lugar de mis pobres caballos y Butler. —Se mordió el labio inferior—. Rescaté a Butler cuando era muy pequeño... ¿Cree que se pondrá bien? —añadió, con sus ojos azules llenos de emoción.

—Puedo asegurarle que lo estará. —El hombre se quedó pensativo—. En la clínica tenemos alarma antirrobo porque guardamos medicamentos para mascotas. Si alguien intentara entrar, el *sheriff* llegaría en menos de cinco minutos.

Ella exhaló y preguntó:

—¿Qué propone?

—Mantenerlo aquí unos días, solo para monitorearlo y asegurarnos de que mejora. Antibióticos, reposo, dieta cuidadosa, cariño —habló la esposa, uniéndose a ellos—. Puede llamar cuando quiera para preguntar por él —añadió con una sonrisa.

—Gracias —contestó Ida con voz ronca.

—También amamos a los animales —afirmó el veterinario con tono suave.

Ida solo sonrió. Estaba agotada por la preocupación y el miedo.

Pero mientras el chófer los llevaba de vuelta a casa de Ida, ella tenía otro temor, y era lo que Bailey podría hacer a continuación. Los caballos y el gato habían puesto de manifiesto la amenaza.

—Tal vez si solo le pagara... —dijo ella, preocupada.

—¿Y premiarlo por casi matar a Butler? —la interrumpió Jake con brusquedad—. ¡Por encima de mi cadáver!

Ella lo miró con ojos muy abiertos.

—Quiero hablar con tu guardaespaldas. Creo que el *sheriff* también querrá hacerlo. —Sacó su teléfono móvil y llamó a Cody Banks.

El *sheriff* los esperaba en el porche delantero de Ida.

—Necesitamos hablar con el guardaespaldas —dijo Jake mientras ayudaba a Ida a subir los escalones.

—Eso estaría bien —comenzó Cody—, pero acabo de hablar con uno de tus empleados a tiempo parcial. Y qué oportuno... Se ha muerto un familiar de Laredo y se ha tenido que ir corriendo a Texas justo antes de que llegaras a casa.

—Qué conveniente —opinó Jake con frialdad.

—¿Verdad? —respondió Cody—. Mi nuevo investigador ha empezado hoy. Está haciendo una verificación de antecedentes de Laredo con la agencia que lo envió.

—¿A esta hora? —preguntó Ida.

—Oh, no le importa despertar a la gente para hacer preguntas —afirmó Cody con una sonrisa divertida.

—Podría ser cierto... —dijo Ida.

El teléfono del *sheriff* sonó y él contestó. Sus cejas se arquearon bajo su Stetson.

—¿No me digas? Gracias, Dirk... Claro... Gran trabajo. —Colgó y se volvió hacia Ida y Jake—. La agencia que contactaron sus abogados tenía un guardaespaldas en camino. Alguien llamó, dando su nombre, y les dijo que no lo enviaran. —Hizo una pausa—. Al parecer, su guardaespaldas fue sustituido.

Los labios de Ida se abrieron de golpe.

—¡Si tan solo hubiera comprobado...! —exclamó angustiada.

—Si tus abogados hubieran comprobado —la interrumpió Jake, enfadado.

—No va a parar, ¿sabes? —continuó Ida con tristeza—. Buscará a otra persona y ya está.

—En ese caso, los dos haremos una investigación de antecedentes —respondió Jake.

—Todo es culpa mía. ¡Mis pobres caballos! ¡Mi pobre gato!

—Estaremos atentos —prometió Cody con una sonrisa—. Tengo un ayudante recuperándose de un disparo. ¿Puedo enviarlo para que se quede contigo...?

Ella se estremeció.

—Gracias, pero no.

Cody y Jake intercambiaron una mirada silenciosa.

—Prepara una maleta —ordenó Jake—. Te vienes a mi casa.

—¡No lo haré!

Él notó su sonrojo y rio entre dientes.

—Tengo una pareja de ancianos viviendo conmigo. Él se encarga de los caballos y ella cocina. También tengo un ama de llaves que viene a diario. Puedo hacer que uno de ellos viva con nosotros en la casa mientras estés allí.

—Ve con él —la animó Cody—. No estás segura aquí. No hasta que hagamos algunas investigaciones. Necesito el nombre de tu abogado y su número de teléfono. Buscaremos una solución.

—Sois muy amables —contestó ella.

—Se han cometido delitos —insistió Cody—. Y te repito que cualquier hombre que maltrate animales no dudará en atacar a una mujer.

Parecía indecisa.

—Podemos explorar más restaurantes —la persuadió Jake.

Ella dudó.

—¿Restaurantes? —preguntó Cody.

Jake asintió, sonriendo.

—Hemos estado en Galveston y San Agustín, pero conozco muchos más por todo el país.

Cody rio.

—Suena divertido. A mí también me gusta la comida. —Se dirigió hacia los escalones—. Me despido. Si sabes algo de tu exmarido, me gustaría saberlo —le dijo a Ida.

Ella asintió.

—Te llamaré si sé algo. Y muchas gracias, *sheriff* Banks.

—Llámame Cody —le pidió, con una cálida sonrisa que hizo que se le erizara un poco el pelo a Jake.

—Cody, entonces —aceptó ella, devolviéndole la sonrisa.

Vieron alejarse al *sheriff*. Jake entró con Ida y caminó de un lado a otro mientras ella preparaba una maleta. El rastro de sangre seguía en el suelo. Frunció el ceño, agachándose para mirar. Había dos rastros, uno más corto que el otro, y más grueso. Parecía como si quien hubiera herido al gato se hubiera llevado un arañazo en el proceso y hubiera dejado la mancha al soltar al gato.

Sacó su teléfono y llamó a Cody de nuevo, informándole sobre la sangre.

—Estoy dando la vuelta ahora mismo —contestó el *sheriff*—. Llevaré a mi investigador. Si tienes razón, podemos obtener ADN de la mancha de sangre.

—Podría proporcionar información interesante —señaló Jake.

—Sí, podría.

Cody llegó justo cuando Ida salía de su dormitorio.

—Estoy haciendo la maleta, pero necesito saber cuántas cosas debo llevar.

—Suficiente para unos días. Siéntate —le pidió Jake con suavidad, porque volvía a cojear. Sonó un fuerte golpe en la puerta principal—. Ya voy yo.

Ella se tensó.

—¿Y si es uno de los matones de Bailey? —se preocupó ella.

—Es el *sheriff*. Acabo de llamarle.

—¿Por qué?

—Espera y verás.

Abrió la puerta. Cody Banks entró con un hombre alto y corpulento de pelo rubio platino y fríos ojos grises.

—Este es Dirk Coleman —presentó al otro hombre—. Lo robé de la oficina del *sheriff* del condado de Bexar, en San Antonio, Texas. Ellos son Jake McGuire e Ida Merridan.

Dirk asintió. Sus ojos se dirigieron al rastro de sangre. Se adelantó y se arrodilló, concentrado en la evidencia. Sacó un kit de recogida de sangre.

Mientras el investigador realizaba su tarea, Cody hizo más preguntas, algunas que no se le habían ocurrido antes. Una fue sobre los otros vaqueros que trabajaban para ella.

—Solo dos a tiempo parcial —informó Ida—. Solo tengo unos pocos caballos y cuidan muy bien de Silver, Gold, Rory y los otros cuatro. Son casi como de la familia. Han estado aquí desde que mi primer marido compró el rancho familiar y lo renovó. Pensó que me gustaría pasar aquí algunas de mis vacaciones, y así fue.

—¿Los palominos llevan aquí un tiempo? —preguntó Cody.

Ella asintió.

—Unos dos años. Gold está mucho mejor. —Sus

ojos buscaron los de Cody—. ¿No crees que Bailey podría enviar a alguien a casa del señor Colter para hacerles daño a ella y a Silver?

—Si lo hicieran y se encontraran con J. C. Calhoun, saldrían corriendo hacia la frontera en un abrir y cerrar de ojos —afirmó Cody tajantemente.

—Conozco a J. C. —intervino Jake—. Estuvimos en unidades diferentes en Irak. Era un soldado extraordinario.

—Y no era mal mercenario tampoco —añadió Dirk Coleman sin levantar la vista.

—¿Lo conoces? —preguntó Cody.

El investigador asintió.

—¿Y sabes eso por...? —dijo Cody con cierta sospecha.

—Oh, son rumores.

El *sheriff* no quiso preguntar nada más. Su nuevo investigador era muy reservado. Un buen detective, pero con un pasado misterioso. Nunca hablaba de ello, y sus registros solo se remontaban a siete años atrás. Antes de eso era difícil encontrar siquiera un rastro suyo. Eso había intrigado a Cody, pero estaba tan desesperado por conseguir ayuda que no había prestado mucha atención a tal omisión. Después de todo, si el *sheriff* del condado de Bexar había recomendado al hombre y trabajaba para ellos, habrían hecho una exhaustiva investigación de sus antecedentes.

—¿Hablaste con el abogado de Ida? —preguntó Jake a Cody.

—Sí. —Suspiró—. Ida, es un tipo muy agradable y vela por tus intereses, pero es un abogado civil. No está realmente al tanto de los contactos con la mafia y lo que pueden significar en una situación como esta.

—Maldita sea, cierto —murmuró Dirk mientras

terminaba de recoger pruebas. Las colocó en bolsas y guardó su teléfono móvil, que había estado usando para recoger evidencia visual de la mancha de sangre y el rastro. Se puso de pie—. Me gustaría volver por la mañana y hablar con tus trabajadores. Solo para atar todos los cabos —añadió el hombre cuando la notó preocupada.

—¿No los harás sentir como si estuvieran bajo sospecha ni nada parecido? Son buenos hombres.

Dirk ladeó la cabeza y la miró. Incluso con los ojos rojos, Ida era muy guapa.

—No causaré problemas. Pero necesitamos saber si hay alguna conexión. Alguno podría tener un familiar o un amigo que hiciera algo por tu exmarido.

—Oh, ya entiendo —respondió ella, asintiendo.

Él sonrió. Sus ojos grises brillaron. Era muy atractivo.

—Si tu exmarido está detrás de esto, lo descubriremos. Y lamentará que lo hayamos hecho.

Ella se relajó y le devolvió la sonrisa.

—De acuerdo. Gracias.

Jake se acercó y tomó su mano suavemente entre las suyas.

—Sí. Muchas gracias —añadió amablemente, pero sus ojos de color gris claro, apenas un tono más claro que los del investigador, echaban chispas.

Dirk rio para sus adentros, les deseó buenas noches a ambos y volvió al coche con las pruebas.

—Llevará la sangre al laboratorio criminalístico estatal —informó Cody—. Estoy casi seguro de que hay suficiente para obtener ADN. Os informaré cuando tengamos los resultados.

—Muchas gracias —dijo Ida.

Cody sonrió.

—No hay de qué. Buenas noches.

* * *

Jake se quedó mirando con cara de enfado mientras los dos hombres se iban. Se volvió hacia Ida y el ceño fruncido desapareció rápidamente.

—Termina de hacer el equipaje y nos iremos —le pidió con tono suave.

—De acuerdo. —Sonrió—. Gracias, Jake. No me siento cómoda quedándome aquí sola, pero nunca te habría pedido...

—Lo sé —la interrumpió.

—Pero ¿qué pasa con el resto de mis caballos? —se preocupó—. Los trabajadores a tiempo parcial se van a casa por la noche.

—Me ocuparé de eso. Tú solo haz el equipaje, ¿de acuerdo?

Ella sonrió de nuevo.

—De acuerdo.

Jake sacó su teléfono móvil y llamó a su capataz, quien dijo que tendría a un hombre en la propiedad de Ida en menos de una hora, armado y preparado.

Ida volvió al dormitorio, desconcertada por el extraño comportamiento de Jake cuando hablaba con el investigador. No podía estar celoso de él, por supuesto. Sintió una oleada de placer al procesar ese improbable pensamiento. No, se dijo con firmeza, solo estaba siendo amable. Por supuesto.

Reunió suficiente ropa para unos días y la metió en una maleta. Era pesada.

Salió al pasillo, haciendo una mueca mientras caminaba.

—Jake, ¿puedes ayudarme con la maleta?

—Por supuesto. —Él echó un vistazo al dormitorio mientras la tomaba del suelo. Sin adornos, nada ostentoso. La habitación era espartana. Había una cama y una cómoda, una mesita de noche con una lámpara, algunas alfombras pequeñas y un tocador con espejo y una sillita. Nada más. Ni siquiera un cuadro en la pared.

—Vives con sencillez —comentó él.

Ella se encogió de hombros.

—Tengo cuadros que me gustaría colgar, pero antes necesitó enmarcarlos como es debido, y Casper está lejos.

Jake arqueó las cejas.

—No puedo conducir tan lejos —confesó ella—. Y no hay ninguna tienda de marcos en Catelow.

—Entiendo. —La guio hasta la sala de estar, notando que había recuperado su bastón y lo estaba usando. Probablemente se acercaba mal tiempo. La gente con lesiones en las articulaciones sufría mucho dolor justo antes de que llegara un sistema de baja presión.

—¿Puedes caminar bien? —preguntó preocupado.

—Estoy bien —mintió. El ibuprofeno estaba perdiendo efecto. Se detuvo—. Jake, mi ibuprofeno está en el botiquín de mi baño...

Dejó la maleta y fue a buscarlo. El botiquín tenía tiritas, crema antibiótica e ibuprofeno. Tomó el frasco.

—No hay cepillo de dientes —dijo él cuando volvió con Ida.

Ella rio.

—Ya está guardado —respondió señalando el equipaje.

Al tomar la maleta de nuevo, Jake notó una caja abierta con cables.

—¿Qué es esto? —preguntó él.

—Es mi unidad TENS.

—¿Cómo?

—Son electrodos. Los pones donde duele y

enciendes la corriente. Envía descargas eléctricas al músculo para ayudar a relajarlo. Funciona bastante bien, pero es incómodo de llevar.

—Contigo se aprende algo nuevo cada día —afirmó con una sonrisa.

—Así es. —Ida le devolvió la sonrisa.

—Bien. Si eso es todo, vámonos.

La acompañó hasta la puerta y ella cerró.

El conductor, Fred, estaba junto a la puerta trasera de la limusina manteniéndola abierta y sonriéndoles.

—¿Todo bien? —preguntó el empleado—. Espero que atrapen a quien lastimó a su gato, señora. Yo también tengo gatos.

Ida sonrió.

—Gracias...

Jake la ayudó a entrar y subió tras ella.

Su rancho era grande. La limusina avanzó por un camino pavimentado con cercas blancas a ambos lados. Incluso de noche, era impresionante. La casa se alzaba lejos de la carretera en medio de una arboleda de álamos. Era de ladrillo amarillo con arcos elegantes y muchos adornos de hierro forjado negro. Había dos balcones. A ambos lados de la casa había lo que parecían jardines de flores.

—Debe de estar precioso en primavera —comentó Ida mientras él la ayudaba a salir del coche—. Dios mío, parece que estoy en Texas o Arizona...

Jake rio.

—Por aquí la conocen como la casa española —le explicó él mientras el conductor sacaba el equipaje del maletero—. Mi abuelo estaba casado con una dama española. Estaba emparentada con la mayoría de las casas reales de Europa, aunque su familia la repudió cuando vino a vivir a las tierras salvajes de Wyoming en un pobre rancho ganadero. Era la madre de mi madre. Mi abuelo remodeló la casa para ella después de que unas acciones en las que había invertido le dieran grandes beneficios. Fue la única vez que tuvo dinero, pero nunca se arrepintió de gastarlo. Amó a mi abuela hasta el final de sus días. Yo también —añadió secamente, reprimiendo la emoción—. Cuando murió, mi madre heredó mucho dinero y propiedades. Mi padre ya había muerto entonces.

—Es preciosa —dijo Ida—. ¿Hay flores en primavera?

—A montones —respondió él—. Mi madre las adoraba. —Hizo una mueca—. Mi padre las cortaba todas, cada primavera. Las replanté cuando él se fue finalmente, y solo quedamos mi madre y yo. Las he mantenido tal como ella las dejó.

—Qué hombre tan terrible.

—No lo sabes bien...

El conductor abrió la puerta y Jake guio a Ida por el camino empedrado que llevaba a la entrada principal.

Se movía con dificultad sobre la superficie irregular, dependiendo del bastón para atravesar con seguridad lo que sentía como un laberinto mientras evitaba las piedras más prominentes.

Jake miró atrás y se dio cuenta tardíamente de lo difícil que era para ella.

—Perdona —dijo él, tomando el bastón y lanzándoselo al conductor de la limusina, que lo atrapó hábilmente en el aire.

Levantó a Ida en brazos y la llevó hasta la puerta, que fue abierta por Maude Barton, su ama de llaves.

Ella sonrió a Jake y asintió secamente a Ida.

—He traído a la señora Merridan, se quedará unos

días, señora Barton —informó Jake—. ¿Está lista la cama de la habitación de invitados?

—Sí, señor —respondió la mujer con cara seria.

Ida suspiró. Al parecer, su reputación la había precedido. Solo sonrió con tristeza a la mujer mayor mientras Jake se giraba y la llevaba por el pasillo hasta una puerta abierta.

Había el tipo de lujo al que se había acostumbrado con los años. La habitación de invitados estaba decorada en suaves tonos pastel, melocotón y beis, con paredes en azul empolvado y una alfombra a juego. La cama, tamaño *king size*, estaba cubierta con un edredón estampado en azul y beis.

—Es preciosa —dijo en voz baja cuando Jake la dejó en el suelo.

—Me alegro de que te guste. ¿Por qué no te tumbas un rato mientras reviso algunos papeles y hablo con mi gerente de acciones?

Ida forzó una sonrisa, tenía dolor.

—Estaría bien, si no te importa. ¿Y podrías sacar mi ibuprofeno y pedirle a tu ama de llaves algo para tomármelo?

—Por supuesto.

Jake sacó los medicamentos y fue a la cocina a ver a la señora Barton.

—¿Puedes hacer café y llevarle una taza a Ida?

Maude lo fulminó con la mirada.

—¿Por qué no puede venir ella aquí a buscarlo? —preguntó la mujer, con acritud.

Los ojos de Jake adquirieron un brillo acerado.

—Si no te gusta trabajar aquí, Maude, ya sabes dónde está la puerta.

Ella contuvo el aliento. Era un trabajo muy bien pagado. Nunca conseguiría otro igual. Así que, apretó los dientes y respondió:

—Se lo llevaré ahora mismo, señor McGuire.

—Me lo imaginaba —replicó él—. Y si no eres educada cuando se lo lleves, me enteraré.

Era una amenaza velada. Ella tragó saliva. Con fuerza.

—Por supuesto, señor McGuire.

Él asintió con un brusco movimiento de cabeza y salió por la puerta principal para hablar con su chófer antes de ponerse a trabajar.

La señora Barton llevó una bandeja al dormitorio donde Ida estaba tumbada sobre la colcha, apoyada en algunas almohadas, con su hermoso rostro tenso y pálido por el dolor.

Hizo una mueca al ver la bandeja.

—Oh, por favor, señora... Barton, ¿verdad? No hacía falta. Solo agua para tomarme la medicina.

Maude ladeó la cabeza.

—¿Medicina? —preguntó con curiosidad.

Ida asintió. Se sentó en el borde de la cama, sacó las piernas dolorosamente y abrió el frasco de medicamentos. Se le escapó de las manos, esparciendo las pastillas por toda la inmaculada colcha.

—¡Oh, maldita sea! —masculló, conteniendo las lágrimas—. ¡Primero mis caballos, luego mi gato, y ahora esto...!

Maude dejó la bandeja en el tocador y recuperó el frasco, mirándolo con las cejas alzadas mientras volvía a meter las pastillas.

—¿Cuántas toma? —preguntó, en un tono mucho menos hostil del que Ida esperaba.

Ida suspiró.

—Tres al día.

—Son pastillas de ochocientos miligramos.

—Sí. Se necesita mucho cuando cambia el tiempo. Tengo una prótesis parcial de cadera y una varilla metálica con tornillos en la pierna derecha, sujetando un fémur roto. Me duele mucho cuando cambia la presión atmosférica.

Maude le entregó el frasco a Ida, quien sacó una pastilla y esperó mientras la empleada ponía la bandeja en la cama junto a ella.

—¿Quiere leche y azúcar en el café? —preguntó educadamente.

—No. Lo tomo solo. Gracias —añadió cuando tomó la taza con su mano temblorosa y se tragó el ibuprofeno con dos sorbos de café ardiendo.

—Mi primo toma de esas para un dolor de espalda —le contó Maude—. Dice que solo puede tomarlas durante cinco días, luego tiene que esperar diez días para volver a tomarlas. También debe ingerirlas con comida.

Ida suspiró.

—No me apetece comer. Alguien casi mata a mi gato. Está en el veterinario...

—¡Santo cielo! ¿Quién haría daño a un gato? —exclamó Maude.

—El mismo tipo de hombre que se ríe cuando te lanza por el lateral de un aparcamiento —soltó Ida con una triste sonrisa—. Al menos caí en la franja de césped que había abajo, de lo contrario, ahora estaría muerta.

Maude se estremeció al pensar en el dolor que debía de haberle causado esa lesión.

—Bueno, tiene que comer algo o se hará daño en el estómago. Le prepararé unos huevos revueltos.

—Por favor, no se moleste...

—No es molestia —dijo la mujer mayor secamente—. En absoluto. —Puso la pequeña cafetera y la servilleta en la mesa auxiliar—. Me llevaré esto a la cocina —añadió, tomando la bandeja con la leche y el azúcar.

—Muchas gracias, señora Barton —respondió Ida.

—No hay de qué.

Maude salió sin sonreír. Pero Ida no esperaba que lo hiciera. La mala reputación que tanto se había esforzado en construir estaba teniendo tristes consecuencias. La protegía de los hombres, pero la convertía en enemiga instantánea de la mayoría de las mujeres que conocía.

Bueno, eso no podía evitarse. Terminó su café y dejó la taza con cuidado, recostándose en las almohadas con los ojos cerrados.

Solo pasaron unos minutos antes de que la señora Barton regresara con un plato de huevos revueltos y dos lonchas de beicon.

—Coma algo, anda —le pidió en tono maternal—. Evitará que esas horribles pastillas le destrocen las entrañas.

Ida sonrió a pesar de su dolor.

—Sí, supongo que sí. Muchas gracias. Siento causarle molestias...

—No se preocupe —respondió Maude, e incluso logró esbozar una breve sonrisa—. Solo deje el plato en la mesa auxiliar cuando termine. —Hizo una pausa—. ¿Por qué alguien atacaría a su gato? —se preguntó de nuevo.

—Mi exmarido fue enviado a prisión por maltratarme —le explicó—. Ha salido, yo tengo mucho dinero y él tiene deudas de juego. Dice que estoy en deuda con él por lo que le pasó. Ya ha herido a dos de mis caballos. Supongo que el pobre Butler era el eslabón más débil de la cadena. Pobre gato —añadió con pesadez—. Tenía una cuerda alrededor del cuello que casi lo ahoga cuando lo encontré en el bosque. Tenía marcas por todo el cuerpo, como si alguien lo hubiera golpeado con un cinturón. Le quité la cuerda y me lo llevé a casa. Tardó casi dos semanas en dejar de esconderse cuando entraba en una habitación. El veterinario dijo que parecía como si alguien lo hubiera torturado. Eso pensé yo también. Sobrevivió a eso, y ahora... esto. Dos costillas rotas, la cola rota, marcas por todo el cuerpo... —Se detuvo, tragando con dificultad—. Había un rastro de sangre atravesando medio salón cuando llegué a casa. Si el señor Colter no tuviera mis pobres caballos, supongo que volverían a ser víctimas. Ambos tenían cortes profundos en los cuartos traseros. Mi exmarido dijo que era solo una muestra de lo que podía esperar si no le daba algo de dinero.

Maude se llevó una mano a la boca, consternada.

—Y yo que pensaba que tenía una vida difícil —murmuró—. Deberían encerrarlo de nuevo.

—Si el *sheriff* puede encontrar algo que lo conecte con las heridas de mis bebés, lo harán —respondió Ida, con los ojos azules echando chispas.

—Usted podría ser la siguiente —dijo Maude, e hizo una mueca.

—Sí. —Miró con preocupación a la otra mujer—. ¡Os estoy poniendo en peligro solo por estar aquí!

—No, no lo hace. El señor McGuire tiene dos vaqueros que solían ser mercenarios. Los convenció para que dejaran a Ren Colter. Nada, y digo nada, se les escapa. Aquí está segura.

Ida se mordió el labio inferior.

—Segura... —Rio sin alegría—. No he estado segura desde el día que conocí a Bailey Trent.

—Bueno, ahora lo está. Coma esos huevos antes de que se enfríen. Y si necesita más café, llámeme, ¿de acuerdo?

—De acuerdo. —Ida agarró el tenedor con un largo suspiro—. Gracias por la comida. Y por las palabras amables. Y por escuchar...

Maude se sonrojó.

—De nada, señora. —Sonrió nerviosamente y volvió a la cocina.

Ida terminó los huevos y el beicon, dejó el plato, bebió media taza de café y se recostó en las almohadas. Minutos después, estaba profundamente dormida.

Capítulo 9

Maude recibió a Jake en la puerta cuando volvió a entrar.

—Lamento mucho haber juzgado precipitadamente a la señora Merridan —se disculpó la empleada—. No conocía sus verdaderas circunstancias.

—Los rumores son peligrosos —respondió Jake—. Ella tiene problemas serios.

—Me lo contó... —Hizo una mueca—. ¿Qué clase de monstruo fue su marido?

—De la peor clase —respondió él—. Creo que la pondrá en peligro próximamente. Sus animales fueron una advertencia.

—Su pobre gato... Me dijo que lo encontró en el bosque con una cuerda atada al cuello y marcas por todo el cuerpo. Lo llevó al veterinario y lo adoptó. Estaba muy alterada porque hubiera pasado por algo similar otra vez. —Levantó los ojos hacia él—. No es como yo pensaba.

—Tampoco es como yo pensaba, señora Barton —respondió él en voz baja—. Es como un camaleón. Finge ser algo que no es para que los hombres no la acosen. Les tiene miedo.

—Pobre criatura. —Suspiró la mujer—. Qué vida ha tenido.

Él asintió.

—Podría haber continuado en la universidad y enseñar Física. Una pena que no lo hiciera.

—¿Física? —exclamó Maude.

Jake rio entre dientes.

—Se graduó en el MIT.

—Bueno, nunca se termina de conocer a la gente, ¿verdad? Le di huevos revueltos y beicon. No es buena idea tomar una medicina tan fuerte con el estómago vacío. Mi primo toma la misma dosis.

—Algún día, espero, encontrarán un tratamiento que funcione mejor y que no sea tan peligroso.

—Y luego tardarán diez años en aprobarlo para uso general —murmuró Maude—. Iré a limpiar la cocina. ¿Qué desea para cenar, señor McGuire?

—Solo sopa y ensalada. Supongo que Ida solo querrá eso también. Está alterada por su gato.

—Entiendo cómo se siente. Tengo cuatro gatos en casa. Uno fue atropellado por un coche y apenas sobrevivió. Tuvieron que amputarle una pata, pero aun así corre bastante bien —añadió con una sonrisa.

Él asintió.

—Un gato con suerte.

—Ese es su nombre, precisamente. Tendré la cena lista sobre las seis.

—Las seis está bien. ¿Cómo está Ida?

—Profundamente dormida. —La empleada negó con la cabeza—. Tiene unas ojeras enormes. No creo que duerma bien en absoluto.

—Tiene pesadillas.

—Eso no me sorprende nada.

—Si llama la clínica veterinaria y no pueden localizarme en el móvil, tome nota del mensaje, ¿de acuerdo?

—Con gusto. Señor... —añadió, algo avergonzada—, siento mi comportamiento cuando la señora

Merridan llegó aquí. No es la mujer que esperaba. Para nada.

—No es la mujer que espera nadie —respondió él con una sonrisa.

Entró a ver a Ida. Estaba acurrucada de lado en la enorme cama, con los ojos cerrados, las largas pestañas negras descansando sobre sus mejillas. Se veía hermosa así. Tuvo que forzarse a salir de la habitación.

Cuando recordó no solo el interés del *sheriff*, sino también el del investigador en ella, se sintió irritado. Tenía competencia. No estaba seguro de cómo iba a manejarlo, lo que le sorprendió, porque había estado convencido de que Ida no se le iba a acercar. Aparentemente, había hecho un mal cálculo. Eso le dio algo en qué pensar mientras trabajaba en la oficina.

Ida se despertó justo a tiempo para la cena. Maude le llevó una bandeja con sopa, ensalada con aderezo casero y un profiterol de postre.

—Podría haber ido a la mesa, señora Barton —protestó Ida—. ¡Esto le supone mucho más trabajo!

Maude simplemente sonrió.

—No es trabajo en absoluto. Me encanta cocinar. Y no es como si estuviera en el décimo piso de un edificio de apartamentos. Está justo al final del pasillo.

Ida rio suavemente.

—Es verdad. Pero gracias.

—De nada. Espero que lo disfrute.

La empleada volvió a la cocina y sirvió la cena de Jake. Él estaba sentado a la mesa leyendo un boletín del mercado y mirándolo con el ceño fruncido.

—Vamos, vamos, señor McGuire, leer todas esas

cosas políticas solo va a confundirle la mente y arruinarle el apetito.

Él rio sin ganas.

—Cierto —admitió. Dobló el periódico y lo apartó a un lado.

—Es una buena noche para sopa —señaló ella—. Hace un frío terrible y pronostican treinta centímetros de nieve para esta noche.

—Lo sé. He estado haciendo llamadas para organizar las cosas aquí. Será mejor que vuelva a casa mientras el camino aún esté transitable. Dejaremos los platos en el fregadero cuando terminemos de cenar.

—La señora Danbury no ha aparecido todavía, y su marido llamó diciendo que uno de los niños estaba enfermo y que quizás no podría venir esta noche —comentó preocupada—. ¿Está seguro de que no quiere que me quede?

Él simplemente rio.

—Con Ida en su estado actual, no creo que vayamos a causar ningún escándalo.

Ella sonrió.

—Ya lo creo que no. Por cierto, se lo comentaré. La señora Merridan ha tenido ya bastantes problemas. Veré si puedo ayudar a resolver al menos uno de ellos.

—Gracias.

—Me cae bien. Es agradable.

—Sí. —Suspiró él—. Lo es.

Después de que Maude se marchara, Jake se retiró a su despacho para revisar los últimos registros informáticos de su rebaño de pura raza. Sin embargo, su mente no estaba realmente en ello. Estaba en su huésped. No confiaba en ella, aún no, pero se sentía atraído de una manera que no quería sentirse. Ella era una incógnita. Y él estaba tratando de superar lo de Mina. Era un mal momento para pensar en otra mujer. Especialmente una que parecía tan frágil como Ida.

Llamó al hombre que había enviado a la casa de Ida para vigilar sus caballos restantes.

—Hola, Bob —saludó Jake amablemente—. ¿Cómo va todo?

—Bien, jefe. Instalé algunos sensores en el establo y puse cámaras de vigilancia alrededor del lugar, como me dijo. El investigador del *sheriff* pasó hace unos minutos con la misma pregunta que acaba de hacerme. Le dije que había llevado a la señora Merridan a su casa.

Jake ahogó una risa satisfecha.

—Está dormida. Adora a ese gato. El veterinario dice que se pondrá bien con tiempo y cuidados.

—Hay que ser muy cruel para herir así a un gato. Y especialmente a caballos —añadió enfadado.

—Sí, así es. Por eso estás tú allí y ella está aquí. ¿Sigues llevando esa escopeta?

—Oh, sí —respondió Bob—. Tengo perdigones para avisos y postas para intrusos serios.

Jake rio.

—Uf, qué desagradables son los perdigones.

—Pues todavía es peor que te lancen sal gorda... —respondió Bob—. Estaba asustando vacas en la granja de un vecino cuando era adolescente y acabé magullado entero. Dolió casi tanto como el cinturón de mi padre cuando el granjero le contó lo que había estado haciendo. Y luego la humillación de mi madre sacándome la sal de la piel del trasero.

—Ah, la infancia —respondió Jake, riendo—. Qué dulces recuerdos.

—Esos no eran dulces, jefe...

—Nunca deja de asombrarme que la gente hable de lo maravillosa que era la infancia. —Suspiró Jake—. La mía tampoco fue tan genial.

—La de nadie lo fue —respondió Bob—. Creo que todo es fantasía, algo para hacer que tus propios hijos piensen que deberían comportarse mejor, para que puedan tener una infancia similar.

—Qué suerte tienes. Tienes tres.

—Lucy y yo los queremos a todos por igual —afirmó Bob—. ¿Por qué no se casa y tiene hijos? No se está haciendo más joven.

—Claro que sí —dijo Jake con fingida altivez—. Estoy tomando cursos sobre cómo vivir para siempre, pero no los compartiré si insistes en hablar de mi edad.

Bob rio.

—Mantén los ojos abiertos. Si hay algún problema, llama primero al *sheriff* y luego a mí, ¿de acuerdo?

—Lo haré, jefe.

Colgó el teléfono. ¿Sabría el exmarido de Ida que su aliado había huido? ¿Lo habría desanimado la llegada de la Policía después de que hirieran al gato? ¿O solo estaba esperando el momento para hacer algo más traumático que herir a los caballos y al gato de Ida? Era preocupante.

Mientras estaba sentado en su escritorio pensando en ello, oyó movimiento en el pasillo. Salió a ver qué era.

Ida se detuvo en seco.

—¿Te he molestado? Lo siento. Quería ver si quedaba café. Tu ama de llaves dijo que dejaría una cafetera caliente en la cocina. Debo de haberme quedado dormida.

Él se levantó y se unió a ella.

—Necesitabas descansar —dijo él sonriendo—. Me apetece una taza. Vamos.

La guio hasta la cocina, notando que caminaba un poco mejor. Llevaba vaqueros con un suéter azul de manga larga que casi coincidía con el color de sus ojos. Calzaba zapatillas.

—¿Ha disminuido el dolor?

Ella asintió.

—Fluctúa. Tengo artritis postraumática en la cadera por las lesiones. Me pusieron una prótesis parcial de cadera, y tuvieron que volver a colocar el fémur en su sitio y prácticamente reconstruirlo. —Suspiró profundamente—. Tuve suerte de que no fuera peor.

—Dijiste que también tenías vértebras dañadas.

—Dos, en la parte baja de la columna. Las repararon. —Rio con pocas ganas—. Por supuesto, también tengo problemas en la espalda. —Negó con la cabeza—. Todo por mi culpa, supongo. Debería haber sabido que Bailey era demasiado bueno para ser verdad. Pero era tan estúpida con los hombres.

—¿No saliste con nadie mientras estabas en la universidad? —preguntó él mientras servía el café caliente en dos tazas.

—Estaba casada —dijo ella con mirada perpleja.

Él se volvió, haciendo una mueca.

—Lo siento. No lo había pensado.

Ella sonrió.

—No pasa nada. Mi reputación me persigue. Fue una idea realmente estúpida, pero estaba tan desesperada por mantener a los hombres a raya cuando volví aquí. No salí con nadie excepto con amigas cuando estaba en el MIT. Pensaban que estaba loca. —Bebió café y suspiró—. Supongo que estoy desconectada del mundo moderno. Estuve protegida toda mi vida, luego me casé con un hombre que me protegió igual. Después llegó Bailey. —Hizo una mueca.

—Todos cometemos errores —señaló él.

—Algunos cometemos más que otros. Tenía miedo de conocer a alguien más y volverme loca por él y acabar como ya había hecho, dos veces. Aparentemente, no tengo criterio con los hombres.

Omitió referirse al periodista al que había evitado por sentir atracción hacia él, antes de que muriera en el extranjero. Quizás habría sido una buena elección, pero ya no confiaba en su propio juicio.

—Tienes que tener en cuenta que eras ingenua. Volverse espabilado requiere tiempo y experiencias duras.

Ella ladeó la cabeza y lo estudió con sus vívidos ojos azul oscuro.

—¿Tú eres espabilado?

—¿Con las mujeres? Sí —Suspiró—. Me hice rico demasiado rápido. Cuando mi madre murió, me dejó una fortuna.

—¿No fue para tu padre...? —Se detuvo en seco, apretando los dientes—. Lo siento, no quería decir eso.

Pero él no se ofendió. Miró su taza de café.

—Para entonces, él ya estaba en prisión.

Ella no se movió. Se quedó allí sentada, mirándolo fijamente.

—Era como tu exmarido, solo que no salió por buena conducta. Tomó un punzón e intentó matar a otro recluso. Murió él en su lugar.

—Lo siento mucho...

Él bebió café, quemándose el labio para detener el dolor del recuerdo.

—No lo lloramos. Mi madre al menos tuvo algo más de dos años de paz y serenidad antes de morir. Su padre había muerto poco después de que ella se casara con mi padre. Solo después de que detuvieran y sentenciaran a mi padre, murió la madre de ella, haciéndola la única heredera de la fortuna familiar. Así que se convirtió en la administradora de todo. Hasta entonces, éramos pobres. La abuela nos habría ayudado, pero mi padre rechazó cualquier oferta. Odiaba la riqueza de mi madre. Cuando ella murió, yo heredé todo. —Sonrió con tristeza—. La habría preferido a ella.

Ida respiró hondo.

—Yo también quería a mi madre de esa forma —respondió ella—. Aunque mi padre también era especial para mí. —Sonrió—. Lo quería muchísimo.

Ida bebió café y lo miró fijamente. Quería preguntarle por qué su padre había ido a la cárcel, pero no quería entrometerse.

Sin embargo, Jake vio la pregunta en sus ojos. El dolor que sintió tensó su rostro, encendiendo la ira en sus ojos.

—Mi padre estaba golpeando a uno de nuestros caballos con un martillo —soltó Jake de repente—. Tenía un hermano mayor, se llamaba Dan. Yo había intentado detener a mi padre, pero él me había derribado a pesar de mis esfuerzos. Dan estaba furioso. Me quería, pero también quería al caballo que nuestro padre intentaba matar. Dan fue tras papá y recibió un golpe en la cabeza con el martillo. Murió en el acto.

—¡Oh, Jake! —dijo ella, llevándose las manos a la cabeza—. ¡Lo siento tanto!

—Así que sufrimos dos traumas familiares a la vez. Tuve que testificar. Aunque eso no me importó —añadió con tono seco—. Fue un placer absoluto cuando el fiscal sacó a relucir las numerosas llamadas al 911 que mi madre había hecho a la Policía Local debido a la brutalidad de mi padre hacia ella y sus hijos. Pero perdí a mi hermano. Y ese fue el mayor calvario que jamás conocí, hasta que mi madre murió casi tres años después.

Ida no dijo nada. Solo lo miró con ojos tristes.

—Tú sabes cómo se siente eso —añadió él, forzando una sonrisa—. También has perdido a tus padres.

Ella asintió.

—Así que me hice rico de la noche a la mañana y ya estaba traumatizado por perder a mi madre, sin mencionar lo que había pasado antes. Me volví loco. Compré un pequeño *jet*, adquirí un par de empresas mineras, invertí en acciones pensando en el largo plazo, no en ganancias a corto plazo, y me hice aún más rico. —Se rio—. Las mujeres, algunas mujeres —matizó—, se vuelven locas por los hombres ricos. Conocí a unas cuantas. Hermosas, cultas, talentosas... y con cerebros del tamaño de un guisante —añadió con una sonrisa—. Pero ¿sabes qué? Después de un tiempo, ellas...

—Todas se parecen —terminó ella por él—. Eso es lo que dijo Cort. Se cansó de que lo quisieran por lo que tenía, no por lo que era.

—Así me siento yo. Estoy cansado de ser una billetera con piernas. Tengo treinta y siete años. Lo tengo todo. Excepto a alguien por el que volver a casa. Pensé que Mina podría llenar ese espacio en mi vida. —Hizo una mueca—. Pero el ganadero de Texas me ganó.

—Ella lo ama —dijo Ida con tono suave—. No es como si hubieras perdido una competición. Se enamoró.

—¿Alguna vez has estado enamorada?

—Pensé que lo estaba —respondió ella después de unos segundos—. Pero lo que sentía por Charles era gratitud, y lo que sentía por Bailey, al principio, era solo atracción física y mental. —Lo miró—. No sé qué es el amor. Y no quiero saberlo. Nunca más.

El rostro de Jake se veía triste.

—Yo tampoco.

—Dos almas perdidas, ahogando nuestras penas en café —reflexionó Ida, y sus ojos azules brillaron—. ¡Vaya pareja hacemos!

Él rio entre dientes.

—Los dos somos inmensamente ricos, pero estamos solos y no tenemos a nadie con quien hablar a medianoche, cuando las paredes se nos caen encima.

Ella asintió tristemente.

—Sé exactamente de lo que hablas. Paredes. Pesadillas... —Cerró los ojos—. Solía pensar que mejoraría, que lo superaría. —Suspiró—. Nunca superas un trauma así.

Los ojos de Jake adoptaron una mirada distante.

—Así me sentí cuando volví del Ejército. Pensé, soy un hombre adulto, un tipo duro, lo superaré. —Un lado de su boca se curvó hacia abajo—. Pero no lo he superado. Solo me he hecho más viejo. —Miró a su alrededor—. Todo esto —dijo señalando la riqueza a su alrededor—, cientos de miles de hectáreas de tierra en dos continentes, ganado de raza pura, más dinero del que podría gastar en dos vidas... Y estoy completamente solo en la oscuridad.

—Yo también —admitió ella, su rostro marcado por el dolor y los malos recuerdos.

Él ladeó la cabeza y la miró fijamente.

—No quiero enamorarme otra vez. Tú tampoco. Ambos somos ricos y estamos solos. Pero nos llevamos bastante bien.

—Es cierto —respondió ella, luego bebió un sorbo de café.

Jake tomó aire profundamente. Había tenido un pensamiento descabellado. Ni siquiera sabía de dónde había salido, pero sentía que era lo correcto.

—¿Qué piensas sobre casarte? —preguntó abruptamente.

Ella parpadeó. Luego lo miró fijamente.

—Te refieres a casarte con alguien algún día...

—Me refiero a casarte conmigo —aclaró él.

Al principio pensó que era una broma de mal gusto, pero él no estaba sonriendo, y sus ojos grises brillaban con algún tipo de sentimiento, entrecerrados y con mirada penetrante.

Los labios de Ida se separaron en un suspiro tembloroso. Solo lo miraba, y su rostro se tensó al recordar cómo se había sentido atraída por Bailey y lo que había venido después.

—Un matrimonio de amigos, Ida —dijo él con tono tranquilo—. Solo eso. Podemos explorar el mundo juntos, en los momentos libres entre criar ganado y cuidar caballos. He tenido una dosis más que suficiente de mujeres que solo me quieren por mi cuenta bancaria. Y tú has tenido más que suficiente de hombres, punto.

—Sí, pero tú también eres un hombre...

—Dios, eso espero —contestó Jake. Luego se rio.

Ella también rio, pero sus ojos azules se tornaron sombríos segundos después.

—Es solo que, bueno, lo físico...

—Podemos dejar lo físico fuera de esto —la interrumpió—. No he sentido mucho interés en el sexo desde que perdí a Mina, aunque tampoco es que llegáramos a tener una relación tan íntima. Ella no sentía eso por mí. Lo que propongo es una especie de matrimonio platónico. Más adelante, si ambos estamos de acuerdo, podríamos considerar alterar los términos del acuerdo. Pero, por el momento, tendrás una habitación separada y no te haré ningún tipo de exigencia.

—Eso estaría bien para mí —confesó Ida—. Me dan miedo los hombres, en ese sentido. Pero tú...

—Me siento mayor —confesó él.

—Con treinta y siete años no se es viejo, Jake.

—Eres buena para mi ego. —Sonrió él—. Algunos hombres se vuelven más lascivos con la edad. No es mi caso. Me gusta la buena comida y la buena compañía para compartirla.

—Bueno, si me lo pones así... —Ida estudió su rostro. Era un hombre muy apuesto. Lo que él le proponía tenía muchas ventajas, incluido el hecho de que nunca más tendría que preocuparse por ser perseguida por otros hombres. Jake la protegería. Y si estaba dispuesto a renunciar a las aventuras en el dormitorio, eso sería una ventaja adicional. No estaba segura de que alguna vez pudiera superar lo que Bailey le había hecho.

—Estás pensándolo, ¿verdad? —preguntó él después de un minuto.

Ella asintió.

—Si crees que podrías vivir conmigo así..., quiero decir, en habitaciones separadas —aclaró ella, sonrojándose y apartando la mirada.

—Claro que puedo —respondió él, y lo decía en serio.

Ella respiró hondo.

—Me siento muy segura contigo. Sé que probablemente no es lo que a un hombre le gusta oír...

Él sonrió.

—Me hace sentir bien que pienses así de mí.

—Eres un hombre amable y gentil —dijo ella inesperadamente—. Me sentiría honrada de casarme contigo.

Un calor repentino lo atravesó como lava fundida. Sintió que su corazón se disparaba como un cohete, la sangre corriendo por sus venas como una inundación. No podía explicarlo ni entenderlo, pero oírla decir esas palabras lo hacía sentir invencible. Fuerte.

—Yo también me sentiría honrado de que aceptaras, Ida.

—Supongo que no es un matrimonio corriente.
—Ella se sonrojó y rio tímidamente.

—Tampoco es asunto de nadie más que nuestro.

Ida asintió.

—Entonces, ¿qué tipo de anillo te gustaría? —preguntó Jake con una gran sonrisa.

Pasaron dos días hasta que la nieve cesó y las carreteras se despejaron. Jake la llevó a la consulta del veterinario para ver a Butler, que por suerte había mejorado, y después fueron a la joyería de Catelow.

El viejo Brian Pirkle había sido propietario de Catelow Jewelry Company durante cincuenta años, y aún seguía allí, aunque fue su hijo Bill quien atendió a Jake e Ida. Las cejas de Brian se alzaron, tan plateadas como su pelo, cuando se acercaron al mostrador que exhibía los juegos de alianzas.

—¡No me digas que vas a casarte, Jake! —exclamó Brian.

—No estaba dentro de mis planes, pero las cosas han cambiado —respondió risueño. Luego bajó la mirada hacia Ida, que se sonrojó de forma graciosa.

—¡Pues felicidades!

—Gracias —contestaron los dos al unísono.

—¿Qué tipo de anillo te gustaría? —preguntó Jake a Ida.

Ella dudó. Charles le había comprado un diamante. Bailey le había dejado comprarse uno con esmeraldas.

Miró a Jake.

—Deberías ayudarme a decidir. Me gustaría que hicieran juego. ¿Porque tú también llevarás uno? —preguntó ella, vacilante.

—Oh, sí... —respondió Jake, cuando en realidad

no había planeado tal cosa. Se quedó embelesado mirando sus grandes ojos azules.

—¿Qué tipo de piedras te gustan a ti?

—A mi abuela le encantaban los rubíes —dijo él, sonriendo con dulzura—. Tengo sus joyas en una caja de seguridad. Entre ellas hay un pequeño anillo muy sencillo de oro amarillo con un rubí tallado en un engaste de diseño Tiffany que le dejó en herencia su abuelo. Al parecer, perteneció un miembro de la corte real de la reina Isabel en el siglo XV. Si quieres llevarlo como anillo de compromiso, podemos conseguir una alianza que haga juego.

—Estoy seguro de que tenemos una alianza de oro amarillo de dieciocho quilates con rubíes ahí atrás, Bill —se dirigió el propietario a su hijo.

—Sí, la tenemos. Aquí está. —Sacó el anillo y lo colocó sobre un paño en el mostrador. Era un diseño de hiedra salpicado de rubíes incrustados, el tipo de anillo que se convertiría en una reliquia familiar.

Ida contuvo el aliento cuando lo tomó en sus dedos.

—Es el anillo más hermoso que he visto jamás.

—Déjame ver. —Jake tomó el anillo y su mano izquierda. Lo deslizó suavemente en su tercer dedo, donde encajó como si hubiera sido hecho a medida para ella. Bajó la mirada hacia sus bonitos ojos azules y sintió otra descarga inesperada como una explosión de electricidad.

—¿Lo quieres? —le preguntó.

—Oh, sí, por favor. —Ida lo miró a los ojos—. Tú también tienes que tener uno.

—Hay una alianza de hombre a juego, un poco menos ornamentada —les dijo Bill, y sacó una banda de oro más ancha con rubíes incrustados solo en el centro. No era ostentosa, y se veía claramente que era un anillo de hombre—. Tenemos un diseñador que trabaja con nosotros. Está en Nueva York, pero siempre nos envía fotografías de sus últimos trabajos. No sé ni por qué compré estos anillos —añadió, riendo—. Para ser sincero, la mayoría de la gente solo quiere anillos de boda tradicionales con diamantes.

—Me gusta algo un poco fuera de lo común —dijo Jake, sonriendo.

—A mí también —coincidió Ida. Sus ojos no se apartaban del anillo—. Es precioso —repitió.

—Me alegro de que te guste.

—No te has probado el anillo de hombre —observó Ida.

Él lo tomó y se lo entregó, y luego extendió su mano izquierda. Sonrió mientras ella lo deslizaba en su mano. Era una talla perfecta.

—¡Esto es todo un acontecimiento! —exclamó el anciano propietario sonriendo.

—Es una buena señal —afirmó Jake con tono suave, sonriendo a Ida mientras se quitaba su anillo y tomaba el de ella, devolviéndoselos a Bill para que los guardara en sus cajas. Luego sacó su cartera del bolsillo.

—Una buena señal, sin duda —repitió Bill, sonriendo.

Volvieron al rancho y Jake condujo a Ida al salón, hasta llegar a la caja fuerte que había en la pared detrás de un retrato de la abuela de la que le había hablado, que era de la realeza española.

—Era una mujer magnífica —comentó Ida, contemplando la sonrisa de la dama española del retrato, con el pelo plateado recogido sobre la cabeza, vestida de negro con un alto cuello de encaje negro y adornada con rubíes.

—Lo era —estuvo de acuerdo Jake. Abrió la caja

fuerte y sacó una elegante caja de joyas de madera con jade incrustado—. Este era su joyero —añadió mientras lo colocaba en la mesa de café y se sentaba junto a Ida. Abrió la tapa.

Ella contuvo el aliento al ver lo que había dentro.

—¡Qué maravilla! —exclamó al tocar el collar de rubíes en forma de telaraña, los pendientes de filigrana a juego, la pulsera y, finalmente, el pequeño anillo.

—Toma. —Jake agarró el anillo y dejó que ella lo mirara, sacando el juego nupcial que habían elegido y abriendo esa caja para compararlos.

La forma en que hacían juego, el anillo de compromiso y la alianza, era asombrosa.

—No podríamos haberlo hecho mejor ni lleván-donos el anillo con nosotros —reflexionó Jake, sonriendo mientras observaba a Ida entusiasmada con el solitario de rubí.

—Me encantan las cosas con historia —afirmó ella—. Las cosas que tienen historias asociadas. Un anillo nuevo no es lo mismo. —Levantó la mirada hacia sus ojos grises y entrecerrados e hizo una mueca—. Vaya, creo que eso no ha sonado bien. Lo que quiero decir es que no es lo mismo hasta que tiene su propia historia, después de pertenecer a alguien. —Extendió su mano derecha, con la palma hacia abajo, mostrando un anillo de oro amarillo con un ojo de gato engastado—. Este perteneció a mi bisabuela. Fue la única joya cara que tuvo, y mi bisabuelo vendió una vaca lechera y su ternero para comprárselo.

Él sonrió, comprendiendo.

—Aprecias mucho más estas cosas cuando sabes lo que es no tener nada.

—Exactamente —dijo Ida, asintiendo con la cabeza. Giraba el pequeño anillo una y otra vez en sus manos—. Me encanta. Lo cuidaré maravillosamente.

—Sé que lo harás —respondió él.

Ida se lo entregó.

—¿Podrías...? —comenzó a decir ella, extendiendo su mano izquierda.

—Aunque sea un matrimonio entre amigos, creo que deberíamos hacer las cosas bien.

Ida se preguntaba qué significaba eso cuando él se arrodilló delante de ella, con el rostro serio.

—Ida Merridan, ¿me harías el honor de convertirte en mi esposa? —preguntó Jake con voz suave, profunda y tierna.

Las lágrimas se agolparon en los ojos de Ida.

—Oh, sí... —respondió ella, con voz temblorosa.

Él tomó su mano entre las suyas y deslizó el anillo en su lugar. Era de la medida exacta. Lo llevó a sus labios y lo rozó suavemente.

Ida contempló desde arriba su cabello oscuro y tuvo la súbita certeza de que lo amaba. Y eso no era nada bueno, porque justo acababan de acordar tener un matrimonio sin compromisos emocionales...

Capítulo 10

Jake rio mientras se ponía de pie, antes de que Ida pudiera avergonzarse diciendo algo sentimental.

—Pondremos un anuncio en los periódicos —dijo mientras volvía a sentarse junto a ella—. ¿Quieres una boda por la iglesia?

Ella dudó. Se había casado dos veces y tenía un exmarido aún vivo. Se mordió el labio inferior y pareció sentirse acorralada.

Él frunció el ceño.

—¿Qué ocurre?

Ella lo miró con inquietud.

—¿Conoces a algún pastor que acepte casar a una divorciada con mi reputación? —Ida luchó contra las lágrimas—. He cometido tantos errores estúpidos en mi vida. ¡Eso de hacer creer que soy una mujer promiscua ha sido la cosa más estúpida que he hecho en mi vida! ¡La peor!

Él tomó su mano y la sostuvo entre las suyas.

—Escúchame, nadie es perfecto. Bueno, excepto yo... —bromeó Jake.

—Y nada presumido —añadió ella, siguiéndole el juego.

Él rio.

—Conozco a un pastor que estoy seguro de que

nos casará. Su iglesia no es exactamente convencional, pero es una iglesia. —Ladeó la cabeza—. ¿Quieres vestir de blanco?

—Me casé con un traje la primera vez, y con un vestido de seda morado la segunda. —Suspiró—. Soy demasiado mayor para vestir de blanco. —Lo miró a los ojos—. ¿Qué tal un bonito traje de chaqueta blanco con un sombrero que lleve velo?

—Suena muy bien.

—¿Puedes llevarme a Manhattan antes de que nos casemos? Me gustaría comprarlo allí, en alguna firma de alta costura.

—Tengo cuenta en...

Ella levantó una mano para frenarlo.

—Gracias por el ofrecimiento, pero lo que me sobra es dinero. Pagaré mi propio vestido de novia. —Sus ojos azules brillaron—. Tú puedes encargarte de las flores, y espero montones de ellas, te lo advierto. Me encantan las flores.

Él rio de nuevo.

—De acuerdo. Podemos decirle a todo el mundo que te casas conmigo por mi dinero.

—También podemos decir que te casas conmigo por el mío —propuso ella.

Ambos rieron. Era un comienzo maravilloso. Se llevaban bien y disfrutaban de la compañía del otro.

Ida ya estaba loca por él, y también preocupada por cómo lograría ocultarlo, pero se ocuparía de eso más tarde. En ese momento, su única ambición en la vida era casarse con Jake McGuire y hacer todo lo posible por hacerlo feliz.

En realidad, solo existía una preocupación real.

—¿Y si Bailey se entera? —preguntó ella de repente—. Podría intentar hacer algo...

—Deja que yo me encargue del desharrapado de tu exmarido.

Ida puso los ojos como platos.

—¿«Desharrapado»?

—Oí esa palabra en un programa de entrevistas y me apropié de ella. Planeo usarla mucho el resto de mi vida, a pesar del temor a infringir derechos de autor.

Ella rio.

—Jake, es tan divertido estar contigo.

—Me gusta oírte reír —respondió él con una sonrisa—. Me asombra que todavía puedas, con todo lo que has pasado.

—Se necesitan menos músculos para sonreír que para fruncir el ceño.

—Sí, es cierto. ¿Quieres una boda formal, con padrino y dama de honor?

—¿No podríamos casarnos solo nosotros con un par de testigos? —preguntó ella—. No tengo muchos amigos, excepto los Menzer y Cindy, y ella no puede permitirse el tipo de vestido que necesitaría como dama de honor. Yo se lo compraría sin problema, pero nunca me dejaría hacerlo. Es demasiado orgullosa. Me habría encantado tenerla como mi madrina.

Jake se quedó sorprendido. Nunca pensó que Ida pudiera tener una amiga que no pudiera permitirse comprar una prenda elegante para llevar a una boda.

—Solo nosotros. Suena bien —respondió él—. A mí también me gustaría eso.

Ella asintió, sus ojos llenos de sueños que se cuidaba de ocultarle.

—Solo nosotros —repitió ella, luego se quedó pensando—. Jake, ¿te gustan los gatos?

—¡Por supuesto que me gustan los gatos! ¿Qué pensabas, que dejaríamos a Butler en tu casa? Lo que me recuerda que tengo que recoger a Wolf del veterinario.

Ha tenido un problema intestinal, así que ha estado ingresado mientras lo trataban.

—Lo recuerdo. Lo vimos en el veterinario cuando visitamos a Butler. Es un perro precioso. —Suspiró—. Espero que le gusten los gatos, y no como plato principal.

—Antes teníamos un gato, hasta que uno de los nietos de Maude suplicó para quedárselo para reemplazar a su gato, que acababa de morir. Wolf dormía con él, en mi dormitorio —añadió con una risita—. Anduvo deprimido durante una semana después de que el gato se fuera. Adorará a Butler.

—Eso es estupendo —respondió con alivio.

—No te preocupes más o te saldrán arrugas.

Ella rio.

—Me saldrán más según vayamos avanzando. No me entusiasman los tratamientos estéticos.

—A mí tampoco —dijo él con una sonrisa—. Nos ganamos nuestros años. —Se fijó en el pelo negro azabache de Ida. Había un par de canas apenas perceptibles—. Y ni se te ocurra teñirte el pelo. Creo que las canas son muy bonitas.

—A ti te quedaría muy bien el pelo plateado —afirmó ella, sonriente.

—Espero no verme así hasta dentro de unos años. —Se rio—. Bien. ¿Qué tal una pequeña recepción? ¿Un servicio de *catering*?

Ella lo miró atónita. No había pensado en esas cosas.

Jake respiró hondo.

—Por suerte para ti, soy muy bueno organizando. Me pondré a ello enseguida.

—¿Deberíamos encargar invitaciones o simplemente enviamos correos electrónicos?

Jake se quedó pensando.

—¿Qué tal unas invitaciones grabadas? Tengo un

amigo que dirige una imprenta. Me debe un favor. Lo llamaré. Necesito tu nombre completo y los nombres de tus padres.

El rostro de Ida se tensó de repente.

Él se acercó y le acarició una mejilla con ternura.

—Ida, yo pondré los nombres de mis padres en el anuncio de boda. Tú también debes poner a los tuyos. Aunque ambos seamos huérfanos.

—Todavía duele —confesó ella tras relajarse un poco—. Especialmente por mi madre, por la forma en que murió.

—Yo también echo de menos a mi madre. Me gusta pensar que estarán flotando por ahí, observando —añadió él con una sonrisa tierna.

Ida le devolvió la sonrisa.

—Es una bonita forma de verlo.

Jake retiró sus dedos. Tocarla era desconcertante. Le hacía recordar lo agradable que era sentir su boca bajo la suya. No se habían besado mucho, pero el recuerdo era inusualmente vívido.

—Tu primer matrimonio fue por necesidad. El segundo fue un desastre. Ahora vístete de blanco, ¿quieres?

—La gente se escandalizaría...

—A quien importa no le escandalizará —respondió él con firmeza—. Lo llevarás para mí. No para los demás. ¿De acuerdo?

De repente se sintió más ligera, como si varios problemas acabaran de resolverse de un plumazo.

—Bueno, si tú estás seguro...

—Lo estoy —afirmó Jake con una sonrisa.

Ida se preocupaba por Mina. Era obvio que Jake no había superado del todo sus sentimientos por ella y que aún estaba herido por su rechazo. No se podía obligar a la gente a amarte, eso era cierto. Pero era igualmente difícil superar un amor no correspondido. Le había sorprendido un poco que Jake no hubiera estado enamorado antes. Había confesado que había tenido un par de encaprichamientos con algunas mujeres, pero solo habían sido eso, encaprichamientos que pronto había olvidado. Pero Mina le había roto el corazón.

No es que estuviera celosa, se decía Ida a sí misma. Aunque no tardó mucho en admitir que sí lo estaba, pero solo en el silencio de su mente. No tenía derecho a estar celosa, ese era el problema. Jake y ella se casaban porque tenían mucho en común y ambos estaban solos. Mirando atrás, pensando en lo fácil que le había resultado aceptar su propuesta, se preguntaba si estaba haciendo lo correcto. Solo era una venda sobre una herida supurante. Quizás él nunca superara a Mina. Peor aún, podría enamorarse de nuevo, de una mujer que le correspondiera, y ahí estaría Ida, en medio. Era una apuesta, y ella raramente se arriesgaba. Bueno, excepto aquella vez con las máquinas tragaperras donde perdió una cantidad bastante pequeña. Aquello le había enseñado que el juego podía ser una pendiente muy resbaladiza.

Jake había salido para ocuparse de los preparativos de la boda, e Ida estaba sentada en la sala con el costurero que había traído de casa. Le encantaba tejer. Mantenía ocupadas sus manos y su mente. Estaba haciendo una manta amarilla con el calibre más pequeño de hilo suave, hecho especialmente para bebés. Las hacía para regalar. Ya no tenía amigos, pero conocía gente local que estaba esperando un hijo. El amarillo era un color seguro cuando no se sabía el sexo del bebé. Y, de todos modos, el amarillo era un color que le encantaba.

Sus manos estaban ocupadas con las agujas de madera cuando Maude asomó la cabeza por la puerta.

—¿Quiere almorzar, señora Merridan? Tengo sopa casera y pan de chicharrones.

—¿Pan de maíz?

El rostro del ama de llaves se sonrojó como si estuviera preocupada por haber elegido mal los alimentos.

—¡Me encanta el pan de maíz! —repitió Ida con entusiasmo y se alegró de ver que el rostro de Maude se relajaba—. Mi padre solía hacérnoslo. Era una de las pocas cosas que sabía cocinar, ¡pero lo hacía maravillosamente bien!

Maude sonrió.

—Entonces, venga a la cocina y tome un poco. A menos que prefiera comer en el comedor.

—Oh, no —respondió Ida de inmediato—. El comedor es demasiado formal para mí. Siempre como en la cocina en mi casa. Era lo que hacíamos cuando mis padres vivían —añadió con una leve tristeza mientras se dirigían a la cocina.

Ida colocó la comida en la mesa.

—¿Qué le gustaría beber? —preguntó a la empleada.

—Oh, yo traeré el café. Siéntese —dijo Maude.

Ida no se dio cuenta de que estaba hambrienta hasta que olió aquellos manjares. Probó la sopa y el pan.

—¡Está delicioso! Ni siquiera mi padre podría haber hecho mejor este pan.

Maude puso una taza de café solo frente a ella junto con leche y azúcar en recipientes de plata.

—Me alegro de que le guste. —Hizo una pausa—. ¿Hace mucho que perdió a sus padres, si no le importa que pregunte?

—No me importa —dijo Ida—. Por favor, siéntese.

Sé que ha estado de pie toda la mañana. ¿No le gustaría una taza de café también?

Maude sonrió.

—Sí, me gustaría.

La mujer se sirvió una taza y se sentó.

—Mi padre murió de un infarto cuando aún era joven —le contó Ida entre bocados de la deliciosa comida—. Estaba en el consultorio del médico en ese momento, y nada de lo que hicieron pudo salvarlo. Mi madre se quedó devastada. Yo también. Ella siguió viva solo por mí, pero echó de menos a mi padre cada día de su vida. Cuando tenía dieciocho años, se fue de crucero. Yo estaba trabajando en un negocio en Denver que era propiedad de mi primer marido. —Su rostro se tensó un poco—. No se sabe con seguridad cómo fue, pero mi madre se cayó por la borda. Nunca la encontraron.

—Eso es mucho peor que si la hubieran encontrado —se compadeció Maude en voz baja—. Debió de ser muy duro para usted.

—Siempre estuve muy protegida. Apenas había salido con nadie. Ninguno de los hombres que conocía pensaba en el matrimonio y en tener hijos. Solo querían divertirse. No soporto a la gente superficial —añadió en voz baja. Luego sonrió con nostalgia—. Mi primer marido era todo simpatía y consuelo. Se casó conmigo. Me pareció extraño que no..., bueno, que no quisiera... dormir conmigo. Dijo que éramos almas gemelas, pero no físicamente.

—¡Vaya! —exclamó Maude.

—Yo no tenía experiencia, ya sabes..., así que realmente no tenía esos impulsos febriles de los que habla la gente. —Suspiró profundamente—. Era un hombre bueno y amable. Me mimaba, me cuidaba, me consentía. Y yo lo adoraba. Tuvimos cinco años maravillosos juntos, solo como amigos. Entonces, un día me dejó una nota, subió al último piso de su edificio, a la azotea, y saltó. —Tragó con dificultad. Era un recuerdo doloroso—. Su amante, un hombre más joven con algunos problemas de comportamiento, vino al funeral y fingió estar dolido. Hice que lo echaran. Después puso una demanda por daños y perjuicios. Dijo que mi marido lo había maltratado. —Sus ojos azules echaban chispas—. ¿Sabes?, los abogados corporativos son muy buenos en derecho civil. Lo acorralaron y lo cargaron con las costas judiciales después de perder la demanda. Luego me enteré de que se fue con un nuevo amante que, tristemente, acabó matándolo unos meses después. —Miró a Maude—. No lo lamenté. En absoluto. ¡Mi pobre marido!

Maude estaba atónita. Nunca había conocido a nadie que no se hubiera enfurecido porque un hombre le ocultara ese tipo de secreto. Y ahí estaba Ida, con su escandalosa reputación, furiosa porque su marido había sido herido por otro hombre.

—¿No sospechó nada en ningún momento? —preguntó Maude con tono suave.

Ida negó con la cabeza. Terminó su comida y bebió un poco más de café.

—Oía a otras mujeres hablar de sus maridos, claro, pero no tenía experiencia práctica. —Los ojos de Ida brillaron por la emoción contenida—. Por algunas de las cosas que escuché, quizás no fue tan malo que mi marido no estuviera interesado en mí de esa manera. Después enviudé y conocí a Bailey Trent... —Bebió otro sorbo de café, su rostro mostraba la angustia de pronunciar ese nombre en voz alta.

—¿Fue un mal marido?

Los ojos de Ida, atormentados, se encontraron con los del ama de llaves.

—Nunca sabes cómo es realmente un hombre

hasta que estás tras una puerta cerrada con él. —Ida tragó con dificultad—. Bailey era un sádico, y yo no tenía ni idea. Me deslumbró. Había pasado cinco años sin contacto físico, y él me besaba al llegar y al salir. Era un poco brusco, pero lo atribuí a su deseo por mí. ¡Qué equivocada estaba! —Se estremeció—. Era brutal. Le tenía tanto miedo... Era enfermizamente celoso. Por sonreír a otro hombre, me arrojó desde el primer nivel de un aparcamiento. Si no hubiera caído sobre césped, supongo que estaría muerta o con daño cerebral. Caí de tal manera que solo mi espalda, cadera y muslo superior se vieron afectados. Aun así, necesité cirugía y muchas horas de rehabilitación para volver a ponerme en pie. —Rio con pesar—. Cojeo cuando el tiempo se pone tormentoso. Me pusieron una prótesis parcial de cadera, y tengo una varilla metálica y clavos en mi pierna derecha donde se fracturó el fémur. Al menos no se nota. Y tampoco es que me importe mucho la parte estética —añadió—. Ya he tenido hombres suficientes en mi vida. No quiero tener nada físico con ellos nunca más.

—No puedo culparla por sentirte así —dijo Maude—. Pero ¿no le gustaría tener hijos?

—Me habría encantado tenerlos con mi primer marido. —Se le escapó una risotada—. Tenía sobrepeso, era calvo y también un poco lento mentalmente. Lo amaba con todo mi corazón. Sus hijos habrían sido como él, gentiles, dulces y amables... —Luchó contra las lágrimas y se llevó la taza de café a la boca—. Todavía lo echo de menos, después de todo este tiempo.

—Eso demuestra que el aspecto no importa mucho cuando amas a alguien —opinó Maude con dulzura—. Mi jefe me ha contado que su exmarido ha maltratado a sus animales.

Ida tomó aire.

—Sí. No puedo probarlo, pero sé que fue él. Incluso me amenazó. Mis pobres caballos. Pobre Butler... —Se quedó pensativa unos segundos—. Señora Barton, Jake dice que le gustan los gatos.

—Bueno, sí. Tengo varios en casa —respondió la mujer, desconcertada por la pregunta.

Ida hizo una mueca.

—El señor McGuire quiere que nos casemos...

Maude sonrió al instante.

—¡Aleluya! Ya era hora de que dejara de pasearse por ahí atormentado porque Mina no quiso casarse con él.

—No va a ser ese tipo de matrimonio. Nos caemos bien y nos gustan las mismas cosas. Dijo que compartíamos suficientes cosas en común como para tener un buen matrimonio sin dramas.

Maude se rio.

—El drama es lo que mantiene vivo un matrimonio. Mi marido y yo solíamos tener pequeñas discusiones cuando estábamos recién casados. ¡Oh, las reconciliaciones! ¡Qué divertidas eran!

—No creo que Jake quiera eso.

—Bueno, nunca se sabe, ¿verdad? ¿Por qué quiere saber si me gustan los gatos?

—Porque si vivimos aquí, y supongo que así será, Butler vendrá conmigo.

—No me molestará —le aseguró la mujer—. He tenido gatos toda mi vida. Tres de ellos se meten en la cama con mi marido y conmigo por la noche. Todos son Maine Coon, así que son enormes. El macho, Calipher, pesa casi nueve kilos, ¡y es solo un bebé!

—¿Maine Coon? —preguntó Ida sintiendo curiosidad.

—Es una raza cara de gatos, si son puros. Se llamaron así por el capitán Coon, que navegó a Nueva

Inglaterra a principios de mil ochocientos. Al parecer, había gatos persas en su barco que se escaparon y, según la leyenda, se aparearon con linces salvajes.

—¡Qué historia tan fascinante!

—Podría conseguir uno para que su gato tenga compañía —sugirió Maude—. Si decide hacerlo, conozco una buena criadora que vive aquí mismo, en el pueblo.

—¿Consiguió los suyos a través de ella?

—¡No, si son carísimos! Conseguí los míos porque uno de los gatos de Jessie se escapó y se divirtió un poco con la gata persa de una vecina. Jessie me envió a ver a la señora de los gatos persas.

—Parece ser una persona agradable.

—Lo es. La mayoría de la gente de Catelow lo es. Bueno, supongo que eso ya lo sabe. Nació aquí, ¿verdad?

—Oh, sí. Estuve fuera mucho tiempo. Pero ha sido agradable volver a casa. O lo habría sido, si no fuera porque Bailey intentó obligarme a pagar sus deudas.

—Lo ha pasado mal. Pero sobrevivir a momentos difíciles siempre trae su recompensa.

Ida sonrió radiante.

—Me he dado cuenta.

—Será feliz con el señor McGuire —aseguró Maude—. Es tranquilo y nunca se queja. Bueno, puede poner el grito en el cielo cuando pierde los estribos, y su lenguaje se vuelve un poco brusco con los hombres si hacen cosas que no le gustan. Pero, por lo general, es una persona agradable.

Ida, que nunca lo había visto enfadado, se preocupó un poco. Pero estaba segura de que Jake no era como Bailey, que se volvía peligroso cuando estallaba.

Tenía que dejar de preocuparse, se dijo. No cambiaría nada. Podría echarse atrás con la boda, pero realmente no quería. Se sentía atraída por Jake, le encantaba estar con él. No tenía la fuerza para negarse. Pero le inquietaba el futuro. Si nunca había amado a una mujer antes de estar con Mina, entonces podría ser un hombre capaz de amar solo una vez. Ese pensamiento era tan desalentador que tuvo que luchar contra las lágrimas. Las ocultó con buen humor y habló con Maude sobre sus gatos. Eso la ayudó a distraerse durante diez minutos.

Jake llegó a casa sonriendo.

—Todo listo —le dijo mientras ella tejía sentada en un sillón de la sala. Arqueó las cejas al verla—. No sabía que supieras tejer.

Ida sonrió.

—Me sirve de entretenimiento.

Él se sentó frente a ella, lanzando su Stetson sobre una mesita auxiliar con magnífica precisión.

—Mi madre solía hacernos jerséis a mi hermano y a mí cuando éramos niños. —Su rostro se endureció al recordar a su hermano y cómo había muerto.

—No deberías mirar atrás —aconsejó ella con tono suave—. Sé cómo debes de sentirte. Yo tampoco tengo familia. Pero hay que seguir adelante.

—Qué optimista eres.

Ella rio y volvió a centrar la atención en lo que estaba tejiendo.

—¿Qué estás haciendo?

—Una manta de bebé —respondió Ida. Al ver que las cejas de Jake se habían alzado, se ruborizó—. Es para una mujer que trabaja en la consulta de mi médico, que está embarazada.

Jake no dijo nada. Solo la miró fijamente.

Ida bajó la mirada de forma brusca. Estaba avergonzada y no entendía por qué. Pensó en su futuro matrimonio, una unión entre amigos, sin contacto físico. ¿Pretendía recordárselo con esa expresión de asombro? ¿Había pensado que ella le estaba enviando algún tipo de mensaje al tejer algo para un bebé, cuando prácticamente habían acordado que nunca tendrían uno?

Su mente voló hacia la imagen de un bebé en una cuna, uno con pelo negro azabache y ojos grises. Se aclaró la garganta y dejó a un lado las agujas de tejer.

—¿Pusiste el anuncio en el periódico? —preguntó apresurada, cambiando de tema.

—Sí. También hablé con el pastor. Y con el florista —añadió con una sonrisa—. Necesitarás una podadora para atravesar las enormes macetas de flores que habrá en la iglesia.

Ida rio.

—De acuerdo. No me importará.

—¿Cuándo quieres ir a Manhattan para comprar la ropa para la boda? —preguntó Jake.

—¿Cuándo nos casamos?

Él le contestó. Faltaba menos de una semana.

—¡Dios mío! —exclamó ella. Se sonrojó de nuevo—. Bueno, ¿podemos ir mañana?

—Claro.

—Bien, entonces... —Ida empezó a hacer una lista mental de las cosas que necesitaría. En medio de ese proceso, se acordó de su gato—. Tengo que llamar al veterinario para saber cómo está Butler.

—Eso también está arreglado —informó él con una sonrisa—. Recogeremos a Butler y a Wolf esta tarde y los traeremos a casa para que se conozcan.

—Le pregunté a Maude si le importaba que Butler estuviera aquí y dijo que para nada, que ella tiene gatos en su casa.

Él rio.

—Mima a sus gatos. También mimará a Butler.

—Necesitará muchos mimos. Pobre gato viejo —dijo ella con tristeza—. Nunca ha hecho daño a nadie, pero la vida ha sido dura con él.

—Todo mejorará muy pronto. ¿Qué hay de tu casa? Sé que no quieres venderla. Creciste allí. ¿Y si contratamos a un administrador para que se encargue del rancho? Alguien que esté casado y que tenga hijos; podrían vivir en la casa.

Ella sonrió.

—Es una idea maravillosa. Sería bonito si pudiéramos encontrar gente que realmente necesitara trabajo —añadió pensativa.

—Podemos, y ya lo he hecho. Te los presentaré mañana.

Ida se relajó.

—De acuerdo, entonces. Si te gustan a ti, me gustarán a mí.

Él arqueó las cejas. Ella solo rio.

Eran una pareja joven, Tanner y Grace Lowell, con tres niños pequeños, todos menores de diez años.

—No paro de correr —dijo Grace riendo, persiguiendo a su pequeño cuyo pañal se había caído—. Nos ha costado llegar a fin de mes desde la caída de Tanner en el último rodeo. —Hizo una mueca de disculpa ante la expresión de disgusto de su marido—. Bueno, no es ningún secreto que te lastimaste, cariño.

Él suspiró.

—No, supongo que no.

—Serás el capataz —informó Jake—. Eso significa que estarás sentado dando órdenes.

—No siempre tendré una pierna inútil —prometió Tanner—. Voy a rehabilitación tres veces por semana.

—Es efectiva, ¿verdad? —preguntó Ida con dulzura—. Tengo una cadera mal. Me pusieron una prótesis parcial y también una varilla de metal y tornillos en el fémur, así que todavía tengo problemas para caminar. Pero la terapia de rehabilitación es maravillosa. Me encanta la lámpara de calor —añadió con una sonrisa.

Los Lowell, que habían oído cosas malas sobre la señora Merridan, se habían quedado fascinados al conocer a la verdadera mujer. Los rumores, aparentemente, estaban muy equivocados, como de costumbre.

—La lámpara de calor no está mal —contestó Tanner, y sonrió a su esposa.

—Puedes empezar el viernes, si quieres —le dijo Jake—. No tenéis que pagar ningún alquiler por la casa, ni tampoco los gastos de los servicios, también están incluidos. A parte de eso, recibirás un salario. En la casa hay un huerto, podéis utilizarlo libremente y plantar lo que queráis.

—También hay un establo para los caballos —añadió Ida—. Los míos los llevaremos a la casa de Jake cuando nos casemos. —Su rostro se tensó—. Dos de ellos están heridos. Ren Colter se está haciendo cargo de ellos temporalmente.

—¿Heridos? —preguntó Tanner, con tono preocupado.

—Mi exmarido quiere dinero —dijo Ida en voz baja—. Su forma de intentar sacármelo lo llevará a la cárcel, si podemos probarlo. Y no os preocupéis, me aseguraré de que sepa que ya no vivo en el rancho. Vuestros animales y vuestra familia estarán a salvo. Solo me busca a mí.

Los Lowell intercambiaron miradas. Se imaginaron cómo se había lesionado Ida la cadera, pero no lo mencionaron.

—Me encantaría empezar el viernes —aseguró Tanner—, si tenéis paciencia mientras me recupero.

Jake sonrió.

—No hay problema. Supongo que querréis traer vuestros muebles, así que necesitaremos sacar los de Ida.

—Podemos guardar la mayoría en un almacén, pero quiero mi piano —pidió Ida a Jake.

—¿Sabes tocar? —se interesó Grace.

Ida sonrió.

—Oh, sí. Mi primer marido me hizo aprender. Él tocaba muy bien. Era un hombre amable. —Miró a Jake tímidamente—. Él también toca.

—¿Y tú cómo sabes eso? —preguntó Jake, con cara de sorpresa.

—Me lo contó Maude.

Él hizo una mueca.

—¿Por qué no tienes un piano en tu casa? —quiso saber Ida.

—Tenía uno —respondió él sin más. Su rostro se puso serio, y luego volvió a hablar sobre los deberes de Tanner.

Más tarde, cuando se quedaron solos, ella volvió a preguntarle por el piano.

—A los quince años tomé algunas clases —comenzó a contar Jake, con los ojos brillando de emoción por el recuerdo—. Mi padre dijo que eso era cosa de mariquitas. Le dije que yo no era ningún mariquita y que mi madre me había dicho que podía aprender a tocar si quería. Así que salió al granero, tomó su martillo, volvió dentro y destrozó el piano. Había sido el piano de la abuela de mi madre. Ella lloró durante días, y yo me sentí culpable.

—Fue culpa de tu padre, no tuya —dijo ella con tono tranquilizador—. Y sé que tu madre nunca te culpó. —Ida hizo una pausa y se quedó pensando—. ¿Te importa si traigo mi piano?

Él se mostró retraído durante unos segundos. Luego su rostro se relajó.

—Por supuesto que no. Tocas de maravilla. Disfrutaré escuchándote.

Ella sonrió.

—Vale. Gracias.

Jake se sentó al lado de Ida en la sala.

—Sabes que tendré que viajar mucho por trabajo, ¿verdad? —preguntó él, porque necesitaba dejarlo claro desde el principio—. Hago negocios en todo el mundo, y tengo propiedades en Australia que comparto con Rogan Michaels. No será necesario que me acompañes.

Ella se habría ofrecido a ir encantada, pero algo en su expresión detuvo las palabras en su boca.

—No te preocupes, me mantendré ocupada por aquí.

—¿Esculpiendo? —preguntó Jake tras un largo silencio. Luego sonrió.

Ida asintió.

—Eso me recuerda que necesito traer mi arcilla y mis herramientas. —Suspiró—. Tengo sacos de arcilla especial de once kilos. —Se puso una mano en la cadera—. Y una tonelada de plantas en macetas que también quiero traer, incluyendo un platanero, un limonero y...

—¡Vaya! —la interrumpió él. Luego se levantó riendo—. Ven aquí. Quiero mostrarte algo.

Ella lo siguió lentamente por el largo pasillo hacia la parte trasera de la casa. Él abrió la puerta para mostrar una habitación con cristaleras, una sala enorme con bandejas iluminadas que albergaban decenas de orquídeas de diferentes colores, junto con árboles frutales enanos, arbustos floridos, cestas colgantes de helechos y filodendros. Incluso había un pino de la isla Norfolk y una enorme ave del paraíso.

—¡Dios mío! —se sorprendió Ida.

—Me gustan las plantas —dijo él, con las manos en los bolsillos mientras contemplaba la enorme habitación.

Ella rio.

—A mí también. Las mías son principalmente plantas con flores, pero me encantan las orquídeas, los bonsáis... —Hizo una pausa al ver una mesa detrás de unos helechos. Se le cortó la respiración. Había macetas y macetas de bonsáis de todo tipo, desde plantas de jade hasta cipreses y sauces llorones en miniatura.

—¡Ha debido de llevarte años tener todo esto!

—Cierto. Maude se encarga cuando estoy fuera. Las orquídeas necesitan mucho cuidado. Se pulverizan todos los días y se riegan cada dos. No les gusta tener las raíces encharcadas, así que hay que tener cuidado con la cantidad de agua que se les da. Y necesitan fertilizante periódicamente.

—Siempre me han encantado las orquídeas. Nunca he podido cultivar una, ni siquiera una *Phalaenopsis*, y se supone que son a prueba de tontos.

—Necesitan mucha luz. Por eso las bandejas verticales con luces.

Ella se fijó en las sillas colocadas alrededor de la habitación.

—Sería un lugar encantador para venir a sentarse y admirar las plantas.

—Eso es justo lo que yo hago cuando estoy inquieto o preocupado —contestó Jake.

Ella se giró y lo miró.

—Tú nunca pareces estar así.

Jake suspiró y sonrió.

—Eso lo dices porque no me conoces —respondió él—. Todavía no.

Ella simplemente asintió.

—Pero lo harás —añadió él de broma, sonriendo—. ¿Qué tal un poco más de café? Luego deberíamos pensar en dónde vamos a almacenar tus muebles
y organizar lo de traer tu piano y el resto de tus cosas.

Capítulo 11

Todo fue muy precipitado: reunir las cosas de Ida, trasladarlas y llevar a Wolf y a Butler a casa, antes de que los Lowell se mudaran al rancho. Pero entre Jake y ella lo consiguieron.

Los muebles se habían guardado en un almacén, excepto el piano y la cama de Ida, que tenía un colchón especial que la ayudaba a dormir. Jake se había encargado de trasladar los muebles de la habitación de invitados más grande al almacén, a fin de dar cabida a la cama de Ida y al resto de los muebles a juego. También habían colocado sobre la moqueta una enorme alfombra de alpaca justo al lado de la cama.

Jake la observó con curiosidad.

—Me resulta reconfortante —murmuró ella—. Me gusta cómo se siente bajo mis pies descalzos cuando me levanto por la mañana.

—¿No eres alérgica al pelo?

Ella negó con la cabeza y sonrió.

—Mi madre compró la alfombra en un centro comercial cuando yo era pequeña. Es como una reliquia familiar. Me recuerda a ella.

Jake la entendió perfectamente.

—Es preciosa.

—La mantengo limpia —añadió Ida.

Miró alrededor observando los muebles blancos estilo provenzal francés que ella tenía desde su primer matrimonio. La cama tenía un edredón blanco y un dosel vestido con volantes a juego, además de un cubrecanapé alrededor del colchón tamaño *queen*. Las cortinas, tipo Priscilla, también hacían juego con la colcha y el dosel con volantes.

—Muy femenino —opinó Jake.

A Ida le dio la risa.

—Supongo que sí. Éramos tan pobres que pasé mi juventud deseando tener un dormitorio así. Mi amiga, cuyos padres eran adinerados, tenía una cama con dosel y muebles blancos. Juré que me compraría uno igual si algún día llegaba a tener el dinero suficiente para hacerlo.

—Y por lo que veo, te va bien. —Jake frunció ligeramente el ceño—. ¿Tienes antepasados franceses?

—No estoy segura. Según me contó mi madre, un pariente nuestro murió en Francia hace doscientos años, pero ella ignoraba su nombre y la causa de su muerte.

—Deberías hacer una de esas búsquedas genealógicas —sugirió Jake.

—¡Qué buena idea! ¡Sería un reto a conseguir!

—¿Qué? —Jake ladeó la cabeza, al no entender.

—Bueno, es algo que aprendí justo después de lesionarme —respondió ella—. El doctor me dijo que todos necesitamos metas, especialmente cuando estamos heridos, alterados y asustados. Necesitamos pequeñas cosas que esperar con ilusión. Una nueva joya, unas vacaciones, incluso solo una comida especial en un restaurante. Dijo que las metas hacían que el tiempo pasara con mayor facilidad. Y tenía razón. Lo he hecho desde entonces. Pequeñas metas. Pasitos de bebé.

—No es una mala idea —dijo él con una sonrisa.

Sus ojos grises la miraban pensativos. Ida estaba emocionada, y eso le aportaba una belleza aún mayor a su rostro. Sintió una repentina oleada de sentimientos hacia ella y luchó contra ello. Su matrimonio iba a ser solo una unión de amistad. No habría lugar para nada físico. Era mal momento para recordar lo dulce que había sido besarla. Ansiaba repetirlo, pero contuvo el impulso—. Me gustaría que vinieras conmigo mañana a hablar con el pastor sobre los detalles.

—¿Qué? —Ella se volvió y lo miró, se había distraído pensando en el pasado, de modo que no lo había oído bien—. Lo siento mucho. Estaba recordando cuando era niña.

Él se acercó un paso y la miró desde arriba.

—Eras pobre.

Ida asintió.

—Pero ahora tengo tanto dinero que hasta podría comprar un país pequeño. Y tú también.

Jake suspiró.

—Sí. Demasiado dinero, demasiado tiempo, demasiados días y noches en soledad.

Ida se sonrojó por sus palabras y desvió la mirada.

Jake tomó una mano de Ida entre las suyas. Sintió una sacudida de placer, que se reflejó en el rostro sorprendido de ella.

—Escucha —dijo él con tono suave—, vamos a casarnos, pero no va a ser un matrimonio convencional. —Hizo una pausa, parecía que ella no lo había entendido. Dejó escapar un suspiro y continuó—: No compartiremos cama, eso es lo que intento decir.

—Oh. —Ida lo miró con tantas emociones nublando su mente que apenas podía tener un pensamiento coherente. Se sonrojó de nuevo—. Va... va a ser difícil para ti —tartamudeó.

—¿Por qué?

—Bueno, tú... estás acostumbrado a las mujeres,

¿no? Quiero decir, íntimamente acostumbrado a ellas.

Jake comenzó a acariciar inconscientemente la muñeca de Ida con un pulgar.

—Lo estaba —confesó él—. Pero, desde lo Mina, no he vuelto a tener ganas. No he querido intimar con nadie. —A Jake le sorprendió recordar cuánto tiempo había pasado sin una mujer.

—Si encuentras a alguien a quien puedas amar, me lo dirás, ¿verdad? —preguntó ella, preocupada.

—De acuerdo. Y si tú encuentras a alguien...

—Oh, no, no seré yo —lo interrumpió—. Ya he tenido hombres suficientes en mi vida. —Se detuvo en seco y se sintió apurada—. No me refería a ti... Tú no eres como los demás... —Se sonrojó—. Quiero decir...

Él la atrajo hacia sí con suavidad y la rodeó con sus brazos, como lo haría un amigo al ofrecer consuelo.

—Sé lo que quieres decir —murmuró cerca de su sien. Le gustaba sentirla en sus brazos. Era suave, cálida y olía a flores. Sonrió—. Nos llevaremos bien —afirmó con voz ronca—. Cuando tengas problemas con tu cadera, yo te cuidaré.

Ella suspiró, sonriendo contra su cálido pecho. Podía oír su latido profundo y constante bajo su oído.

—Y si tú enfermas, yo te cuidaré —respondió Ida.

El corazón de Jake dio un salto. Nunca antes una mujer le había hecho semejante oferta, ni siquiera Mina cuando creyó tener una oportunidad con ella. Pero es que Mina quería a Cort, no a él. Sintió que el rechazo le hería de nuevo. Era la primera vez en su vida que una mujer a la que deseaba no correspondía a su interés.

Ida deslizó una mano por el pecho de Jake. Bajo la tela, podía sentir un espeso vello. Debajo había músculo firme. Sabía que trabajaba en el rancho. Por eso su cuerpo estaba tan tonificado, porque no era el tipo de hombre que se sentaba en su escritorio solo para disfrutar de su riqueza. Jake detuvo la mano de Ida justo cuando se dirigía a su corazón. Ella estaba tan contenta que no le dio importancia a ese gesto.

—¿No quieres que venga nadie a la boda? —preguntó él, de repente.

Ella tomó aire. Ya habían discutido aquello, y sabía que Cindy, su única amiga de verdad, no podía permitirse un vestido elegante y era demasiado orgullosa para aceptar uno de Ida.

—Ya no tengo familia —respondió ella—. Aunque me gustaría que Maude asistiera. Y también mis dos vaqueros empleados a tiempo parcial. Y el doctor Menzer y su esposa.

—De acuerdo. A mí me gustaría que estuviera Rogan Michaels. Y también Cort y Mina, supongo —dijo él, e Ida sintió que todo su cuerpo se tensaba—. Pero Rogan todavía está en Australia, lidiando con las secuelas de los incendios, así que no podría asistir. Y Cort y Mina han ido con el bebé a Jacobsville, Texas, a visitar a dos de los hermanos de él. —Jake no notó que ella se relajó de repente al oírle decir eso—. Yo tampoco tengo familia. —La miró e hizo una mueca—. Iba a llevarte a Manhattan, pero ¿qué te parece si vamos a Los Ángeles en su lugar? Tengo que reunirme allí con un empresario por una posible inversión.

—Me parece bien —contestó Ida, sin importarle en absoluto. De hecho, había temido el largo vuelo a Nueva York, aunque el pequeño *jet* de Jake era muy cómodo.

—¿Alguien más que quieras que asista a la boda? —preguntó él.

Ella levantó la mirada.

—Pensé en invitar a mis abogados, pero sería como atar el pasado al presente. Hay demasiadas conexiones con Bailey.

Jake hundió los dedos en el cabello de Ida. Era suave como la seda.

—Puedes decirles después que fue una boda apresurada —propuso él.

—Pensarán que me quedé embarazada y que tuviste que casarte conmigo a toda prisa —bromeó ella—. Catelow es tan pequeño que todavía hay gente con ese tipo de mentalidad.

El corazón de Jake se aceleró salvajemente cuando ella dijo eso, porque inmediatamente se la imaginó llevando a su hijo en su vientre.

—No he pensado en niños desde... —Jake no terminó la frase, porque sabía que ella entendía perfectamente lo que quería decir. Había querido tener un hijo con Mina, la mujer que no lo había querido a él.

—Lo siento —dijo ella al notar cómo Jake se ponía rígido—. No debería haber dicho eso.

La mano de él se tensó entre el pelo de ella.

—¿Por qué no?

—Si te ofendo, me rechazarás —dijo Ida, con una honestidad que lo sorprendió—. No me han abrazado muy a menudo. No desde mi primer marido.

Eso arrancó una suave risa del hombre que la sostenía. Sus brazos la rodearon por completo y la estrecharon.

—No quería incomodarte —le aseguró él—. Todavía temes a los hombres, Ida. Incluso a mí.

Ella apretó los dientes. ¿Cómo lo había sabido?

—Lo estoy intentando —confesó después de un largo rato.

Él se apartó y le levantó el rostro con un dedo. Los ojos azules de Ida estaban llenos de consternación, de turbación.

—No te preocupes por eso —le pidió él en voz baja—. No me conoces del todo. Pero tendrás todo el tiempo del mundo para hacerlo. No conoces de verdad a una persona hasta que vives con ella. Descubrirás que soy desordenado, malhumorado de vez en cuando, poco razonable, terco e impaciente.

—Yo también soy desordenada, y tengo un genio rápido, pero suele ser como un fogonazo. Me enfado y se me pasa al instante. —Hizo una pausa—. También puedo ser poco razonable y malhumorada. Pero intentaré no serlo.

Él rio suavemente.

—Los dos intentaremos no serlo. —La miró con afecto—. Nos gustan las mismas cosas. Tenemos mucho en común. Muchos matrimonios han funcionado con mucho menos. Y el encaprichamiento no es razón para casarse, porque rápidamente se convierte en desinterés.

—Supongo que sí —respondió ella, y pensó en Mina, a quien él amaba. Aquello no había sido un encaprichamiento. Y meses después de que Mina se casara con el ganadero de Texas, Jake seguía enganchado a ella. Tendría que ser paciente. Mina era una mujer dulce. Ida deseaba saber cómo borrar el recuerdo de ella en Jake. Se preguntó si podrían tener un matrimonio normal sabiendo que su futuro tercer marido seguía enamorado de otra mujer. Era su orgullo herido el que hablaba, se dijo. No estaba celosa. Suspiró. Sí que lo estaba.

—No te preocupes. Todo saldrá bien —afirmó él.

Ella tomó aire profundamente.

—De acuerdo, Jake.

El sonido de su nombre pronunciado por los labios de Ida lo removió por dentro. Lo ignoró y, mostrándole una sonrisa, contestó:

—De acuerdo.

Fueron juntos a ver al oficiante, para que Ida supiera quién iba a casarlos. Tolbert Drake era pastor de una iglesia interdenominacional en el centro de Catelow. Era alto, rubio y tenía una personalidad arrolladora. Cuando Jake le había preguntado si estaría dispuesto a casarlos, el hombre había accedido de inmediato.

—Tenemos una congregación muy variada. De todas las razas, géneros y afiliaciones políticas conocidas por el hombre —les contó el pastor. Luego se inclinó—. Y también un exmiembro de la mafia —añadió con una risita.

—¡Vaya! —exclamó Ida.

—Así que no tengo ningún inconveniente para oficiar su boda. Creo que Dios es mucho más indulgente de lo que la mayoría de la gente cree. —Miraba a Ida mientras lo decía y ella se sonrojó.

Lo cual despertó en Jake un extraño sentimiento de protección.

—Su segundo marido abusó físicamente de ella —le dijo a Tolbert—. Le rompió la cadera y el alma, y ahora la está amenazando porque es rica y él tiene deudas que quiere que ella pague.

Tolbert frunció el ceño. No había oído hablar de eso.

—Me creé una mala reputación para mantener a los hombres a raya —añadió Ida con timidez—. Mi primer marido era un hombre maravilloso. Era gay, pero yo no lo sabía. —Sonrió—. Teníamos una buena relación y nos queríamos, pero murió. Mi segundo marido apareció en mi vida cuando yo aún estaba en un momento débil. Me pareció que era un buen hombre. Y lo era, hasta que nos quedábamos a solas tras una puerta cerrada. —Los ojos azules de Ida brillaban de emoción por los dolorosos recuerdos mientras miraba al pastor—. Así que, ya ve, no juzgo a los hombres. Pensé que la mejor manera de mantenerlos alejados era fingir que tenía tanta... experiencia íntima que ridiculizaría a cualquier hombre lo bastante valiente como para invitarme a salir.

—Estabas saliendo con el hombre con quien se casó Mina Michaels —recordó Tolbert.

—Sí —respondió Ida con una sonrisa—. Era rico como yo, y estaba preocupado por ser solo una billetera andante para los demás. Jugábamos al ajedrez juntos. Nada más. Yo... —Tragó saliva con dificultad y apartó la mirada—. No creo que sea capaz de estar con un hombre nunca más. —Se detuvo, horrorizada, mientras miraba a Jake con los ojos llenos de culpa.

—Yo se lo explicaré —se ofreció Jake con tono calmado y sonriendo a Ida. Luego se dirigió al pastor—: Será un matrimonio entre amigos. Nos gustan las mismas cosas. Nos gustamos. Tenemos intereses comunes. Eso será más duradero que cualquier enamoramiento que hayamos experimentado en el pasado por otras personas.

Tolbert percibió algo más entre ellos de lo que Jake e Ida parecían ser conscientes. El pastor sonrió y se dirigió a ella:

—Los rumores llegan incluso hasta los oídos de los pastores. Lo siento. No hay que juzgar a nadie por las apariencias. Mostramos una cara al mundo que no mostramos en privado. —La mirada del hombre se volvió oscura mientras hacía ese comentario, pero se disipó al instante—. Creo que sus motivos para casarse son sólidos, y estaré encantado de oficiar su boda. Sería el próximo sábado, ¿o me equivoco?

Jake e Ida se miraron perplejos. No habían aclarado entre ellos cuándo sería la fecha exacta.

—¿Tienen licencia de matrimonio?

Ambos lo miraron fijamente.

—La conseguiré hoy —afirmó Jake, flagelándose mentalmente por haber olvidado algo tan importante. Había estado inmerso en un negocio un tanto complejo y la boda se le había ido completamente de la mente. Por supuesto, no le iba a contar eso a Ida.

Tolbert sonrió.

—Entonces, si me traen la licencia mañana, podría casarlos este sábado por la mañana. Si les parece bien. Y así no tendrán que esperar una semana.

—¿Qué dices? —preguntó Jake a Ida.

Ella tenía dudas. Estaba preocupada. No conocía del todo a Jake. ¿Y si era como Bailey cuando estuvieran realmente solos?

Él le acarició la mejilla con las puntas de los dedos.

—Nunca te haría daño —dijo él con tono suave, como si supiera lo que ella estaba pensando. Los ojos de Jake brillaban con intensidad mientras la miraba, reflejando la veracidad de sus palabras.

Ida se relajó. Confiaba en él.

—El sábado por la mañana estaría bien —aceptó ella finalmente.

Jake sonrió. No estaba seguro de por qué quería casarse con Ida. Solo estaba seguro de que quería hacerlo.

—Me olvidé de alguien. Quiero invitar a Pam Simpson y a su marido —dijo Ida mientras tomaban café sentados a la mesa de la cocina mientras Maude preparaba cosas para la cena de esa noche—. Y Maude, usted tampoco puede faltar.

La empleada se sorprendió. Le caía muy bien Ida, pero conocía su lugar en la casa. Había que insistirle mucho incluso para que comiera con ellos en el comedor.

—¿Yo?

—Sí, claro —respondió Ida—. Ha sido tan amable conmigo. Más amable que nadie en los últimos años.

Puede ser mi madrina de honor, y si necesita un vestido elegante, Jake y yo la llevaremos a comprar uno.

La mujer se puso muy contenta y sonrió de oreja a oreja.

—¿Harían eso por mí? —preguntó con visible emoción. Se sonrojó un poco—. Verá, no tenemos mucho dinero para extras, aunque el señor McGuire me paga mucho más de lo que valgo. Mi marido tiene una pensión por discapacidad. Se rompió la espalda hace años domando caballos, así que soy la única que trabaja en la familia.

—Por supuesto, compraremos lo que sea necesario —dijo Jake con una sonrisa radiante—. Y me refiero a todo. Por si no lo habías notado, ambos estamos un poco mejor económicamente que la mayoría.

—Creo que el Mercedes y el Jaguar no dejan duda de ello —respondió Maude, con ironía.

Todos rieron.

Y como habían prometido, llevaron a Maude de compras hasta Los Ángeles, a una de las *boutiques* más caras de la ciudad.

Maude parecía una niña en una tienda de dulces. Iba de prenda en prenda, como si hubiera ganado la lotería, mientras la pareja la observaba con diversión.

—Es una mujer tan dulce —murmuró Ida a Jake cuando Maude se llevó dos vestidos al probador, ambos apropiados para una boda elegante.

—Lo es —respondió Jake—. Deberíamos darle un aumento. Vale su peso en rubíes.

Ida sonrió.

—Es verdad. Creo que se lo merece.

Jake rodeó los hombros de Ida con un brazo, solo como muestra de cariño, pero aquel inocente contacto le había provocado un escalofrío por todo el cuerpo. Esperaba que ella no lo hubiera notado y se hubiera asustado.

Pero Ida sí se había dado cuenta. Porque ella había sentido lo mismo. Había sido como si la hubiera atravesado un rayo, pero de manera sensual. Le sorprendió lo mucho que le agradaba estar cerca de él. Inconscientemente, se acercó más y el agarre de su brazo se apretó, solo un poco. Fue una sorpresa para ambos. Se miraron con leve asombro en sus rostros.

No hablaron ni se movieron hasta que Maude salió con uno de los vestidos, de color rosa envejecido. Le sentaba de maravilla.

—Ese —dijo Jake antes de que Ida pudiera opinar. Ella solo asintió y sonrió.

Maude se acercó a ellos, sonriendo a la vendedora. Se inclinó hacia Jake y le preguntó:

—Señor, ¿tiene idea de lo que cuesta este vestido?

—No me importa —respondió él.

—A mí tampoco —intervino Ida—. Queremos que sea la mujer mejor vestida de la ceremonia. Bueno, después de mí, claro —añadió con una sonrisa traviesa—. Pero yo iré de blanco. Está preciosa, Maude. Ese color le sienta realmente bien.

—¡Gracias! —respondió ella—. Y gracias también por el vestido. Nunca he tenido algo tan bonito. —Los ojos de la mujer brillaban de la emoción. Se dio la vuelta y regresó con la vendedora.

Ida se acurrucó apoyando una mejilla en el musculoso pecho de Jake.

—Eres un hombre muy amable.

—Maude es un tesoro —respondió Jake, acariciándole la espalda—. Lamento no haber pensado en esto antes. Sé lo que es ser pobre. Tú también. Nunca hubo extras en nuestra casa. Iba al colegio con rotos en los pantalones, y no porque fueran hechos a propósito para ir a la moda, y usaba el calzado aunque tuviera agujeros en las suelas.

—Nosotros teníamos suficiente para comer, porque vivíamos en un rancho y cultivábamos nuestras propias verduras y criábamos vacas y cerdos. Pero los zapatos siempre eran un problema porque mis pies crecían muy rápido.

Él miró hacia abajo y sonrió. Los pies de Ida estaban enfundados en unas zapatillas deportivas de color rosa que hacían juego con la blusa de seda que vestía bajo un abrigo largo de cuero.

—Tus pies son pequeños y bonitos —comentó Jake.

Ella miró hacia abajo y rio.

—Apuesto a que tú podrías dormir de pie.

—Pies grandes, corazón grande —replicó él con fingida altivez.

Ella rio de nuevo.

—Ya que estamos aquí, deberías mirar vestidos de novia, Ida —sugirió Jake.

—¿Crees que es necesario? —preguntó ella, preocupada—. Ya no soy una jovencita y no es mi primera boda. Además, será solo una pequeña ceremonia...

—Ya hemos tenido esta discusión. Dijimos que irías de blanco, un tono cálido. Algo favorecedor. Y con velo.

Ida recordó que él había insistido en eso. Ninguno de sus otros dos maridos había querido nada que se pareciera a una ceremonia tradicional.

Lo miró a los ojos.

—De acuerdo —cedió ella finalmente—. Iré de blanco. Y con velo.

Dejó a Jake sentado mientras Maude buscaba otros complementos para su vestido de dama de honor, y ella se dirigió ilusionada al departamento de vestidos de novia de alta costura.

Se perdió en aquel mar de vestidos blancos, cegada por tantas opciones. Pero uno en particular llamó su atención. Tenía un escote en forma de ojo de cerradura adornado con encaje, era ajustado en el pecho y la cintura, abriéndose en una amplia falda hasta los tobillos terminando con cola. Estaba confeccionado en satén con una capa superior de encaje, tenía mangas abullonadas y elaborados bordados tan solo en la parte baja de la falda, rodeando el dobladillo, en tonalidades pastel. Los mismos motivos se repetían en los adornos del borde de las mangas y el escote. El velo era de encaje y su borde también lucía esos mismos delicados bordados en colores pastel. Era como algo salido de un cuento de hadas, pensó Ida mientras se miraba en los tres espejos del probador.

Suspiró, preocupada por ser demasiado mayor para un vestido así, y pensando que debería elegir algo más sencillo.

Pero la vendedora entró, la vio con el vestido y contuvo el aliento.

—Señora, nunca he visto a una novia tan hermosa. El vestido que lleva puesto es de un nuevo diseñador, además de ese, tiene algunos modelos de los más bonitos que pueda imaginar.

Ida soltó el aire que había estado conteniendo y rio.

—Me preocupaba ser demasiado mayor para llevar algo así —confesó—. Me he casado dos veces y...

—Nadie es demasiado mayor para un vestido de novia tan hermoso como ese —afirmó la vendedora.

Ida se miró una vez más en el espejo y tuvo que darle la razón.

Sonrió de oreja a oreja y anunció:

—Me lo llevo.

* * *

Dejaron a Maude en su casa para que pudiera guardar su vestido después de habérselo mostrado a su marido, junto con el resto de sus compras.

Jake e Ida, sentados en la parte trasera de la limusina, esperaron pacientemente, intercambiando una conversación trivial mientras Fred, el conductor, seguía mirando por el retrovisor, como si estuviera impaciente por irse.

—¿Estás nervioso, Fred? No vamos a robar ningún banco, ¿sabes? Aunque, por la forma en que conduces a veces, pareces un ladrón a la fuga —bromeó Jake.

Fred sonrió, pero de una manera extraña.

—Supongo que los que hacen ese tipo de cosas son muy buenos al volante —respondió el empleado.

—Muy buenos, diría yo —coincidió Jake, asintiendo. Luego se volvió hacia Ida—. ¿Qué te parece ir al concierto de la orquesta sinfónica mañana por la noche? Nos daría tiempo a cenar antes.

—No tenemos orquesta sinfónica en Catelow —dijo ella, perpleja.

—Lo sé, pero hay una en Manhattan, y da la casualidad de que tocan a Debussy.

Ella contuvo el aliento.

—¿Cómo sabes que es mi favorito?

—No lo sabía —respondió Jake, sorprendido—. También es mi favorito.

Ella rio.

—Otra cosa que tenemos en común. ¿A qué restaurante quieres ir?

—Al del hotel Plaza, por supuesto —bromeó Jake—. A menos que prefieras ir al Bull and Bear. —Se refería al restaurante del hotel Waldorf Astoria.

—Hay un hotel al que tengo muchas ganas de ir en Manhattan, solo he estado allí una vez. El hotel Algonquin...

—¡Dios mío! —la interrumpió él—. ¡Por Dorothy Parker y el resto de figuras literarias de la época!

—¡Sí! —Los ojos azules de Ida se iluminaron.

—Ida —Jake sacudió la cabeza—, seremos el mejor matrimonio de la historia de Catelow.

Ella le sonrió.

—Podríamos serlo.

Ida se sentía en una nube. Ni siquiera se impacientaba esperando a Maude. Su corazón estaba tan lleno que parecía que en cualquier momento fuera a explotar. Lo que al principio había temido se estaba convirtiendo en una de las mejores decisiones que había tomado jamás. Se había ido el miedo a Bailey y sus matones. Se había ido su inquietud por casarse con Jake. De repente, estaba segura de que realmente iban a tener un matrimonio maravilloso.

La distancia hasta Manhattan era larga, sería un viaje agotador. Pero ella estaba deseando ir. Una noche con Jake sería maravillosa. Pensó en que le encantaría viajar con él después de la boda. Había infinidad de lugares que visitar y conocer. Y la idea de estar casada con Jake cada vez le resultaba más agradable.

El único problema era que deseaba tener un hijo. Había hablado con el doctor Menzer al respecto, sin que Jake lo supiera, porque necesitaba saber, por si acaso, si podría soportar un embarazo con sus problemas de salud.

Él le había asegurado que sí. Que quizás añadiría más tensión en su cadera dañada, pero había formas de lidiar con eso. El doctor había bromeado sobre su futuro matrimonio con el soltero más codiciado del pueblo. E Ida se había apresurado en aclarar que Jake y ella habían acordado que tan solo sería un matrimonio entre amigos. Pero el hombre estaba seguro de que eso no duraría mucho tiempo, teniendo en cuenta que ella le estaba preguntando si podría tener un bebé. Pero eso no se lo dijo.

Ida miró a Jake, preguntándose cómo sería un hijo suyo. Él tenía los ojos grises y los de ella eran azules. Ambos eran altos y con dotes musicales. Su hijo podría ser un prodigio, ¿por qué no? Se permitió soñar despierta, ella sosteniendo un bebé en los brazos y Jake inclinándose sobre ella con rostro sonriente. «Un sueño imposible», pensó Ida. «Un sueño irrealizable».

Maude regresó cuando Fred ya empezaba a ponerse realmente nervioso. Golpeaba rítmicamente el volante y miraba a su alrededor, como si esperara la llegada de la Policía en cualquier momento. Eso divertía a Ida, que no tenía ni idea de por qué estaba tan nervioso. Se lo mencionaría a Jake más tarde, si había tiempo.

Fred los llevó de vuelta a casa y Maude, después de un minuto de sincero agradecimiento a ambos, fue a la cocina a preparar algo especial para la cena.

—Necesitas descansar un rato —le dijo Jake a Ida—. Has estado demasiado tiempo de pie. —Llevaba el pesado vestido que había comprado en una mano, oculto en una bolsa opaca—. ¿Me lo vas a enseñar más tarde? —preguntó con una sonrisa traviesa.

—No hasta la boda —contestó ella con firmeza.

—¿Tiene velo?

Ella rio.

—Sí. Tiene velo.

Él se acercó y acarició la mejilla de Ida mientras sus ojos grises miraban intensamente los de ella.

—Levantaré el velo cuando estemos casados, y seré el primero en verte como una mujer casada.

El corazón de Ida se desbocó. Se quedó sin respiración mientras lo miraba fascinada. Nunca había conocido a nadie como él, y podría apostar lo que fuera a que nunca levantaría una mano contra ella ni le gritaría como Bailey había hecho.

—La señora de Jake McGuire —añadió él en un susurro ronco, sin dejar de mirarla a los ojos.

Ella estaba como hipnotizada, no podía apartar la mirada de él.

—Sí —logró decir.

Jake inclinó la cabeza y rozó la boca de Ida de forma tierna con la suya, fue breve, para no alterarla ni hacerla sentir amenazada.

Después se apartó sonriendo. Ella sabía a miel.

—No te asustes —bromeó él—. Solo estoy practicando para cuando Tolbert nos case.

Ella rio suavemente, sus ojos irradiaban felicidad.

—Vale. —Ida se quedó pensado, dubitativa—. Pero... ¿estás seguro de que no necesitamos un poco más... de práctica? —soltó a pesar del miedo a la respuesta de Jake.

Pero él sonrió y dijo:

—Podríamos.

Jake volvió a inclinarse, pero esa vez el beso se prolongó, aumentando gradualmente en intensidad hasta acercarla más, mientras el brazo que no sujetaba el vestido le rodeaba los hombros y la apretaba contra él. La boca de Ida era tan dulce y delicada. El corazón de Jake latía acelerado y sentía la necesidad de más. Pero no debía asustarla, se dijo. Tenía que ser suave con ella y no ceder al deseo que había surgido en él de manera inesperada.

Jake se obligó a apartarse, a pesar de que el embriagador aliento de Ida le decía lo contrario mientras se alejaba. Ella parecía... No estaba seguro. ¿Aturdida, quizás? Fascinada. Sonrió. Le gustaba mucho el aspecto que tenía en ese momento. Empezó a inclinar la cabeza de nuevo, con miedo a no ser capaz de seguir siendo tan cuidadoso, porque estaba perdiendo el control de sus impulsos demasiado rápido. Estaba sobrepasado. No podía parar. Pero tenía que hacerlo. Sus labios estaban a punto de rozarse cuando, de repente, la puerta de la cocina se abrió, obligándolos a separarse.

Capítulo 12

Maude contuvo las ganas de sonreír mientras les decía que la cena se serviría en breve. Ambos estaban sonrojados y desorientados. Su matrimonio podría salir mejor de lo planeado, pensó el ama de llaves. Sobre todo teniendo en cuenta que la señora estaba tejiendo una manta de bebé. Había dicho que era para el hijo de una amiga, pero el brillo que se percibía en sus ojos mientras trabajaba revelaba su deseo de tener uno propio. Maude se preguntó si su jefe lo sabría.

Él no lo sabía. Estaba demasiado preocupado con los preparativos de la boda y sus pequeñas dudas. Le gustaba Ida, mucho. Se sentía cómodo con ella. Pero tenía recuerdos que no podía compartir con ella, recuerdos que lo hacían despertar gritando en la oscuridad. *Flashbacks* de horror, sangre y guerra. Vivía solo, así que nadie sabía lo que le pasaba.

Recordó que Cindy le había contado que una noche Ida la había despertado con sus gritos y que había llamado a la Policía porque pensó que alguien la estaba atacando. Habían sido malos recuerdos.

Jake suspiró. Si Ida también tenía pesadillas, podrían llevarse bien. Pero él además tenía cicatrices de batalla que nunca había compartido con nadie.

Nunca se quitaba la camisa, ni siquiera en los días más calurosos de verano, cuando ayudaba a los hombres en el rancho, tanto en Estados Unidos como en Australia. Eso provocaba comentarios, pero rápidamente eran acallados por los capataces que lo conocían.

Se preguntó si Ida también tenía dudas. Había dado su palabra, había prometido casarse con ella, le había comprado un anillo. Era demasiado tarde para echarse atrás. Tendría que seguir adelante. Una pequeña parte de él quería casarse con ella. Estaba solo. Extrañaba los maravillosos días que había pasado con Mina cuando deseaba que ella lo amara. Esos días eran solo recuerdos. Lo consolaban cuando estaba triste. Pensaba en ella con el bebé que compartía con su esposo Cort, y recordaba cuánto había deseado que fuera su hijo.

Era muy probable que Ida no quisiera tener hijos, no en su condición física. No estaba seguro de que pudiera soportar un embarazo teniendo en cuenta todo el daño que había sufrido su cuerpo. Pero luego recordó que ella estaba tejiendo una mantita de bebé. Y eso le produjo una inesperada oleada de placer.

Volvió a hablar con Tolbert, porque estaba preocupado. La boda se celebraría al día siguiente. Ya no podía echarse atrás. El matrimonio había sido anunciado en los periódicos de todos los condados vecinos. Jake era una figura conocida tanto en los círculos ganaderos como en otros ambientes más sofisticados. Habría una gran expectación por la boda. No se lo había dicho a Ida. Sería imposible mantener alejados a los periodistas, incluso impidiéndoles el acceso a la iglesia durante la breve ceremonia. Era solo una preocupación más que afrontar.

—Está preocupado —adivinó Tolbert cuando estaban sentados en su oficina en la iglesia.

—Sí —confesó Jake. Estaba sentado al borde de la silla, con los codos apoyados en las rodillas mientras se inclinaba hacia delante—. Supongo que la mayoría de los solteros tienen dudas justo antes de la ceremonia.

—Todos —afirmó Tolbert con una sonrisa—. Las mujeres también. Me imagino que Ida también estará comiéndose las uñas.

Jake no lo había pensado, pero era probable.

—Escuche —dijo Tolbert con tono suave—, Ida y usted son muy compatibles. Ella es una mujer preciosa, rica y talentosa. Sí, tiene problemas físicos, pero puede permitirse toda la rehabilitación necesaria para seguir adelante. Las mujeres con prótesis de cadera pueden tener hijos, ¿sabe? —El pastor notó la sorpresa de Jake al oírle decir eso—. Dos mujeres de nuestra congregación tuvieron bebés padeciendo dolencias tan graves como las de Ida.

—¡Vaya! —reaccionó Jake, sintiéndose animado de repente. Después se puso serio de nuevo—. Pero nuestro matrimonio no será de ese tipo... Solo somos amigos.

Tolbert sonrió.

—Por supuesto... —No quiso llevarle la contraria—. Solo son amigos. —Pero el pastor no pensaba lo mismo y ocultaba una sonrisa.

Ida dio un respingo cuando Jake llamó a la puerta de su dormitorio. La abrió, luciendo tan preocupada como él se había sentido antes de hablar con el pastor.

—Ven a tomar un café conmigo. Así podremos hablar sobre nuestros miedos y el futuro —dijo él con cara sonriente.

Ella se rio.

—Parece que me lees la mente —respondió ella, con ojos brillantes y de buen humor.

Era increíblemente hermosa, pensó él. No podía dejar de mirarla. Sonrió para tratar de ocultar su devoción hacia ella. No quería ponerla más nerviosa de lo que ya estaba.

Ida caminó a su lado, sin su bastón.

—¿Te sientes bien hoy? —preguntó Jake.

Ella asintió.

—Estoy tomando el ibuprofeno. Puedo tomarlo hasta el domingo. —Hizo una mueca—. Después tendré que dejarlo durante diez días. —Lo miró—. Nunca volveré a ser la misma que era. Puede que no sea capaz de seguir tu ritmo. Si hace mal tiempo y la articulación se inflama...

—Si no puedes seguirme, te llevaré en brazos.

Se puso roja como un tomate. Era lo último que esperaba oír.

—Oh.

Él rio. Le gustaban sus reacciones. En realidad, Ida tenía poca experiencia real con los hombres. Sus dos matrimonios habían sido algo fuera de lo común, y el segundo la había convertido en una versión rota de sí misma. Pero la gente rota podía recomponerse. Y él iba a encargarse de que Ida tuviera una buena vida, de que estuviera a salvo del loco de su exmarido, costara lo que costara. Si era necesario, pediría prestado el grupo de mercenarios de Mina y los apostaría alrededor de la casa. ¡Que Trent y sus matones intentaran algo entonces! Jake sonrió al tener ese pensamiento.

—Pareces contento —dijo ella, preguntándose por qué sonreía de esa forma.

Él rio.

—Estaba pensando en el grupo de mercenarios de Mina.

Ida bajó la mirada y sintió que su corazón se encogía.

—Ya veo... —Todavía estaba colgado por Mina. Parecía amarla tanto que Ida empezaba a preguntarse si él podría amar a otra mujer. ¿Por qué ese pensamiento le dolía tanto?

—Tu exmarido y sus matones pensarían que se han estrellado contra un muro si se toparan con ellos.

Los labios de Ida se separaron por la sorpresa. Jake estaba siendo protector. Quizás le importaba, aunque fuera un poco. Tenía que importarle, se dijo Ida. La había acogido, protegido y salvado a su gato. Había hecho todo lo posible por aliviar sus preocupaciones. Eso significaba que al menos le tenía afecto. Se sintió más animada. Y experimentó un ligero calor interior que se intensificó en cuanto lo miró y él correspondió a su sonrisa.

Jake sintió esa sonrisa hasta la planta de los pies. Ida lo miraba con ojos curiosos, casi... amorosos. Sintió que se le cortaba la respiración mientras la miraba. La tensión creció exponencialmente. Se acercó un paso más y le acarició una mejilla.

—Mañana estaremos casados —dijo él con tono suave.

—Sí —respondió Ida.

—Se acabaron los miedos.

Ella sonrió.

—De acuerdo.

Él le devolvió la sonrisa. La tensión lo estaba poniendo muy incómodo, así que se apartó.

—¿Qué tal un café y algo dulce? Apuesto a que Maude tiene algún trozo de tarta en la cocina.

—Me parece genial.

Él le ofreció la mano y ella la tomó encantada. Estar en contacto con su piel era una sensación tan maravillosa que Ida se sintió como si sus pies flotaran.

* * *

—He encontrado una manera de conseguirle un vestido a Cindy sin herir su orgullo —dijo Jake mientras bebían café.

—¿En serio? ¿Cómo?

—Su marido hace algunos trabajos para mí cuando no está en su trabajo a tiempo completo. Le di una bonificación de Navidad anticipada, pero con la condición de que tenía que usar parte del dinero para comprarle a Cindy un vestido de dama de honor. También mencioné que Maude llevaría uno en color rosa envejecido. —Ladeó la cabeza—. ¿Lo he hecho bien?

Ella dejó escapar un largo suspiro.

—Oh, sí. Me rompía el corazón pensar que no vendría. Ha sido tan buena amiga. No sabía cómo resolverlo. Gracias.

—De nada, ha sido un placer —respondió él—. A mí también me cae bien Cindy. Probablemente te llamará más tarde. Su marido iba a llevarla de compras esta mañana.

—¡Maravilloso!

Él miró el rostro resplandeciente y feliz de Ida por encima de su taza de café.

—Mañana, a esta hora, ya estaremos casados —dijo Jake.

A Ida se le subió el corazón a la garganta. Estaba convencida de que él no se parecía en absoluto a Bailey. Y era imposible que no le gustaran las mujeres. Lo único que le inquietaba era Mina. Él aún no había logrado olvidarla. ¿Y si nunca lo conseguía?

—Se acabaron los miedos —le recordó él, sin entender por qué Ida volvía a tener esa expresión preocupada en su rostro—. Vamos a tener un buen matrimonio.

Ella lo miró fijamente, sintiendo que la electricidad recorría todo su cuerpo ante la intensidad de la mirada que de repente estaban compartiendo.

—Has estado tejiendo una manta de bebé —comentó Jake, rompiendo el silencio con la voz más ronca de lo habitual—. Te gustan los niños.

—Oh, sí...

Él bajó la mirada hacia su taza de café. No pensaba contarle lo que había hablado con Tolbert Drake. Sin embargo...

—El pastor me contó que hay un par de mujeres en su congregación con lesiones similares a las tuyas. Ambas tienen hijos.

El corazón de Ida comenzó a latir con fuerza, y sus labios se entreabrieron dejando escapar un suspiro entrecortado.

—¿De verdad? —preguntó ella, sin confesar que había consultado a su cirujano ortopédico al respecto.

—No es que vayamos a tener ese tipo de matrimonio... —aclaró él rápidamente, malinterpretando la expresión en el rostro de Ida. Luego desvió la mirada—. Los niños requieren mucho trabajo.

—Sí... —Ida se vio obligada a ocultar su decepción y forzó una sonrisa—. Al final tendremos bastantes invitados en la boda.

—Un bonito grupo, sin aglomeraciones —contestó él, aliviado por dejar pasar el tema de los niños. Le perturbaba lo mucho que deseaba un hijo. Ida era preciosa. Se preguntó si un hijo de ambos tendría los ojos azules de ella o los grises de él. Se imaginó una versión en miniatura de sí mismo, con pequeñas botas de vaquero, siguiéndolo por el rancho. Se le escapó una sonrisa, pero la borró de inmediato. Los sueños imposibles eran una pérdida de tiempo.

—Bueno, tengo que hacer algunas llamadas. La gente se casa, pero los negocios continúan —bromeó Jake—. Te veré más tarde.

—De acuerdo.

* * *

Ida estaba sentada con Maude, discutiendo sobre algunos pequeños detalles de la ceremonia, cuando sonó el teléfono. Era Cindy.

—Mi marido ha recibido una bonificación de Navidad anticipada —le contó emocionada—. Y la hemos gastado en un vestido de dama de honor. Me dijo que Maude tenía uno color rosa envejecido, así que me he comprado uno del mismo tono. ¿Estoy invitada?

—¿Bromeas? ¡Por supuesto que estás invitada! Oh, Cindy, deseaba tanto que vinieras, pero sabía que nunca me dejarías comprarte un vestido...

—No, no lo habría permitido —respondió Cindy, pero se notaba que estaba sonriendo por su tono de voz—. Estoy tan feliz de poder ir.

—Yo también. Somos amigas desde hace mucho tiempo. En cierto modo, nuestro matrimonio es gracias a ti. Si no hubieras sido tan considerada cuando mi coche se averió, Jake y yo quizás nunca nos hubiéramos juntado.

—Oh, lo dudo —bromeó Cindy—. Él no te quitaba el ojo de encima cuando coincidíais en la cafetería.

El corazón de Ida se saltó un latido.

—¿Lo hacía? —preguntó sin aliento.

—Sí. No estoy segura de que él se dé cuenta de lo que siente, ¿sabes? Pero no hay duda de que siente algo por ti.

—Gracias... —respondió Ida, con voz tranquila, esperanzada—. Jake ha sido muy amable conmigo. Temía que fuera solo por..., bueno, por lástima.

—Él no se casaría con nadie por lástima —afirmó Cindy—. ¡Vaya, lo siento! Se me están acumulando los clientes, tengo que dejarte. Te veré mañana en la iglesia. ¿Conseguiste un vestido bonito?

—Sí. Iré de blanco, porque Jake insistió.

Hubo una risita al otro lado de la línea.

—Bueno, teniendo en cuenta que tus bodas anteriores no han sido muy convencionales, el blanco me parece una elección muy apropiada para esta ocasión.

—Solo espero que nadie haga comentarios. Mucha gente pensará que mi vestido debería ser escarlata en lugar de blanco. No me he hecho ningún favor creando esa reputación entre los hombres.

—Te sorprendería lo que la gente está diciendo de ti últimamente... ¡Tengo que dejarte! ¡Nos vemos mañana! —se despidió Cindy y luego colgó.

Ida dejó el teléfono a un lado y se quedó pensativa.

—Cindy me ha comentado que últimamente la gente estaba diciendo cosas sobre mí —le contó a Maude.

—Sí, sobre su exmarido y lo que usted hizo para evitar que los hombres la molestaran —informó Maude con mirada satisfecha—. Cindy y yo esparcimos algunos rumores nuevos —admitió con cara de culpabilidad—. Espero que no le importe. Me sentía tan mal por cómo la traté cuando el señor McGuire la trajo a casa por primera vez... Cindy tampoco estaba contenta con los rumores, así que juntamos nuestras cabezas y hablamos con algunas personas.

Ida sonrió.

—Gracias, Maude. Muchas gracias.

—No hay de qué. Me alegra poder ayudar. —Sonrió—. ¿Por qué no se acuesta un rato y descansa? ¡Mañana será un gran día!

—Oh, sí...

Ida se tumbó sobre la colcha de su cama con un suspiro. Ya había tomado su dosis matutina de ibuprofeno, la cual estaba resultando muy efectiva, pero aún tenía algo de dolor. Cerró los ojos, solo para descansar la vista, pero se quedó dormida.

Estaba huyendo de Bailey. Él la perseguía con un palo y la insultaba a gritos. Casi había llegado a un lugar seguro cuando tropezó y se cayó. Bailey la atrapó con una mano y levantó el palo con la otra.

—¡Te haré pagar por haberme enviado a la cárcel! El primer golpe le dio en el hombro. Ida gritó. El segundo en la parte baja de la espalda, el siguiente en la cadera lesionada. Sentía los golpes como si realmente estuvieran sucediendo; estaba llorando, pidiendo ayuda a gritos...

—Ida —oyó una voz lejana.

Notó que alguien la incorporaba y la mecía contra un pecho fuerte que olía a jabón, colonia cara y cuero.

—Ida —volvió a oír la misma voz—. Despierta, cariño. Despierta. Estás a salvo. Solo es una pesadilla. Estás a salvo.

Estaba temblando. Los ojos azules de Ida se abrieron de golpe, llenos de miedo, dolor y lágrimas.

—¿Jake? —susurró su nombre con dificultad—. ¡Oh, Jake! —Se acurrucó contra su cuerpo y se aferró a él, todavía temblando.

Maude estaba en la puerta, con el rostro tenso y preocupado.

—Hay algunas botellas en el armario de mi oficina que guardo para las visitas. Sírveme una copa de *brandy* y tráela aquí, por favor —pidió Jake.

—Enseguida, señor McGuire.

Jake abrazó a Ida con más fuerza en cuanto Maude se encaminó hacia la oficina.

—Me perseguía con un bate... —murmuró ella con el rostro pegado a la camisa de él—. ¡Me golpeó una y otra vez!

—Él no está aquí. ¡Nunca volverá a tocarte, te lo prometo!

Ida tragó saliva.

—Estaba tan... asustada.

Jake le acarició el cabello con ternura y le besó la frente.

—No dejaré que te lastime. No dejaré que nada te lastime, nunca más.

Ella cerró los ojos con un suspiro entrecortado.

Maude regresó con una pequeña copa de *brandy*.

—Espero no haberme equivocado de botella. No sé mucho de licores —se disculpó la empleada.

Él rio entre dientes.

—No has tenido ocasión de saberlo hasta ahora. —Jake agitó la copa y olió el líquido—. Bueno, no es *brandy*, es *whisky*, pero... qué diablos, servirá.

Lo acercó a los labios de Ida.

—Sé que no te gusta el alcohol. Pero lo necesitas. Vamos. Abre la boca.

Ella tomó la copa de la mano de Jake y dio un sorbo.

—¡Sabe a gasolina! —se quejó poniendo cara de asco.

—A mí también me sabe así casi todo el alcohol —confesó Jake—. Pero, aun así, bébetelo. De un trago es más fácil.

Ella tomó aire, resignada, y se lo bebió de golpe.

—¡Aaaj! ¡Es asqueroso!

—Dale un minuto. —Jake le devolvió la copa a Maude, que en ese momento trataba de contener la risa.

—Ninguno de los dos cumpliremos jamás los requisitos para ingresar en un programa de rehabilitación —bromeó Jake.

—¿Por qué tienes un mueble bar si no bebes? —preguntó Ida cuando pudo recuperar el aliento.

—Porque tengo cenas de negocios y muchos empresarios sí beben. —Se encogió de hombros—. Cuando en Roma...

—¿Cenas de negocios? —repitió ella, preocupada.

—Serás la anfitriona perfecta —aseguró él—. Eres preciosa y culta, y no sorbes el café.

Maude no pudo contenerse más.

—Voy a lavar esto —dijo casi ahogándose por la risa, y se dirigió a la puerta.

Ida también estalló en carcajadas.

—¿No sorbo el café?

—Bueno, para mí es una virtud admirable —manifestó mientras Maude cerraba la puerta tras ella.

Ida solo le sonrió, la pesadilla ya era agua pasada al sentirse protegida en los fuertes brazos de Jake. Comenzó a acariciarle el pecho por la zona del esternón, pero cuando sus dedos alcanzaron la zona del corazón, se detuvieron en seco.

Notó que la piel bajo la tela en aquella zona era distinta. Ida levantó la mirada y percibió inquietud en el rostro de Jake. Pero no apartó los dedos y siguió acariciando la cicatriz.

—¿Todavía te duele?

Era la última pregunta que Jake esperaba.

—No.

—¿Tienes más? —preguntó Ida con tono cauteloso.

Él se puso tenso, su rostro estaba serio, pero movió los dedos de ella hacia su caja torácica. Había una nueva cicatriz, casi tan grande como la anterior. Luego dirigió los dedos al otro lado de su estómago, donde encontró otra marca, aunque de menor tamaño.

—Oh, Jake... —dijo ella con tono suave—. ¡Tuvo que ser muy doloroso!

El rostro de él se relajó un poco.

—¿No te resultan repulsivas?

—No seas tonto —contestó ella, llevando la mano hacia la cicatriz más grande—. ¿Puedo verlo? —preguntó con cierto miedo, buscando la respuesta en los ojos grises de Jake.

Él estaba dudando cuando Maude apareció en la puerta.

—Me he quedado sin huevos y quiero hacer un

pastel de boda. Iré a la tienda. ¿Necesitan algo antes de que me vaya?

—Nada en absoluto, Maude. Gracias —respondió Ida.

Maude sonrió.

—De acuerdo. Ah, por cierto, ya les he puesto la comida a Butler y a Wolf. Están en la cocina. Me aseguraré de cerrar la puerta trasera antes de salir. —Y, antes de marcharse, preguntó—: ¿Se siente mejor, señora?

Ida asintió y le devolvió la sonrisa.

—Me alegro. No tardaré en volver.

El sonido de sus pasos se fue diluyendo mientras se alejaba por el pasillo. Un minuto después, la puerta trasera se abrió y cerró.

Ida seguía mirando a Jake, esperando respuesta.

Durante mucho tiempo se había sentido cohibido por esas cicatrices. Incluso con Mina, a quien amaba, se había mostrado reticente a hablar de ellas, y mucho menos a exponerlas. Pero Ida no parecía sentir ningún tipo de rechazo.

Jake se encogió de hombros y desabrochó la camisa.

Cuando la apartó, los bonitos ojos azules de Ida se estremecieron. Las cicatrices eran profundas y perfectamente visibles, a pesar de estar enterradas bajo el espeso vello negro y rizado. Su pecho era grande y musculoso, las cicatrices no lo hacían parecer menos atractivo en absoluto. A Ida le fascinaba observarlo y acariciarlo mientras recorría con los dedos la cicatriz más grande.

—¿Cómo fue? —preguntó ella, alzando la mirada y encontrándose con una extraña expresión en el rostro Jake.

—Explosivos. Nuestro equipo fue atacado —respondió él—. Recuerdo un gran estruendo y una fuerte sacudida, como si el mundo hubiera explotado.

Desperté en un hospital en Alemania. Me dijeron que estuve inconsciente durante casi un día entero mientras me trasladaban en avión desde el hospital de campaña.

—Es un milagro que sobrevivieras, teniendo en cuenta dónde tienes esta cicatriz —dijo Ida señalando la más cercana al corazón, y pensando que habría sido una gran pérdida si él hubiera muerto. Solo pensarlo le resultaba doloroso.

—Tuvieron que extraer mucha metralla. Todavía queda algo dentro, pero no está lo suficientemente cerca del corazón o los pulmones como para que corra peligro. —Jake colocó una mano sobre la de Ida—. Nunca he dejado que una mujer las vea —confesó con visible tensión.

Había estado con mujeres. Por supuesto que sí. Pero en la oscuridad, para que las cicatrices no se vieran, porque al tipo de mujeres a las que estaba acostumbrado no les agradaría ninguna imperfección física.

Ella retiró los dedos, perturbada por los pensamientos que cruzaban su mente.

—Lo siento —dijo él de forma seca—. A veces se me olvida que tienes poca experiencia.

Ella lo miró, con la cabeza ladeada.

—He estado casada dos veces.

—Pero no sabes nada sobre los hombres —respondió él con mirada dulce—. Y eso me gusta —añadió en voz baja.

Ida se sonrojó un poco.

—¿Por qué?

—No estoy acostumbrado a estar con mujeres... inocentes —respondió él, encogiéndose de hombros—. Prefería otro tipo de compañía cuando salía.

—A ver si adivino. ¿Con bailarinas de estriptis e *influencers*? —bromeó ella.

Él se rio.

—Más o menos.

Ella suspiró y luego dijo:

—Con mujeres sofisticadas y experimentadas.

—Exacto. Mujeres que sabían cómo evitar un embarazo.

Ida se ruborizó y apartó la mano.

—Qué expresión tan gráfica, ¿verdad? —Jake se rio y volvió a colocar los dedos de ella sobre su pecho, sin importarle ya las cicatrices. Después apoyó la mejilla sobre el cabello oscuro de Ida.

—Yo también sabía cómo evitar un embarazo —respondió ella, con doloroso recuerdo.

—Menos mal.

—Sí. Bailey dijo que no quería hijos, pero temía que intentara dejarme embarazada. Le habría dado un arma para usar contra mí. Habría hecho cualquier cosa que él me pidiera con tal de salvar a mi hijo.

Jake le acariciaba el rostro mientras ella permanecía pegada a su pecho, intentando ignorar la agradable sensación de estar en contacto con su piel desnuda.

—¿Alguna vez lo disfrutaste? —preguntó él en voz baja.

—No. —Se estremeció—. Era tan agresivo. La primera vez me dolió tanto... Grité y él se rio. Siempre se reía...

Jake se puso tenso.

—Dios mío... —Besó el cabello de Ida con ternura.

—Apuesto a que nunca has hecho daño a una mujer en tu vida —murmuró ella.

—Nunca.

—Me da tanto miedo... —confesó Ida en un susurro.

—Con razón. —El pecho de Jake subía y bajaba con ella apoyada mientras insultaba mentalmente a su exmarido—. Supongo que no sirve de nada decirte que la mayoría de los hombres no obtienen placer lastimando a su pareja.

—He tenido una vida extraña —afirmó ella. Tenía los ojos abiertos, miraba a través del musculoso pecho cubierto de vello de Jake hacia la ventana.

—Sí que la has tenido. ¿Nunca echaste de menos la intimidad cuando estabas casada con tu primer marido? —preguntó Jake—. Estuviste casada cinco años.

—Leí en un libro que, si nunca has tenido intimidad con nadie, no la echas de menos, porque no tienes experiencia.

—Supongo que tiene sentido.

—Tenía curiosidad, ¿sabes? Probé todas las cosas que leía en las revistas para atraer su interés. Camisones seductores, perfume, de todo. Me abrazaba y me decía que estaba preciosa, que por qué no me iba de tiendas y compraba más camisones para mostrárselos. —Suspiró—. Así que llené un armario entero. Después de eso me convenció de que me pusiera a estudiar en el MIT.

—¿No estuviste con ningún hombre allí?

—Estaba casada, Jake —le recordó, porque ya habían tenido esa conversación antes—. Nunca lo habría engañado.

El corazón de Jake dio un salto, porque sabía que Ida haría lo mismo en su matrimonio. Jamás lo engañaría.

—¿Por qué te afectan tanto tus cicatrices? —preguntó Ida, deslizando suavemente los dedos sobre la más grande.

Jake volvió a colocar una mano sobre la de Ida. Su mirada estaba centrada en la pared, no en ella.

—Unos meses después de regresar a casa, uno de mis vaqueros trajo a su novia cuando estábamos juntando al ganado. Me había quitado la camisa. Las cicatrices no estaban curadas, y todavía estaban frescas y rojas. Le dijo a su novio que no podía quedarse donde yo estaba. También le oí decir que estaba segura de que nunca conseguiría una novia que pudiera soportar mirarme.

—Qué mujer más estúpida —murmuró Ida.

Él la miró, sorprendido y encantado por la expresión en su rostro. Estaba indignada.

Ida sintió su mirada y levantó la cara.

—¿Y qué clase de hombre saldría con una mujer sin corazón?

Él rio suavemente.

—De hecho, el vaquero se indignó bastante y la dejó plantada ese mismo día.

—¡Bien!

—De todos modos, después de ese incidente, preferí dejarme siempre la camisa puesta. —Se encogió de hombros—. Y cuando estaba con mujeres, me aseguraba de que las luces estuvieran apagadas. Aun así, una de ellas notó las cicatrices y dijo que lo sentía, pero que no podía continuar. Se levantó, se vistió y se fue. Esa noche me emborraché.

A Ida se le encogió el estómago. Lo que le estaba contando era nuevo para ella. Estaba segura de que nadie más lo sabía tampoco. Se sentía halagada porque compartiera algo tan íntimo con ella. Aunque no le resultaba agradable oírle hablar de otras mujeres.

Él la miraba con atención. Sus ojos grises se entrecerraron.

—Lo siento. ¿Te ha incomodado lo que te he contado?

—Sí —respondió con rotundidad, tratando de no sonrojarse. Pero fracasó.

Sus dedos delgados tocaron su rostro de tez exquisita.

—Fue hace mucho tiempo —dijo él, acariciando el rostro de Ida con ternura—. Ya no soy un mujeriego.

Ella parecía preocupada.

—¿Qué pasa? —preguntó Jake.

—Es solo que..., bueno, estás acostumbrado a tener relaciones íntimas con mujeres. Y yo estoy... rota.

—¿Y crees que me subiré por las paredes por no dormir contigo?

Los ojos de Jake brillaban con intensidad.

—Eres demasiado leal para ser infiel, y yo me siento aterrorizada cuando me quedo a solas con un hombre con las luces apagadas... Oh, Jake, ¿qué haremos si...?

Jake la sorprendió interrumpiéndola con un beso en los labios. Ida se olvidó de lo que estaba diciendo y cerró los ojos. Él siguió besándola con ternura y la rigidez del cuerpo de Ida se fue diluyendo, dejándose llevar sin oponer resistencia. Los dedos de Ida temblaban nerviosos sobre el pecho desnudo de Jake, pero no los retiró.

—Puedes decirme lo que quieres hacer —susurró él entre besos—. Y si no quieres hacer nada, también puedes decírmelo.

Se apartó para mirarla a los ojos. Su corazón se había desbocado con tan solo unos besos inocentes.

Ida tenía la misma mirada emocionada de una niña al ver los regalos de Navidad.

Jake sonrió. Y ella le devolvió la sonrisa, fascinada.

—¿Entiendes lo que quiero decir? —le preguntó él.

Ella asintió en silencio. Miró el pecho desnudo bajo su mano, los anchos hombros, el rostro curtido pero apuesto, el espeso cabello negro. Le encantaba. Adoraba lo que sentía al estar a su lado. No le tenía ningún miedo.

Y Jake lo sabía. Podía notarlo en la relajación del suave cuerpo de Ida, en la calurosa mirada de aquellos preciosos ojos azules...

—Lo... intentaré —respondió ella después de unos

segundos, con voz baja, casi imperceptible—. Si eres
paciente...

Él sonrió.

—Siempre soy paciente.

Ella le devolvió la sonrisa. Lo que había comenzado como una proposición práctica para ambos estaba tomando una forma completamente diferente.
Sentía miedo y emoción. Esperanza y asombro.

Jake percibió todo eso en la mirada de Ida y se sintió optimista con el futuro.

Capítulo 13

La iglesia estaba llena de flores de todo tipo, y Jake había encargado orquídeas para el ramo nupcial de Ida.

Había ido a la iglesia con Ren Colter, su padrino, y Maude se encargaría de acompañar a la novia. Ida se había preocupado por no tener a nadie que la entregara en el altar, sus padres habían muerto hacía años y se sentía triste porque ninguno pudiera presenciar la boda. Pero quizás sí la estaban observando, juntos y felices desde algún lugar en el cielo.

—No tiene familia que la acompañe al altar, ¿verdad? —preguntó Maude cuando llegaron a la iglesia.

—No —contestó Ida, ajustándose el velo en el reflejo del espejo del coche. Luego sonrió a su acompañante y dijo—: Pero no pasa nada. Aunque desearía que mis padres estuvieran aquí.

—Estoy segura de que sí están —afirmó Maude, tratando de aliviarla.

Ida sonrió.

—Eso es lo que pienso yo también.

Se detuvieron en la entrada. Ida hizo una señal al pastor y comenzó a sonar la *Marcha nupcial*. Todas las miradas se volvieron hacia la hermosa novia, en su elegante vestido blanco, mientras caminaba lentamente por el pasillo con Cindy y Maude ya posicionadas en sus lugares en el altar, junto al alto y apuesto Ren Colter.

Cuando llegó junto a Jake, él se giró y la miró. Su expresión era imposible de interpretar. Parecía sorprendido, encantado, absolutamente sin palabras. Contuvo el aliento y bajó la mano para entrelazar sus dedos con los de ella.

El pastor sonrió y comenzó a leer las palabras de la ceremonia nupcial. Ida apenas las había escuchado en las ocasiones anteriores. Había estado muy nerviosa y emocionada cuando se casó con Charles, y perdidamente enamorada cuando se casó con Bailey. No había sido capaz de prestar atención. Pero esa vez escuchó cada palabra. Cuando llegó a la parte de «en la salud y en la enfermedad», recordó lo amable que había sido Jake cuando había estado dolorida por su lesión, cuando sus caballos fueron atacados, cuando su gato casi murió. Lo miró y lo amó tanto, tan profundamente, que apenas podía contener lo que sentía. Pero él solo la veía como una amiga.

El dolor de saberlo la hizo palidecer. Afortunadamente, con el velo puesto, no se notaba. Pero sus dedos, entrelazados con los de Jake, se volvieron temblorosos y fríos de manera repentina. Los de él se contrajeron en respuesta, para reconfortarla.

Jake rebuscó en su bolsillo las alianzas que habían elegido y dejó escapar un suspiro leve, casi inaudible, cuando las encontró. Deslizó la de ella suavemente en el lugar que correspondía y luego esperó mientras Ida deslizaba la otra en su dedo.

El pastor los declaró marido y mujer, unas palabras que resultaron tan conmovedoras y misteriosas para Ida que su corazón latió de alegría. Jake se volvió hacia ella y, lentamente, levantó el velo. Nunca la había visto tan hermosa. Se quedó mirándola durante unos segundos, con los ojos llenos de deleite, antes de inclinar la cabeza y besarla con una ternura que la hizo estremecer de placer. Jake levantó la cabeza rápidamente al notar el estremecimiento y frunció el ceño, desconcertado. Pero al ver que ella sonreía con el corazón reflejado en los ojos, se relajó y también sonrió.

Caminaron por el pasillo arropados por las felicitaciones y, fuera de la iglesia, el confeti voló sobre ellos mientras se dirigían al salón parroquial justo al lado. La multitud los siguió.

Los novios se reían mientras se sacudían la ropa el uno al otro.

—Lo sentimos —murmuraron Maude y Cindy al unísono cuando se unieron a ellos—. No pudimos resistirnos.

—No pasa nada, la lluvia derretirá el papel sin causar un desastre medioambiental —bromeó el *sheriff* Cody Banks—. ¡Hola! Me he colado en la boda.

Todos se volvieron y estallaron en carcajadas.

—A nadie le importa —le aseguró Jake.

—A absolutamente nadie —coincidió Ida.

Los saludó con un apretón de manos, lo que fue un alivio para Ida, porque se ponía nerviosa incluso con los hombres agradables. Había querido que Jake la besara, pero ningún otro hombre.

Comieron tarta, bebieron ponche y charlaron con toda la gente que quiso compartir ese día especial con ellos. Solo habían invitado a unos pocos, pero parecía que medio Catelow se había presentado en la boda.

—Me alegro tanto por ti —le dijo una sonriente Pam Simpson a Ida—. Me gusta pensar que he aportado mi granito de arena para que esto sucediera.

Ida recordó la cena en casa de Pam, cuando Jake parecía no tenerle mucho aprecio.

Sonrió de oreja a oreja.

—Es cierto. Y es algo que nunca olvidaré. —Abrazó a la mujer—. ¡Gracias!

Volvieron a casa. Jake la ayudó a bajar del coche con Fred al volante y la llevó en brazos al interior de la vivienda.

Se detuvo en la puerta principal para besarla, muy suavemente.

—Señora McGuire —bromeó Jake.

Ella sonrió y hundió la nariz en el cuello de él.

—Hueles muy bien —murmuró Ida mientras la llevaba al dormitorio.

—Tú también, cielo. —La depositó suavemente sobre la colcha—. Maude nos ha dejado comida para más tarde. Estoy tan lleno de tarta que no sé si me quedará sitio para un café, pero prepararé un poco si a ti te apetece.

—Me encantaría.

Wolf entró por la puerta, jadeando un poco porque habían subido la calefacción. Butler trotó tras él y saltó a la cama para frotar la cabeza contra Ida. Ella lo acarició y luego pasó la mano por la cabeza de Wolf.

—Gracias por dejar que Butler duerma dentro.

—Es un miembro más de la familia, igual que Wolf. Él también duerme dentro, ¿sabes? —respondió Jake. Se quedó mirándola, recorriéndola de pies a cabeza con los ojos—. Eres la novia más preciosa del mundo. Los fotógrafos no han parado de hacerte fotos. Uno de ellos comentó que había pensado en tentarte con chocolate para sacarte de la iglesia y luego secuestrarte para llevarte a algún lugar exótico antes de la ceremonia.

Ella se sonrojó y rio.

—Madre mía... —Suspiró—. Me sorprendió que hubiera tantos reporteros. Menos mal que no pudieron acceder al salón parroquial, todo gracias a nuestro *sheriff.*

—Cody hizo que sus ayudantes formaran un cordón alrededor de la iglesia —comentó Jake, riendo—. Nadie pudo atravesarlo.

—Eso estuvo bien —dijo Ida con una sonrisa. Luego ladeó la cabeza y preguntó—. ¿Y el café?

—Ahora mismo. Aunque quizás deberíamos cambiarnos primero. —Jake se quedó mirando el vestido de novia—. Nunca he visto un vestido tan bonito. Sería una bonita reliquia familiar para... —No terminó la frase, se dio la vuelta y salió por la puerta.

Ida sabía lo que él pensaba. El vestido debería ser heredado por una hija. Pero su matrimonio no era así. No habría hijos. Luchó contra las lágrimas mientras se quitaba el vestido y se vestía con unos vaqueros y un jersey rosa.

Fue a la cocina y, al sentarse a la mesa, hizo una mueca de dolor. Había estado de pie mucho tiempo.

—¿Te duele la cadera? —preguntó él, al darse cuenta de que ella no estaba bien.

—Solo ha sido una punzada —respondió Ida, y sonrió para evitar que Jake se preocupara.

Él sirvió café recién hecho en dos tazas y se sentó a la mesa con ella.

—Ha sido un día largo.

Ella asintió, soplando su café antes de intentar dar un sorbo. Estaba demasiado caliente, así que volvió a dejar la taza.

—Pero bonito —contestó Ida.

—Tendremos una luna de miel más adelante —prometió Jake—. Donde tú quieras ir.

—Decisiones, decisiones —bromeó ella.

—Pero hoy descansa. Tengo que hacer algunas llamadas y necesito revisar el ganado. Especialmente tus caballos.

Habían trasladado los caballos del rancho de Ren Colter hacía unos días, tenían a dos hombres armados vigilándolos.

—Bailey no intentará nada, ¿verdad? —se preocupó Ida—. No me ha llamado desde que su matón huyó.

—Esperemos que no. Pero si lo hace, me ocuparé de él —afirmó con tono duro—. Aquí estás a salvo.

Ella sonrió. Su corazón latía desbocado mientras lo miraba.

—Lo sé, Jake.

Él terminó su café.

—Será mejor que me ponga a trabajar. —No quería dejarla sola, pero no le quedaba más remedio. Era una mujer preciosa y su deseo por ella aumentaba día a día. No podía permitirse el lujo de que la necesidad de tenerla se descontrolara. Ida requería paciencia. Mucha paciencia. Sonrió y se retiró, dejándola allí sentada.

Durante varios días trabajó hasta el agotamiento en el rancho, haciendo tareas que podría haber delegado fácilmente. Jake se sentía mal. Había sido tan frío con ella. Había dicho cosas que deseaba poder retirar. Ida había despertado su deseo, y esa necesidad no había hecho más que aumentar conforme transcurrían los días. No sabía cómo manejar la situación. Se estaba alejando de ella y era consciente de la mirada herida en su rostro cuando lo hacía. No quería lastimarla, pero no podía permitirse acercarse. Si perdía el control, le haría incluso más daño que el idiota de su exmarido.

Bailey no se había vuelto a poner en contacto, hasta que una noche, cuando Jake estaba en su oficina haciendo llamadas de negocios, sonó el teléfono de Ida y ella contestó sin pensar.

—Te crees a salvo, ¿verdad, señora McGuire? —dijo la voz enfadada de Bailey al otro lado de la línea—. Tengo planes para ti. Grandes planes. Será mejor que cambies de opinión sobre ese dinero. Si quieres vivir, claro.

Colgó. Ella temblaba de miedo. Bailey tenía ese efecto en ella. Quería correr y contárselo a Jake, pero ¿de qué serviría? Ya tenían protección por todo el rancho. Jake estaba haciendo todo lo posible para mantenerla a salvo.

Así que, reprimiendo sus temores, se preparó para dormir vistiéndose con un camisón de seda amarillo con encajes y tirantes finos. Se miró en el espejo y se vio hermosa con él. Pero tuvo que recordarse que nadie más lo vería excepto ella.

Se durmió. Estaba corriendo de nuevo, huyendo de Bailey, sollozando y aterrorizada. Él la perseguía, pero esa vez con una pistola. Corría en busca de seguridad, hacia Jake, que estaba de pie en la distancia con los brazos abiertos, llamándola. Corría y corría, y entonces oyó el disparo. Pero no le había dado a ella. La bala había impactado en Jake. Él se dobló y cayó al suelo, y ella gritó y gritó...

—¡Despierta!

Ida abrió los ojos de golpe al notar que alguien la agitaba por los hombros. Miró a Jake. Solo llevaba puesto el pantalón del pijama. Tenía el pelo revuelto.

—¡Te disparó! —gritó alterada mirando fijamente a Jake—. ¡Te disparó! Me estaba persiguiendo. ¡Debería haberme dado a mí! —Le rodeó el cuello con los brazos y se apretó contra él, aferrándose con todas sus fuerzas—. ¡Pensé que te había matado! Yo también habría muerto. ¡Habría muerto si te perdiera!

A Jake se le aceleró el corazón. Ella... se preocupaba por él. No se había dado cuenta antes. La estrechó entre sus brazos y la besó en los labios con ansia. Recorrió la espalda de Ida con las manos por encima de la suave seda. Sentía los pechos de Ida presionados contra él, con los duros pezones clavándose en su carne a medida que ella se tensaba aún más.

—Ida... —dijo él entre jadeos, intentando apartarse.

—Jake —susurró ella, temblando—. Jake..., ¿podrías... tocarme?

Se le cortó la respiración mientras ella se giraba ligeramente hacia él, con los ojos nublados y los labios entreabiertos.

—¿Dónde? —preguntó él con voz ronca.

Ella tomó los dedos de Jake y los llevó muy despacio hacia sus pechos. La pesadilla se había convertido en el sueño más dulce que jamás había tenido. Medio dormida, no le tenía ningún miedo.

Ida se arqueó cuando él deslizó uno de los tirantes del camisón. La piel de ella era tan suave y cálida como la seda.

—Oh, Dios —susurró él con reverencia, porque sabía que no quería parar. Lo intentó—. Ida... —insistió, tratando de apartarse de nuevo.

—Por favor, no te vayas —suplicó ella, incorporándose para besarlo.

¡Como si pudiera hacerlo! La siguió hasta la cama. Y a pesar de que llevaba meses sin estar con una mujer, fue cuidadoso, paciente y tierno.

De forma lenta, le bajó el camisón recorriendo con los labios el camino de descenso por el cuerpo tembloroso de Ida. Volvió a dejar un reguero de besos mientras ascendía, acariciándola además en el interior de sus muslos.

Ella jadeó, avergonzada, porque nunca la habían tocado así y todas las luces estaban encendidas.

Él sonrió.

—Esto forma parte de la diversión —susurró Jake—. No te haré daño.

Ida se estremeció.

—Me... me siento bien —tartamudeó, sorprendida porque fuera así.

—Se supone que tienes que sentirte bien.

Jake bajó hasta los pechos desnudos de Ida y se llevó uno a la boca. Jugó con la lengua sobre el pezón y comenzó a succionarlo.

—Te gusta —susurró Jake, y repitió el movimiento.

Ida se dejaba llevar, sin preocuparse ya de si él le haría daño o no, porque nunca había imaginado que hacer el amor pudiera ser tan dulce. Lo deseaba, ardía por Jake, estaba envuelta en una nube cuando, de repente, sin darse cuenta, lo sintió dentro de su cuerpo, hasta el fondo, mientras él se movía sobre ella.

—Mírame —le pidió él, sintiéndose un tanto inseguro.

Ella lo miró a los ojos, ligeramente avergonzada, mientras el placer aumentaba hasta niveles impensables.

—¡Jake! —gritó, sorprendida por el fuego que él había encendido en ella, abrasada por un deseo que creía que podría matarla.

Pero entonces se sintió valiente y clavó la mirada en la de él mientras se adentraban juntos en las llamas.

Se movieron frenéticamente sin dejar de besarse, fuera de sí, envueltos en una nube, hasta que Ida sintió una oleada de placer casi insoportable que la hizo gritar.

A Ida le rodaron lágrimas de emoción por las mejillas mientras se aferraba a él con más fuerza, su cuerpo temblando bajo el suyo. Besó el cuello sudoroso de Jake con devoción, sus labios ardiendo contra su piel. Él dejó escapar un gemido profundo, ronco, que resonó en la habitación como una ola de pura intensidad. Se estremeció por completo, sus músculos tensándose mientras alcanzaba el clímax, su respiración entrecortada y desbordada por el placer.

—No... sabía que pudiera ser así —susurró ella, temblorosa.

El torso de él subía y bajaba sobre los pechos húmedos de ella.

—Yo tampoco lo sabía —respondió él, besándola con ternura—. Nunca lo había sentido así, Ida. Nunca en mi vida, con nadie.

Ella lo abrazó con fuerza. Lo quería tanto. Más que a nada, que a nadie. Quería decírselo, pero él no había hablado de amor en ningún momento. Si él no sentía lo mismo, saldría herida. Así que guardó silencio, saboreando una cercanía que nunca había experimentado.

Finalmente, él se apartó, respirando con dificultad.

Ida se sentó y lo miró con valentía. Había más cicatrices, tenía algunas en la parte superior de los muslos. Ella sonrió y dijo:

—Marcas de honor.

Él también sonrió, sorprendido por el comentario. A ella no parecían importarle las cicatrices en absoluto. La atrajo hacia sí y la giró para poder verle las cicatrices de la cadera, donde le habían realizado la cirugía.

—Es fea...

—No lo es —discrepó Jake, pegándose más a ella—. No quiero un matrimonio platónico.

—Yo tampoco —respondió Ida—. Jake...

—Dime.

—Quiero un bebé —confesó con voz temblorosa.

Los brazos de él se tensaron de repente.

—Yo también —admitió él, con voz profunda y ronca de deseo. Las palabras de Ida despertaron una reacción súbita e inesperada en él.

Ella lo percibió con asombro. Se giró sobre su espalda y lo miró. Se movió sinuosamente, arqueando las caderas, como si él hubiera hecho una pregunta y ella la estuviera respondiendo, sin palabras.

Jake se colocó encima, con los ojos fijos en los de ella mientras la excitaba de nuevo. Fueron los minutos más conmovedores de su vida, incluso más intensos que su primera vez, porque él estaba pensando en tener un hijo, y ella también.

Cuando llegaron al clímax, él gritó de placer, clavando los dedos con fuerza en las sábanas. Ella sollozó, con el cuerpo contorsionado por la intensidad del momento. Se aferraron el uno al otro y se acariciaron hasta calmarse.

—En toda mi vida —dijo él en su oído—, nunca he intentado dejar embarazada a una mujer.

Ella rio suavemente.

—Hasta ahora.

Él levantó la cabeza y la miró a los ojos.

—Hasta ahora —repitió él con una sonrisa.

—Al principio tenía miedo —confesó ella, acariciándole el rostro.

—¿Pero ya no? —le preguntó él con ternura.

—No. Creo que no lo tendré nunca más. Yo... —dudó, y lo intentó de nuevo—: Jake, yo...

Pero, antes de que pudiera pronunciar las palabras, el teléfono fijo del salón sonó.

—Oh, maldita sea —murmuró él—. Si apagué mi teléfono móvil...

Se levantó, se puso los pantalones del pijama y fue a ver quién estaba al otro lado de la línea.

Ida, sintiéndose más relajada y feliz que nunca, se

desperezó y se puso el camisón amarillo de nuevo. Jamás había pensado que volvería a sentir pasión después de estar con Bailey. Acostarse con Jake había sido como el mejor de los sueños. Había sido tierno, cuidadoso, paciente... Ida era consciente de que él había estado mucho tiempo sin tener intimidad con una mujer, pero esperaba que su reacción hacia ella no fuera algo sexual.

Él le había dicho que también quería un hijo. Suspiró y cerró los ojos, imaginando que sostenía un bebé en brazos y que Jake estaba a su lado, mirándola con ojos amorosos. Bueno, ojos afectuosos, se corrigió en silencio. Tal vez nunca llegara a amarla, pero al menos él la deseaba. Eso tendría que bastar por el momento. Quizás, si se esforzaba mucho, algún día él llegara a amarla.

Jake apareció de nuevo, se detuvo en la puerta del dormitorio con rostro serio.

—Un trato está a punto de fracasar porque el posible socio ha decidido que solo quiere hacer negocios cara a cara.

—¿Dónde está? —preguntó ella, incorporándose de golpe.

Él hizo una mueca de disgusto.

—En Texas.

A Ida se le entristeció el rostro. Eso estaba muy lejos.

Jake se sentó a su lado y le acarició el pelo con ternura.

—No quiero ir —le confesó—. Pero tendré que hacerlo.

Estuvo a punto de decirle que quería ir con él, pero había algo extraño en su expresión, algo que sugería emociones confusas y dudas. No se atrevió a presionarlo.

—De acuerdo —contestó ella sin más—. Asegúrate

de que tu piloto esté sobrio —bromeó para disimular la tristeza que sentía.

Él estalló en carcajadas. Era la última reacción que esperaba. Estaban recién casados. Lo lógico sería que ella se enfadara porque él no le había pedido que lo acompañara. Pero Jake estaba inquieto por el cambio repentino de su relación, y necesitaba dar un paso atrás y analizar bien las cosas.

—Solo estaré fuera unos días.

—Está bien —respondió ella—. Sacaré mi arcilla y mis herramientas y moldearé estatuas exóticas o algo así.

—¿Eróticas? —dijo él con rostro divertido.

Ella lo miró fijamente y casi pudo ver los pensamientos traviesos en su mente.

—¡Modelos de pájaros y lagartijas! —exclamó, y se sonrojó—. ¡Fauna exótica! ¡No... eso!

Jake no dejaba de sonreír. Ida adoraba cómo brillaban con humor aquellos ojos grises mientras él la miraba.

—Eres muy malo.

Él se inclinó y la besó, pero en la frente.

—Sí, de vez en cuando lo soy —confesó. Luego suspiró—. Entonces, ya puedo ir olvidándome de que moldees alguna escultura del Kama Sutra para poner en mi despacho.

Ida se sonrojó de la cabeza a los pies. Él la miró con verdadera fascinación. Con dos matrimonios a sus espaldas, y todavía era muy inocente, al menos en ciertos aspectos. Le sonrió, y ella le devolvió la sonrisa.

—Bueno, llamaré a mi piloto y me iré lo antes posible. Maude estará aquí por la mañana. —Frunció el ceño—. ¿Estarás bien tú sola esta noche?

—Por supuesto —respondió ella—. La casa está protegida con alarma y hay vaqueros cerca. También tengo teléfono y, si llamo al 911, Cody Banks enviará a alguien en un segundo. No te preocupes —añadió, confusa y complacida de que se preocupara por ella.

Jake le acarició el pelo. Pero frunció el ceño, estaba preocupado. No se había dado cuenta de cuánto. El loco de su exmarido iba a por ella, y podría estar en peligro.

—Estaré bien —insistió Ida—. De verdad.

Jake suspiró mientras se ponía en pie.

—Te llamaré todas las noches.

—Tendré el móvil conmigo. Pero si estoy esculpiendo, tendrás que ser paciente. No puedo contestar al teléfono con los dedos llenos de arcilla —añadió con picardía.

Los ojos de Jake brillaron.

—¿Por qué no me haces un busto? Estaría bien verme inmortalizado en arcilla.

Ida rio.

—No se me dan bien las personas. Los animales sí, incluso las flores. Pero no las personas. Todos tenemos nuestras fortalezas y debilidades.

—Así es. —La miró y pensó sin querer que ella se estaba convirtiendo rápidamente en una de sus propias debilidades.

Aunque eso era una tontería, por supuesto. Le tenía cariño. Y no le importaría tener un hijo con ella. Ida era guapa. Se imaginó a una niña pequeña con el pelo negro y los ojos azules como los de ella... O tal vez grises, como los de él.

—Será mejor que me vista —dijo él, dejando atrás sus pensamientos y saliendo de la habitación.

Ida se quedó muy confundida. La había mirado como si le guardara rencor. Quizás era así. Si todavía estaba enamorado de Mina Michaels Grier, entonces era comprensible. Jake quería un hijo, pero hubiera preferido tenerlo con Mina. ¿Se estaría conformando él con el segundo plato? Esa era una pregunta que la perseguiría siempre.

Ida se levantó y se vistió para ir a despedirlo. Se detuvieron en la puerta de entrada de la casa. Fred estaba sentado al volante de la limusina, esperando, mirando alrededor y tamborileando con los dedos en el volante.

—Siempre parece que está esperando a la Policía —susurró Ida en voz baja.

Ambos rieron.

—Pedí que lo investigaran —respondió él—. Está limpio. Aunque quizás sueña con ser conductor de una banda de ladrones.

—Conduce como si lo fuera —bromeó ella, tratando de ocultar su tristeza—. ¿Me llamarás cuando llegues? Para que sepa que has llegado bien.

A Jake se le aceleró el corazón.

—Lo haré. Cuídate. No hagas muchos esfuerzos.

—Por supuesto que no —respondió ella, sonriendo—. Ten cuidado tú también.

Jake suspiró.

—Esto no está saliendo como esperaba —confesó él. Luego se inclinó y, durante unos segundos, Ida pensó que iba a besarla. Y lo hizo, pero en la mejilla—. Te veré en unos días. —Se despidió en un tono forzado y caminó hacia el coche. No miró atrás. Ni una sola vez.

Ida sacó su arcilla y empezó a esculpir. Maude la miró con recelo desde la puerta de la habitación de invitados que había ocupado para su arte. Había una lona en el suelo bajo la mesa que Ida usaba, porque esculpir con arcilla implicaba agua y paños húmedos, y había una alfombra impecable bajo la lona. Sabía que Jake podía permitirse reemplazar la alfombra, pero parecía más sensato no ponerla en riesgo desde el principio.

—¡Oh, Dios mío! —exclamó Maude cuando vio lo que Ida estaba esculpiendo—. ¡Qué cervatillo tan dulce!

Ida rio.

—Gracias. Se me dan mejor los animales que las personas. Jake quería que lo esculpiera a él, pero nunca podría captarlo en arcilla. Es demasiado complejo.

Maude suspiró.

—Ese pequeño ciervo parece como si pudiera bajarse de la mesa y adentrarse en el bosque. Tiene mucho talento.

—Gracias.

—Señora McGuire...

—¡Vaya! —la interrumpió Ida, sin pretenderlo—. Lo siento. Es la primera vez que alguien me llama por mi apellido de casada. —Se sonrojó un poco—. Perdone, ¿qué iba a decir?

Maude suspiró.

—Iba a preguntarle por Fred.

Ida se volvió hacia ella con las manos manchadas de arcilla y se las limpió con un paño.

—¿Qué quiere decir?

—Ayer por la noche salió solo. Vi la limusina bajando por la carretera hacia Catelow.

—Probablemente fue a repostar gasolina —dijo Ida con naturalidad—. Cuida muy bien el coche.

—Sí, lo hace. Actúa como un conductor a la fuga —soltó Maude.

Ida estalló en carcajadas.

—Es verdad —insistió Maude, un poco avergonzada.

—Jake y yo también lo hemos comentado —respondió con humor—. Creemos que solo está nervioso por algo. Jake me dijo que había investigado a Fred y que no había nada preocupante en su pasado.

—Supongo que sí... Pero mucha gente comete crímenes y se sale con la suya sin ser atrapada. Alguien así no tendría antecedentes penales, ¿verdad?

Ida no había pensado en eso. Pero lo descartó rápido.

—Si tuviera malas intenciones, ha tenido mucho tiempo para hacer algo. —Ida dudó unos segundos antes de decir—: Bailey me ha amenazado de nuevo. No se lo he contado a Jake. Ya está bastante estresado con esa fusión que corre peligro de fracasar.

—Debería habérselo dicho —opinó Maude—. Es su marido.

Ida asintió.

—He causado tantas molestias que pensé que era mejor no decir nada. La persona que hirió a Butler dejó huellas de neumáticos al escapar.

—Es terrible lo que les han hecho a sus animales. El culpable podría estar inquieto pensando que quizás estuviera a punto de ser atrapado. Es algo que me preocupa —añadió encogiéndose de hombros.

—Gracias, Maude —dijo Ida, sonriendo—. No sé qué haríamos Jake y yo sin usted. Podría ser cierto lo que dice, pero Fred es solo el chófer, y nunca ha hecho ni dicho nada fuera de lugar. Además, no encaja con el perfil de Bailey. —El rostro de Ida se puso más serio—. Él siempre iba con hombres que parecían pertenecer a alguna organización criminal. No se acercaría a alguien de aspecto tan formal como Fred —añadió riendo—. Fred ni siquiera parece un hombre que pudiera quebrantar la ley, ¿verdad?

Recordando la sonrisa y los buenos modales del chófer, Maude tuvo que admitir que no parecía ese tipo de persona.

—Bueno, al menos tenga cuidado si la lleva a algún sitio —insistió la empleada.

—Lo tendré. Pero no creo que necesite ir a ningún lado antes de que Jake regrese.

—¿Cuánto tiempo estará fuera el señor?

—Dijo que tres o cuatro días como mucho —respondió Ida, y trató de no pensar en ello. Ya lo echaba de menos. Y no pudo evitar preguntarse si él la echaría de menos.

Jake estaba sentado en una habitación de hotel en El Paso, Texas, después de una reunión exitosa con un posible nuevo socio. El trato estaba cerrado. Podía volver a casa cuando quisiera. Pero se sentía inquieto.

Tomó su teléfono móvil y llamó a los Grier. Habían vuelto de Jacobsville, donde habían estado de visita, y tanto Cort como Mina lo invitaron a cenar.

—¡Por fin vas a conocer a tu ahijado! —dijo Mina, entusiasmada, mientras Cort y ella lo recibían en la puerta—. ¡Cada día se parece más a su padre!

Jake rio.

—Pobre niño.

—¡Oh, vamos! ¡Para ya! —respondió Mina con humor. Luego ladeó la cabeza y lo miró—. Te has casado. Con Ida Merridan.

—Sí. —El rostro de Jake se tensó—. Su exmarido sigue persiguiéndola. La mandó al hospital antes de que se divorciara de él. Ha salido de la cárcel y está decidido a hacerle la vida imposible por haberlo metido allí. Tiene deudas de juego y está intentando obligarla a que lo saque del apuro. ¡Hasta mandó a uno de sus matones para hacer daño a sus caballos! ¡E incluso al gato!

A Mina se le cortó la respiración.

—¡Dios santo!

—La mandó al hospital. La arrojó por el muro de un aparcamiento. Se rompió la cadera y el fémur.

—No tenía ni idea —dijo Mina, recordando lo enfadada que había estado con Ida.

—Nadie sabía nada. Vive con miedo. Pobre... Estuvo casada durante cinco años con un hombre que no la quería y luego fue maltratada por su segundo marido. Le aterraban los hombres, así que se inventó esa reputación de promiscua conflictiva para alejarlos de ella. —Jake sacudió la cabeza—. Apenas puede caminar cuando llueve o hace demasiado frío.

Mina y Cort se miraron con complicidad. Jake había mostrado aversión por Ida debido a su mala reputación. Y ahora no solo estaban casados, sino que además él parecía muy preocupado por ella.

—Yo sí sabía todo eso —confesó Cort en voz baja—. Me daba mucha pena. No era en absoluto lo que la gente pensaba.

Mina se acercó a Cort, apoyando la mejilla en el hombro de su marido mientras él la rodeaba con el brazo.

—Yo estaba tan celosa que apenas podía dirigirle dos palabras. Ahora lo lamento.

—Ella no te guarda rencor —afirmó Jake con una sonrisa—. Está en casa, esculpiendo animales.

—¿Y qué pasa con su exmarido? —preguntó Mina.

—Tengo a buenos profesionales trabajando para mí. Nadie podrá hacerle daño dentro de mi rancho. Allí está segura. Bueno, ¿dónde está mi ahijado? —preguntó Jake con una sonrisa.

Capítulo 14

Pero Ida no se quedaría en casa esculpiendo. Había recibido una invitación de Pam Simpson para almorzar. Estaba aburrida y se sentía mal. Jake la había llamado para saber cómo se encontraba y también para informarla de que pasaría unos días con Cort, Mina y su ahijado.

La noticia había desanimado a Ida. No se lo esperaba. Y se preguntaba cómo se sentiría Cort teniendo bajo su techo al antiguo pretendiente de su esposa. Jake seguía loco por Mina. Eso nunca iba a cambiar. Tal vez deseara físicamente a Ida, o que le tuviera cariño incluso. Pero el corazón de Jake seguía perteneciendo a Mina. Ida nunca se había sentido tan deprimida.

—Maude, Pam Simpson me ha invitado a almorzar. No ha empezado a cocinar todavía, ¿verdad? —preguntó Ida desde la puerta de la cocina.

—No, aún no —respondió la empleada con una sonrisa—. ¿Volverá para la cena?

—Sí. Prepara algo ligero, por favor. Hoy me siento un poco mareada.

Maude, que no tenía ni idea de que sus jefes eran algo más que buenos amigos, asintió sin más.

—Puede que sea ese virus estomacal que anda circulando —respondió la mujer—. Vuelva a casa si se encuentra peor, ¿de acuerdo?

—De acuerdo. De todas maneras, no me quedaré mucho tiempo. Solo necesito salir un rato.

—¿El señor McGuire no vuelve hoy? —preguntó Maude, porque él había dicho que estaría fuera un par de días y ya habían pasado tres.

—Está en El Paso. En casa de Mina y Cort Grier —añadió de mala gana, sin molestarse en disimular la profunda tristeza que sentía.

—Oh. Probablemente fue a conocer al pequeño —dijo Maude, tratando de reconfortarla, porque sabía incluso mejor que Ida lo enamorado que había estado Jake de Mina. Después de la boda de los Grier, se había emborrachado tres días seguidos. Nadie lo sabía. Excepto Maude.

—Supongo...

Maude estuvo a punto de sugerirle que deberían contemplar la posibilidad de formar su propia familia, pero no se atrevió. El jefe era un hombre reservado, e Ida también. No valía la pena arriesgar el puesto de trabajo haciendo tales sugerencias.

—Bueno, que disfrute del almuerzo en casa de la señora Simpson, señora. Y no se preocupe, yo alimentaré a Butler por usted.

Ida sonrió. Tanto el gato como Wolf dormían con ella. Al principio le había sorprendido cuando el gran pastor alemán había saltado a los pies de la cama para acurrucarse con Butler. Pero luego le había dado una mayor sensación de seguridad. Amaba a ambos animales.

—Sería conveniente que alguien sacara a Wolf a correr —añadió Ida—. Lo intentaría yo, pero...

—Le diré a uno de los vaqueros que lo haga —la interrumpió Maude—. No se preocupe, seguro que

Johnny estará encantado de hacerlo. Él adora a Wolf y se asegurará de que no le pase nada. ¿De acuerdo?

—De acuerdo. Gracias, Maude. Volveré en un par de horas.

—Hasta entonces.

Ida salió y subió a la parte trasera de la limusina. Fred mantuvo la puerta abierta para ella, sonrió cortésmente y luego la cerró.

Se hundió en el asiento trasero y cerró los ojos.

—Ya sabes adónde hay que ir, ¿verdad, Fred?

—Sí, señora. A casa de la señora Simpson.

Estaba adormilada. No había descansado bien y su estómago seguía revuelto. Debía de haber comido algo que le había sentado mal, pensó Ida. Aunque no había tomado nada fuera de lo normal. Aun así...

Dirigió la mirada hacia el paisaje y frunció el ceño.

—Fred, ¿vamos por el camino correcto? —preguntó desconcertada.

—Es más corto por aquí, señora —le aseguró él—. Espero que no le importe.

—Por supuesto que no. —Sonrió—. Eres un buen hombre, Fred. Tenemos suerte de tenerte.

Él puso una cara extraña, parecía incómodo.

—Eh..., gracias, señora Merri... quiero decir, señora McGuire —rectificó Fred.

Ida se recostó en el asiento y cerró los ojos de nuevo, sintiéndose somnolienta.

Jake estaba cenando con Mina y Cort, después de pasar una maravillosa media hora jugando en el suelo con su ahijado. Estaba de buen humor. No dejaba de pensar en tener un hijo propio. Con Ida.

—Habló con su médico sobre la posibilidad de tener un hijo —mencionó Jake. La pareja se mostró sorprendida—. Le han puesto una prótesis de cadera y a veces le cuesta moverse.

—Una de mis cuñadas tenía una válvula cardíaca defectuosa cuando se quedó embarazada —comentó Cort—. Salió adelante a pesar de todo. Ahora tienen un hijo y están esperando otro. Con válvula artificial y todo. —Sonrió—. Su relación fue un poco turbulenta. Él pensaba que era una mujer anticuada y poco habilidosa, y resultó ser miembro de Mensa[2]. Se quedó sin palabras cuando empezó a hablar en árabe con un testigo en su oficina. Él es un agente especial del FBI en Jacobsville —aclaró.

—Bueno, si una mujer con una dolencia tan grave pudo quedarse embarazada, no hay razón para que Ida no pueda —reflexionó Mina.

Jake se sonrojó, pero luego sonrió.

—Estoy de acuerdo —dijo él, asintiendo con la cabeza.

Mina y Cort ocultaron sus sonrisas.

Por desgracia, minutos después, ninguno tuvo ganas de sonreír. Jake recibió una llamada de casa.

—Siento molestarlo, señor McGuire —dijo Maude al teléfono—, pero Ida se fue hace más de tres horas para almorzar con la señora Simpson. Al irse me aseguró que volvería temprano. Como estaba preocupada, llamé para saber si se encontraba bien, pero la señora Simpson me informó de que ni siquiera llegó a presentarse...

Maude oyó una retahíla de palabrotas. Jake se

---

[2] Asociación internacional de personas de alto cociente intelectual.

había levantado de su silla y estaba maldiciendo furioso.

—¿Está con Fred? —preguntó él con tono preocupado.

—Sí, señor. Él la llevó.

—Llama a Cody Banks y dile lo que acabas de contarme. Voy camino al aeropuerto. Llegaré tan rápido como pueda. Si sabes algo, lo que sea, llámame.

—Sí, señor.

En cuanto colgó, Jake llamó al piloto y al conductor. Después, mientras esperaba a que lo recogieran, se volvió hacia Cort y Mina con rostro pálido y preocupado.

—Ida ha desaparecido. Su exmarido la ha amenazado varias veces. Tengo que irme.

—Si podemos hacer algo, solo tienes que decirlo —dijo Mina, agarrada del brazo de su marido.

—Gracias. —Jake se apresuró hacia la puerta cuando vio llegar la limusina—. ¿Podéis enviar mi maleta a Catelow? —pidió mientras corría hacia el coche.

—Por supuesto —respondió ella.

Jake levantó una mano como gesto de despedida, subió al coche y salieron a toda velocidad.

Mina miró a Cort con una sonrisa satisfecha en el rostro.

—Te lo dije.

Él rio, atrayéndola hacia sí.

—Lo hiciste.

—Espero que ella esté bien —añadió Mina en voz baja.

—Jake llegará a tiempo —aseguró Cort a su esposa—. No es un mal tipo. No desde que dejó de intentar convencerte para que te casaras con él —añadió guiñándole un ojo.

Ella rio.

—Solo tenía las prioridades confundidas. Te garantizo que eso ha cambiado. En cuanto llegue al aeropuerto, se sentará junto al piloto para intentar que el avión vaya más rápido. —Mina negó con la cabeza—. Apuesto a que ni siquiera se había dado cuenta de que la amaba.

Y esa era una apuesta ganadora.

Aterrado por lo que pudiera encontrarse al llegar a casa, Jake se recriminaba por no haberse dado cuenta antes. Estaba loco por Ida. Tal vez siempre lo había estado. Desde que la llevó a la consulta del médico aquel primer día, nunca había estado lejos de sus pensamientos. La había cuidado y se había preocupado por su bienestar en todo momento. Incluso se había casado con ella para mantenerla a salvo. Y aun así, no se había dado cuenta de lo que sentía por ella.

Pero ahora sí lo sabía. Solo esperaba que no fuera demasiado tarde.

Mientras tanto, Ida estaba sentada en la parte trasera de la limusina bebiendo un café que Fred había comprado para ambos en una cafetería de Billings. Había sido un largo viaje. Él había estado muy callado, especialmente cuando Ida se dio cuenta de que no se dirigían a casa de Pam Simpson.

—¿Adónde vamos, Fred? —preguntó ella, inclinándose hacia adelante, con el rostro contraído por el miedo—. Por favor, dime que no estás envuelto con Bailey. ¡Por favor, dímelo!

El terror que vio en el rostro de Ida, sumado a su propio sentimiento de culpa, hizo que Fred redujera la velocidad. Se metió en el aparcamiento de un supermercado, bajó el cristal entre el asiento delantero y el trasero y apagó el motor.

—Señora McGuire, nunca he hecho daño a un ser humano en mi vida —le aseguró, apesadumbrado—. Pero él tiene a mi madre...

—Oh, Fred... —dijo ella con tono lastimero—. ¡Lo siento tanto!

—No. El que lo siente soy yo. Prometió que la dejaría ir. Lo único que tenía que hacer era llevarla a una casa donde él se aloja, cerca de Powell, Wyoming. —Apartó la mirada—. No sonaba tan mal. Quiero decir, no pensé que quisiera hacerle daño... —Volvió a mirarla—. No sabía lo que le había hecho. Me disgustó que hiriera a su gato. Yo tengo una gata. Tiene veinte años. La quiero mucho.

—Yo también quiero a Butler —respondió Ida.

—No sé qué hacer —confesó Fred, angustiado—. Verá, hace años trabajé como conductor para una banda de ladrones en Denver. Bailey lo sabía. Me dijo que solicitara el trabajo de chófer del señor McGuire cuando se enteró de que salía con usted. Pensé que me estaba ayudando. Ya sabe, dándome una segunda oportunidad porque yo acababa de salir de la cárcel y no hay mucha gente que quiera contratar a un exconvicto. Dijo que se aseguraría de que mis antecedentes parecieran limpios. —Cerró los ojos—. No quería hacer esto. —Volvió a mirarla. El chófer tenía el rostro desencajado—. No quiero que le haga daño. Pero tiene a mi madre, y ella es lo único que tengo en el mundo. Mi madre me apoyó cuando me arrestaron, a pesar de que siempre me había dicho que me mantuviera alejado de la mala gente. Venía a verme todas las semanas cuando estaba entre rejas. ¡No sé qué hacer!

—Fred, ¿confiarías en mí? —preguntó ella con tono calmado.

—Lo haría. Pero es usted la que no debería confiar en mí. ¡Soy un hombre malvado!

—No lo eres. Voy a llamar a mis abogados en Denver. Ellos fueron los que enviaron a Bailey a prisión. Quiero decirles que testificarás en su contra. ¿Me dejarás hacer eso?

—¡Mi madre...!

—Tienen un investigador de primera clase. Era mercenario antes de aceptar el trabajo. —Sonrió—. Tiene contactos que no te creerías.

—Mientras mi madre no resulte herida...

—Te prometo que no le pasará nada.

Él dudó, pero solo unos segundos.

—De acuerdo.

El aparcamiento estaba bien iluminado. Aguardaban la llegada del investigador. Ida lo conocía desde hacía años, de cuando su segundo matrimonio se complicó dejándole secuelas graves. Él tendría ya unos treinta y tantos años, pero seguía siendo el hombre más peligroso que jamás había conocido.

Aparcó junto a ellos y, tras unos largos segundos de inactividad, salió del sedán oscuro y abrió la puerta trasera de la limusina para meterse dentro.

Fue directo al grano.

—¿Dónde está Trent? —le preguntó a Fred.

El chófer le dio la información.

—Tiene a mi madre —añadió.

Hunt Garrison solo sonrió.

—No, no la tiene.

—¿¡Está seguro!? —preguntó Fred, alterado.

—Ella está sana y salva en un motel a las afueras de Catelow bajo la vigilancia de uno de los hombres del señor McGuire.

—¡Oh, gracias a Dios! —dijo el chófer, haciendo un gesto de reverencia—. ¡Gracias! No lo merezco, pero... ¡gracias!

—¿Testificarás? —preguntó Garrison a Fred.

El chófer miró a Ida con cara de culpa.

—Por supuesto que lo haré. Incluso si eso significa volver a la cárcel. Soy un exconvicto...

Garrison hizo un gesto con la mano quitándole importancia.

—Sabemos todo eso. Nadie presentará cargos contra ti. A menos que... —Miró a Ida.

—Nadie presentará cargos contra él —respondió ella, y sonrió a un sorprendido Fred—. Es difícil encontrar un buen conductor de verdad.

Todos rieron y la tensión se alivió.

En ese momento, el teléfono de Ida sonó.

—¿Hola? —respondió ella, todavía animada por saber que no tendría que enfrentarse a la furia de Bailey.

—¿Dónde diablos estás? ¿Te encuentras bien? Si esa comadreja te ha tocado un pelo, ¡lo machacaré hasta convertirlo en carne picada y luego se lo daré de comer a Wolf...!

Era su marido, y estaba furioso.

—Estoy bien, Jake —respondió Ida con tono tranquilizador—. Estoy con Fred y el señor Garrison, de la oficina de mi abogado. Fred va a ayudarme, va a testificar a mi favor. Bailey retuvo a su madre y lo obligó a que me llevara hasta él, pero no se sintió capaz de hacerlo. —Hubo un silencio—. Es el mejor conductor que tendremos jamás —añadió, con un leve tono de súplica en su voz.

—¿Dónde estás?

Ella miró alrededor.

—¿Dónde estamos? —preguntó a los dos hombres.

Garrison le dijo el nombre del lugar y ella se lo comunicó a Jake.

—Yo estoy en el aire —informó Jake—. Aterrizaremos en Rimrocks. ¿Puedes encontrarte conmigo allí?

Jake le dijo la hora estimada de llegada y ella preguntó a Garrison si sería posible ir al aeropuerto.

—Iremos ahora mismo y... —Se detuvo porque su teléfono comenzó a sonar.

El investigador salió del coche para responder.

—Si te hubiera pasado algo... —dijo Jake al otro lado de la línea.

Ida se alegró al saber que él se preocupaba tanto.

—Estoy bien. De verdad.

—De acuerdo. Te veré pronto —se despidió él, y colgaron.

—Todo va a ir bien, Fred —aseguró Ida al conductor al ver que seguía atormentado.

Garrison volvió al coche.

—Era su *sheriff*, Cody Banks. Se ha puesto en contacto con las autoridades de Denver. Enviaron un *marshal* federal a detener a su exmarido. Está bajo custodia.

Ida y Fred dejaron escapar suspiros de alivio.

—Estamos a salvo, Fred —le dijo Ida al conductor.

Él rio. Luego hizo una mueca.

—Bueno, al menos hasta que llegue su marido —respondió él con timidez.

—Yo no me preocuparía por eso —intervino Garrison tras una carcajada—. Estará tan aliviado de que su esposa esté a salvo que ni se acordará de ti.

Ida esperaba que fuera así.

El rostro de Jake estaba tenso y pálido, y caminó hacia Ida tan rápido que, antes de que ella pudiera decir nada, la levantó del suelo y la besó, sin ser consciente de nada más, a pesar del ir y venir constante de viajeros a su alrededor.

—Mi amor —le murmuró al oído mientras la abrazaba—. ¡Pensé que el avión no llegaría nunca! ¿Seguro que estás bien? —añadió, bajándola suavemente.

—Lo estoy, gracias a Fred y al señor Garrison —respondió ella, señalando a los dos hombres.

Fred dio un paso adelante, encorvado y con cara de culpa.

—Lo siento mucho, señor McGuire. Tengo antecedentes. Fui conductor para la mafia y cumplí condena. El señor Trent tenía a mi madre. Ella es lo único que tengo. Amenazó con matarla si no hacía lo que me pedía. —Miró a Jake—. No me importa si tengo que volver a la cárcel. Mi madre está a salvo y...

—Gracias —lo interrumpió Jake—. Nunca podré agradecerte lo suficiente lo que has hecho. Se necesita valor.

—Pero... —Fred estaba desconcertado.

Jake señaló a Garrison, el cual sonreía.

—Me llamó por teléfono y me puso al tanto de todo.

—Oh, vaya... —Fred lo miró—. Entonces, ¿no estoy despedido?

—Es muy difícil encontrar un buen conductor, Fred —respondió Jake, sonriendo.

—Gra... gracias. —El chófer desvió la cara para ocultar las lágrimas de emoción—. Seré el mejor conductor que haya tenido, y nunca dejaré que le pase nada a la señora McGuire. ¡Lo juro!

—Será mejor que regrese —anunció Garrison. Había conducido su propio coche hasta Rimrocks para llegar al aeropuerto—. Nos pondremos en contacto con Fred después de la audiencia del fiscal del distrito. Y nos aseguraremos de que la fianza sea lo suficientemente alta para que el señor Trent no salga pronto.

—Gracias, señor Garrison —dijo Ida, estrechándole la mano.

—Lo mismo digo —añadió Jake, haciendo lo mismo.

—Menudo día de trabajo. —Garrison dio una palmada en el hombro a Fred—. Deberías llamar a tu madre. Tiene su móvil. Estaba muy preocupada por ti.

Fred rio.

—Sí. Yo también lo estaba por ella. Gracias.

El investigador se encogió de hombros, hizo un gesto de despedida con la mano y se dirigió al aparcamiento.

—Fred, tendrás que llevar el coche de vuelta a Catelow —le pidió Jake—. Llevaré a Ida en el *jet*.

—Sin problema, señor McGuire. —Se quedó pensando unos segundos y luego añadió—: ¿Quiere apostar quién llega primero?

Jake le lanzó una mirada fría.

Fred levantó ambas manos.

—¡Solo bromeaba! De verdad.

Todos estallaron en carcajadas.

Jake llevó a Ida en su regazo todo el camino de vuelta, besándola suavemente de vez en cuando mientras se ponían al día de muchas cosas, principalmente sobre su casi secuestro y el sorprendente cambio de Fred.

—¿Tuviste miedo? —preguntó él.

—Solo al principio. Pobre Fred. Ama a su madre. También ama a los animales. Estaba furioso por lo que Bailey les había hecho a mis caballos y a Butler, pero temía por la vida de su madre. Todavía no sé cómo el señor Garrison logró encontrarla y rescatarla.

—Creo que tuvo algo de ayuda.

Los brazos de Ida se tensaron.

—¿Qué tipo de ayuda?

—Mina llamó a sus chicos —aclaró Jake.

—Oh... —Mina otra vez. Ida suspiró sin darse cuenta.

Él le levantó el rostro con un dedo para que lo mirara.

—Estaba encaprichado con Mina. Eso ya lo sabes. —La miró fijamente y añadió—: Pero te amo a ti.

Ida se sonrojó de golpe. No pudo articular ni una palabra. Era como si todos los dulces sueños de su vida se hicieran realidad, todos a la vez.

—No son malas noticias, supongo —bromeó él con tono suave.

Ella enterró el rostro en el cuello de su marido.

—Yo... yo también te amo —susurró entrecortadamente—. Pero pensé que solo querías que fuéramos amigos.

Él rio y le dio un beso dulce en el cabello.

—Quiero que lo seamos todo el uno para el otro, todo el tiempo. Dios mío, ni siquiera me di cuenta de lo que sentía hasta que supe que estabas en peligro. —La apretó con más fuerza contra él—. Me volví loco.

Ella sonrió.

—Siento que te preocuparas tanto. Pero también me alegro de que ya no sea Mina... No sé si entiendes lo que quiero decir.

Él se inclinó y la besó tiernamente.

—Fuiste tú desde el día que tuviste el pinchazo —confesó Jake—. Pero me llevó un tiempo darme cuenta.

—A mí también. —Ida frotó el rostro contra el amplio pecho de su marido—. Lo descubrí el día de la boda. Te miré en la iglesia y lo supe. Fue como... como...

—Como una descarga eléctrica —terminó Jake por ella—. Sí.

Ida se echó hacia atrás para mirarlo a los ojos.

—Espero que tengamos un hijo que se parezca a ti.

—Y yo espero que tengamos una hija que se parezca a ti.

Se sonrieron mutuamente. Ella no le contó nada sobre las náuseas que sufría. En realidad, ni siquiera lo relacionó. No hasta una semana después de que volvieran a casa.

Fue al médico dos semanas después, cuando asimiló la posible causa de los síntomas, y le confirmaron lo que tanto había querido oír.

Fred sobrepasó los límites de velocidad para llevarla de vuelta a casa, porque ya había adivinado lo que pasaba.

Al llegar, ella corrió hacia el despacho de Jake, donde él estaba al teléfono. La expresión de su cara hizo que él cortara la llamada de inmediato y fuera hacia ella.

—¿Qué pasa? —preguntó preocupado—. ¿Estás bien?

—¡Estoy embarazada!

El rostro de Jake se puso blanco. Luego rojo. Después estalló en carcajadas y la hizo girar una y otra vez.

—Embarazada... —repitió él, con voz tierna y casi sin aliento—. Cancelaré la reunión de negocios que tenía programada para mañana. ¡Tenemos que hablar sobre universidades!

—Jake, ¡eso está a años de distancia! —protestó ella, riendo.

—Los años pasarán volando. Ya verás. Pero no demasiado rápido, espero —añadió, besándola tiernamente—. Quiero saborear cada minuto de cada hora de cada día. Especialmente ahora.

Ella suspiró y le devolvió el beso.

—Yo también. Especialmente ahora.

Fred y Maude estaban en la cocina, ambos ya habían adivinado lo que pasaba. Se sonrieron el uno al otro.

—Tenemos el trabajo asegurado —susurró Fred, guiñándole un ojo.

Maude asintió enérgicamente.

***

Para cuando su hija recién nacida tenía seis meses, y su hijo dos años, el caso judicial había terminado, y Bailey Trent estaba de vuelta en prisión por cargos de intento de secuestro y conspiración para cometer extorsión. Desafortunadamente para él, se enfrentó a un líder de una banda en prisión y terminó en la morgue. En cierto modo, Ida sintió lástima por él, pero su fallecimiento le quitaba un peso de encima sobre el futuro, ahora que Jake y ella eran padres.

—¿Sabes? —dijo Jake mientras ambos observaban cómo su pequeño jugaba con un colorido rompecabezas en el suelo—, de todas las cosas que he hecho en mi vida, creo que ser un hombre de familia es, sin duda, la mejor. —La atrajo hacia sí y la besó, luego bajó la cabeza para besar la cabeza de su hija, a la que su esposa estaba amamantando.

—Nunca pensé que podría ser tan feliz —confesó Ida—. Y es agradable tener a Fred de vuelta —añadió con una sonrisa—. Incluso más agradable que el gobernador le concediera el indulto completo.

Jake levantó las cejas.

—Hice algunas llamadas.

—Diablillo.

—Bueno, es un gran conductor. Y tiene algunas historias fantásticas sobre su antigua profesión —añadió él, con un brillo especial en los ojos.

—Creo que será mejor que los niños no escuchen esas historias de momento —respondió ella con una risa—. Al menos, no hasta que sean adolescentes.

—Paso a paso, cariño.

Ella se pegó un poco más a su marido, sin dejar de observar cómo mamaba el bebé.

—Paso a paso —repitió ella. Y, tras un suspiró, alzó el rostro hacia su marido y lo miró con una expresión radiante de felicidad.

ÚLTIMOS TÍTULOS PUBLICADOS EN HQN

La mejor jugada de Ana Mencey

Un secreto en las Highlands de Andrea López

El hijo de las hadas de Paula Molero

Un asunto de familia de Robyn Carr

El cactus de Sarah Haywood

Rompiendo el hielo: un amor inesperado de Elle Kennedy

Amor y Kimchi de María José Tirado

Una librería junto al mar de Susan Mallery

Amor y Soju de María José Tirado

Una invitada inesperada de Sarah Morgan

La mujer que nunca fui de Marisa Ayesta

Bienvenido a Beach Town de Susan Wiggs

La criadora de malvas de Laura Macías Pérez

Una villa en Grecia de Sarah Morgan

El palacio secreto de Dinah Jefferies

El señor de la guerra de Gena Showalter

Club de amigas de Robyn Carr

El duque y el destino de Julia London